영웅시대 1

영웅시대 1

초판1쇄 인쇄 | 2017년 8월 19일
초판1쇄 발행 | 2017년 8월 25일

지은이 | 이원호
펴낸이 | 박연
펴낸곳 | 한결미디어

등록일자 | 2006년 7월 24일
등록번호 | 제25100-2006-152호
주소 | 서울시 마포구 모래내로 83 한올빌딩 6층
전화번호 | 02 · 704 · 3331
팩스번호 | 02 · 704 · 3330

ISBN 979-11-5916-059-2 979-11-5916-058-5   (04810)

* 잘못 만들어진 책은 구입처나 본사에서 교환해 드립니다.

영웅시대 1

편의공작대, 제대파

이원호 지음

저자의 말

소설은 재미가 있어야 한다는 제 신념은 아직도 변하지 않았습니다. 그러나 재미만 추구하다가 억지를 부리거나 과장을 하게 됩니다. 자신도 모르게 일어날 때가 많아서 뒤늦게 알아채게 되지요. 아니, 제 글에 스스로 도취되어서 모르고 넘어가기도 합니다.

이른바 반복 효과지요. 제 글을 반복해서 읽다보면 자연스럽게 느껴지고 재미있다고 착각하게 되니까요.

1970년, 80년대 20여 년간 무역업을 하다가 소설가로 전업한 지 다시 20여 년이 되었지만 지금도 제 주변에는 무역업을 하는 후배들이 수두룩합니다. 40년 가까운 인연을 맺은 후배들이지요.

그들은 '이사모'(이원호를 사랑하는 모임)를 만들어 저를 자랑스럽게 여깁니다.

저 또한 그들의 자랑감이 되어 있다는 것이 무엇보다 큰 자랑입니다.

'영웅시대'는 제 이야기이기도 합니다.

그래서 바탕이 단단하다 보니 이야기를 만들기가 더 수월했고 재미도 자연스럽게 덧붙일 수가 있었습니다.

재미있게 읽어주시기 바랍니다.
그리고 힘을 주십시오! 힘을 주십시오!

2017. 8. 이원호

목 차

저자의 말 | 4

1부 편의공작대(便衣工作隊)
1장 공비 사살 | 10
2장 영창 가고 제대하다 | 87

2부 제대파
1장 신촌파에서 | 134
2장 도약의 발판 | 214
3장 험난한 세상 | 271

1부
편의공작대(便衣工作隊)

1장 공비 사살

"분대장님, 선임하사님요!"

통신병 고장남이 소리쳐 불렀으므로 이광이 허리를 폈다. 개울가에서 웃통을 벗고 씻고 있던 참이다. 오전 7시 반, 닦지도 않고 벙커 안으로 뛰어 들어간 이광(李光)이 핸드세트를 집어 들었다.

"충성! 병장 이광입니다."

"야, 그쪽으로 공비 둘이 샜다."

선임하사 강동수 중사가 소리쳐 말했다.

"거기 부진령 아래쪽 골짜기를 막아! 네 벙커에서 5백 미터쯤 내려가 있으란 말이다! 무슨 말인지 알아?"

"압니다!"

"그놈들이 B-7 지점에서 그쪽으로 튄 것이 30분 전이야!"

"그럼 두 시간이면 닿겠는데요."

"또 옆으로 샐지 모르지만 골짜기를 탄다면 그쪽이다!"

"쏴 죽여요?"

"놈들이 투항하겠냐? 죽여!"

"알았습니다. 충성!"

핸드세트를 고장남에게 건네준 이광이 이미 옆에 모여선 분대원들에게 소리쳤다.

"출동! 실탄 있는 대로 다! 벙커에는 감시 허 상병만 남고 벙커 앞에 집합! 3분이다!"

이광이 버럭버럭 소리쳤다.

"시발놈들아! 공비가 이쪽으로 튀었다! 살고 싶으면 빨랑 움직여!"

벙커 안은 당장 난리가 났다. 개울가에서 아침 식사 준비를 하던 취사 담당 박 일병을 소리쳐 불렀고 선반에 올려놓은 반합이 떨어져 내리는 바람에 요란한 쇳소리가 났다. 그러나 아무도 떠들지는 않는다. 그동안 이런 비상이 수도 없이 걸렸기 때문이다.

편의공작대(便衣工作隊), 이것이 이광이 지휘하는 분대(分隊)의 명칭이다. 총원 9명, 강원도 향로봉 근처의 산속에 벙커 같은 토굴을 파놓고 생활하는 부대다. 1개 분대씩 첩첩산중의 요소에 파견되어 군복 대신 사복을 입고 생활한다고 해서 불리는 이름이다. 소속은 제22사단 직할 수색중대이고 대개 3킬로 거리를 두고 16개의 편의공작대 벙커가 흩어져 있다.

정확하게 5분 후에 벙커 앞 풀밭에 7명이 집합했고 곧 아래쪽 개울가로 6명이 출발했다. 벙커 감시는 산에서 굴러 다리를 삔 허상도 상병이 되었고, 취사병 박봉기 일병이 주먹밥을 만들어 가려고 남았기 때문이다. 오전 7시 40분이 되어 있었다.

"분대장님, 놈들 무장은 뭡니까?"

경기관총 사수 조백진이 물었으므로 이광이 머리를 저었다. 골짜기를 내려가는 중이다.

"몰라."

"쏴 죽이래요?"

"아, 그럼, 뵈는 대로 쏴."

"시발놈들이 도대체 몇 놈이나 내려온 겁니까?"

"내가 알아, 이 새끼야?"

이광이 투덜거렸다.

"시발, 씻다가 말았네."

"어?"

뒤에서 부분대장 양만호가 놀란 외침을 뱉었으므로 모두 돌아보았다. 양만호가 수통을 흔들어 보이면서 웃는다.

"물통 대신 소주통을 들고 왔네."

"이런 시발놈이."

말과는 달리 이광의 얼굴에도 웃음이 떠올랐다.

"야, 이 새끼야, 이리 내."

이광이 손을 내밀자 양만호가 건네주면서 다시 빈손을 내밀었다.

"분대장님 물통을 주쇼."

물통을 빼내 건네준 이광이 서둘러 발을 떼면서 정색했다.

"넌 오른쪽 끝을 맡아."

"경기는 얻다 둘 겁니까?"

경기는 경기관총을 줄여 부른 말이다.

"네 옆에. 내가 사격하고 나서 쏘도록."

"이거 오늘 밤 마을 내려가 보려고 했더니 글렀네."

"이 새끼가 정말."

"얼굴이나 보고 오는 겁니다."

"병신아, 밤에 뵈기나 허냐? 괜히 폐병쟁이 가깝게 갔다가 병이나 옮겨오지 마라."

"분대장도 한번 봤어야 합니다."

어느덧 개울가 골짜기가 눈앞에 펼쳐졌다. 폭이 30미터 정도지만 산
에서 내려오는 물줄기는 제법 거칠다. 바위투성이의 개울이어서 건너
편으로 옮겨갈 수가 있다. 이미 눈을 감고도 훤한 지형이라 이광이 7명
을 양쪽 골짜기에 2개 팀으로 나눠 배치하고 나서 손목시계를 보았다.
오전 8시 20분이다. 그때 옆에 붙어있던 통신병 고장남이 핸드세트를
내밀어 말했다.

"선임하사님요."

소대장이 휴가를 가서 선임하사가 지휘한다.

핸드세트를 귀에 붙인 이광이 이제는 목소리를 낮췄다.

"예, 선임하사님."

"야, 놈들이 C-3 지점 위를 지나갔어! 바로 너희들 쪽이야!"

강동수가 소리쳤다. 긴장한 이광이 숨을 들이켰다.

"에이, 쌍."

"응? 뭐라고?"

"하필 왜 우리한테 옵니까? 그 시발놈들이 말입니다."

"어?"

하더니 강동수의 목소리에 웃음기가 섞여졌다.

"이 새끼, 정말 웃긴다니까? 그래서 내가 널 좋아한다고."

"C-3 지점을 지났다면 능선을 타거나 그 밑 골짜기를 타거나 직빵
여기로 오겠네요."

"내 말이 그 말이다."

"에이, 씨발."

"야 이 새꺄, 정신 차려."

"시발놈들 잡으면 포상 갑니까?"

"응, 전원 1주일, 내가 보장한다."

"그놈들 무기는요?"

"AK는 쥐고 있겠지."

"수류탄은요?"

"있을 거다."

"C-3 지났다면 한 시간이네요."

"네 뒤에서 2분대가 받쳐 주겠지만 너희들이 처리해야 돼. 몇 명이냐?"

"한 명 감시 남고 8명요."

"잡아라, 오버."

"알았습니다, 오버."

무선통신의 규칙이 있지만 제대로 통화만 하면 된다. 더구나 이광은 36개월 군복무 중 33개월째인 말년 병장이다. 소대 최고참 일반병 중 하나로 제1소대 3분대장인 것이다. 핸드세트를 던져준 이광이 소리쳤다.

"야! 놈들이 이쪽으로 온다! C-3을 지났으니까 한 시간 후에는 골짜기를 내려올 확률이 99퍼센트!"

세 군데의 시선이 모두 이광에게 모여졌다. 개울 좌우로 2군데씩 바위틈에 엎드려있는 것이다. 모두 엄폐에는 귀신들이어서 이광이 봐도 얼른 눈에 띄지 않는다. 이광이 앞쪽을 가리켰다.

"사각(死角)을 만들지 말고 좌우 경계! 발견하면 즉시 보고!"

그때 취사병 박봉기가 배낭을 지고 다가왔다. 아침 식사를 가져온 것이다. 뒤에서 다 들었으므로 박봉기도 서두르고 있다. 박봉기한테서 주먹밥을 받은 이광이 다시 주위를 둘러보았다. 왼쪽 개울가는 소총수 백윤철 일병, 그 위쪽에 이광과 통신병 고장남이다. 오른쪽 개울 끝에 경기관총 사수 조백진 상병과 부사수 윤재동 일병, 그 위쪽에 부분대장 양만호 병장이다. 식사를 갖다 주고 오던 박봉기가 바위에 발이 미끄러져 물에 빠졌다. 넘어지지는 않았지만 하반신이 흠뻑 젖었다.

"병신."

백윤철이 낄낄 웃었으므로 화가 난 박봉기가 투덜거리며 다가와 아래쪽에 자리 잡았다. 이제 왼쪽에 넷, 오른쪽에 셋이 은폐하고 기다리는 중이다. 고장남이 주먹밥을 씹다가 수통을 가지고 개울로 내려가 물을 받아왔다.

"분대장님, 잡으면 포상 갑니까?"

"보내주겠지."

통신 내용을 들은 터라 고장남이 투덜거렸다.

"그놈들이 수류탄 던지면 골치 아파요. 3소대 1분대도 수류탄 때문에 당했지 않습니까?"

"이 새끼야, 그 전에 잡아야지."

"지난번에 놓친 게 아까워요."

고장남이 자꾸 말을 거는 이유는 불안하기 때문이다. 무장공비가 동해안을 타고 내려온 것은 두 달쯤 전으로 그동안 27명이 사살, 2명이 생포되었다. 한국군은 2개 사단이 동원되어서 수색작전을 벌이는 중이었는데 주력부대는 동해안에서 서쪽으로 훑어가는 중이고 편의공작대는 그중에서 빠져나간 공비를 사냥하는 역할이다. 군 당국은 아직도 동해안 산악지대에 남아있는 공비를 20여 명으로 추정하고 있는 것이다. 이광이 M-1소총의 노리쇠를 당겨 실탄을 확인하고는 옆에 놓았다. 제2차 세계대전부터 한국전쟁 때까지 써온 M-1은 무겁고 길어서 산악전에는 불편하다. 그래서 편의공작대 주력 무기는 M-2 카빈 소총이다. 가볍고 탄창에 20발이 들어가는 데다 자동이어서 한꺼번에 20발이 발사되지만 이광의 마음에는 안 들었다. M-1의 발사음은 굉장하다. 반동도 커서 어깨가 아프다. 그러나 정확했고 사거리가 길다.

오전 9시 10분, 오른쪽 개울 끝의 경기관총 사수 조백진이 손바닥을 들었다. 비스듬한 위쪽의 이광이 그것을 보았고 곧 잔돌을 집어 아래쪽 백윤철에게 던졌다. 돌멩이에 등을 맞은 백윤철이 흠칫하더니 이광을 보았다. 이광이 앞쪽을 가리켰을 때 골짜기 위쪽에서 어른거리는 물체가 보였다. 사람, 공비다. 거리는 150미터 정도, 둘이다. 골짜기가 휘어져 있는 데다 바위투성이여서 둘은 개울가를 내려오는 중이다. 이제 모두 둘을 주시한 채 기다린다. 수없이 연습을 한 터라 긴장은 하지만 실수는 안 한다. 이광이 M-1의 가늠쇠 위에 앞장선 놈을 올려놓았다. 놈이 앞에 총 자세로 쥔 것은 AK 소총이다. 30발들이 탄창까지 보인다. 놈은 헐렁한 검정색 점퍼를 입었고 검정색 바지, 등에 배낭을 메었다. 머리가 길다. 개울가 바위 사이로 상반신이 보였다가 사라지곤 한다. 이제 거리는 1백 미터, M-1 사거리 안이지만 못 맞추면 총격전이다. 이광은 70미터쯤 떨어진 피나무 밑을 과녁으로 삼았다. 그곳은 지대가 높은 데다 5미터쯤 은폐물이 없다. 놈들이 올라왔을 때 쏜다. 심호흡을 한 이광이 M-1의 방아쇠에 손가락을 걸었다. 이 거리면 10발 중 9발은 맞춘다. 공비가 나타나기 전에 까마귀 사냥으로 닦은 솜씨다. 1백 미터 거리의 까마귀는 10발로 8마리는 잡았다. 개울물 소리가 요란하게 들리고

16

있다. 경기관총 사수 조백진이 이쪽을 힐끗거린다. 조백진이 쥔 AR 자동 소총은 20발 탄창이 끼워져 있었는데 유효 사거리가 5백이다. M-1처럼 산속에 어울리지 않는 총이지만 조백진이 애지중지한다. 발사음이 날카롭고 3초면 20발이 다 나간다. 놈들은 서둘러 내려왔는데 금방 가까워졌다. 피나무 바로 밑이다. 이광이 심호흡을 하고는 피나무를 겨누었다. 앞장선 놈을 쏘면 뒤 놈은 AR과 나머지 분대원이 요절을 낼 것이다. 그때 앞장선 놈이 피나무 밑으로 다가섰다.

"꽝!"

M-1의 발사음이다.

"꽝! 꽝!"

내친김에 두 발을 더 쏘았고 앞장선 놈이 벌떡 뒤로 몸을 젖히는 것 같더니 앞으로 꼬꾸라졌다.

"사카카카카캉!"

AR 발사음이 터지면서 뒤쪽 사내가 사지를 뒤흔들며 주저앉았다.

"타타타탕! 탕탕! 타타타탕! 사카카카카카."

7개의 총신에서 총탄이 쏟아졌다.

"티킹!"

이광의 M-1에서 빈 클립이 위로 튕겨 나가는 소리다. 이광도 이미 쓰러진 둘을 향해 총탄을 다 쏜 것이다.

"사격 중지!"

M-1에 8발 클립을 끼워놓으면서 이광이 소리쳤다. 그러자 행동이 가장 느린 백윤철이 마지막으로 한 발을 쏘고 나서 총성이 그쳤다. 피나무 밑의 둘은 이제 움직이지 않는다.

"잡았다!"

몸을 일으킨 이광이 소리쳤다.

"경기관총만 남고 나머지는 앞으로!"

앞장서 올라가면서 이광이 다시 소리쳤다.

"시발놈들아, 이럴 때 조심해! 총구는 위로! 오발 사고 조심!"

흥분 상태에서 오발 사고가 난다. 지난주에도 개울을 건너다가 윤재동이 미끄러지면서 오발 사고를 일으켰다. 다행히 누가 맞지는 않았지만 옆에 있던 양만호가 식겁을 했다. 피나무 밑으로 다가간 이광은 두 사내가 숨이 끊어져 있는 것을 확인했다. 공비 맞다. AK 자동 소총, 점퍼 주머니에 든 수류탄도 보였다. 배낭을 멘 채 죽었다.

"야, 건들지 마!"

바짝 다가선 양만호에게 주의를 준 이광이 무전병 고장남에게 소리쳤다.

"소대 본부!"

고장남이 서둘러 무전기를 켜더니 소대 본부와 연결시켰다. 핸드세트를 귀에 붙인 이광이 소리쳤다.

"여긴 고구마 셋!"

"아, 무슨 일이냐!"

강동수가 대뜸 묻는다.

"갔어?"

"둘 잡았습니다!"

이광이 소리치자 강동수의 환성 같은 대답이 돌아왔다.

"그게 정말이냐!"

"예! 둘 다 사살! AK 2정에 배낭도 짊어지고 있습니다. 점퍼 주머니에 수류탄도 있어요!"

18

"가만! 내가 중대에 보고할 테니까 건들지 마! 기다려!"

강동수가 요란하게 떠들었다.

헬기로 사단 작전 참모가 날아왔다. 중령이다. 중대장 임정복 대위도 따라왔는데 흥분 상태다.

"잘했다!"

작전 참모가 경례를 올려붙이는 이광에게 악수를 청하면서 칭찬했다.

"넌 훈장 감이다."

"감사합니다!"

참모가 늘어선 분대원들과도 차례로 악수를 했다. 골짜기에 헬기 3대가 착륙하는 바람에 소란했다. 참모가 데려온 수사관들이 공비 시체를 검사했고 소지품을 늘어놓더니 사진을 찍었다. 이광의 3분대원도 골짜기를 배경으로 사진을 찍어야만 했다. 헬기가 공비 시체까지 싣고 떠났을 때는 오후 2시쯤 되었다. 점심도 못 먹고 시달렸지만 분대원 중에서 배고프다는 병사는 없다. 다시 골짜기에 적막이 찾아왔고 고구마 3 벙커는 일상으로 돌아왔다. 2개 매복 초소에 4명이 매복을 나갔으며 나머지는 밀린 빨래를 했고 잠을 자야만 한다. 하루 12시간 교대 근무인 것이다.

"분대장, 휴가 이야기는 없습니까?"

부분대장 양만호가 물었으므로 벙커 안에서 M-1을 분해 소제하던 이광이 머리를 들었다.

"선임하사가 알려주겠지."

"고 상병이 들었다는데 지금은 작전 중이라 어렵다고, 2소대장이 그랬답니다.”

"시발, 말년에 피를 보는군, 휴가도 못 가고.”

하긴 그렇다. 두 달 전부터 공비 출몰로 이광은 제대 휴가도 찾아 먹지 못하고 있다. 보통 때라면 한 달 전에 15일 휴가를 다녀왔어야 한다. 그런데 공비를 두 명이나 사살했는데도 포상 휴가도 안 준단 말인가? 벙커는 산비탈을 깎아서 만들었는데 아늑하다. 옆으로 비상통로도 만들었고 입구는 굽어져서 직접 공격을 당할 염려도 없고 불빛도 새나가지 않는다. 본래 6·25 때 만들어졌던 벙커를 다시 개조한 것이다. 양만호가 옆쪽 침상에 앉더니 이광을 보았다.

"분대장, 나 오늘 저녁때 아래에 내려갔다 오면 안 될까요?”

"이 새끼가 정말.”

이광이 눈을 치켜떴다. 양만호는 24세, 지난달 병장을 달았고 입대 27개월이 되었다. 이광보다 6개월이 늦다. 고졸, 서울에서 나이트클럽 웨이터로 근무하다가 입대, 눈치가 빠르고 붙임성이 좋지만 요령을 잘 피워서 이광한테 많이 맞았다.

양만호가 아래에 간다는 것은 3킬로쯤 아래쪽 마을이다. 화전민 4가구가 살고 있었는데 그중 한 집에 서울에서 온 여자가 있다고 했다. 부식 수령하고 오다가 그 집에 들러 물 얻어먹으면서 여자하고 이야기까지 했다는 것이다.

이광의 눈치를 본 양만호가 길게 숨을 뱉었다.

"휴가도 못 가고 미치겠습니다, 정말.”

하긴 양만호도 1년간 휴가를 가지 못했다. 본래 두 달 전에 가야 했지만 공비 사건이 터진 것이다.

"얀마, 공비 잡았으니까 포상 휴가는 틀림없어. 그러니까 기다려, 작전 중이라도 포상은 보내. 2소대장은 좆도 모르는 거야."

이광이 길게 이야기를 했지만 자신 없는 표정이다. 그런데 오후 6시쯤 되었을 때 무전이 왔다. 선임하사 강동수다.

"야, 포상 휴가 나왔다."

대뜸 강동수가 말했다.

"휴가 준비해라."

"포상 휴가요?"

엉겁결에 말을 받았더니 벙커 안에 있던 양만호가 다가와 섰다. 강동수의 목소리가 벙커 안에 울렸다.

"근데 작전 중이라 한 명씩 보내야 돼, 그러니까 네가 선발해. 당장 내일부터 15일간씩."

"한 명씩요?"

"그래, 글고 너는 1계급 특진이 될 것 같다."

"아니, 말뚝 박으라고요?"

"그냥 하사야, 일반 하사 되는 거야."

"일반 하사면 5년인데 나한테 2년 더 좆뺑이 치라고요?"

"야 이 새꺄, 하사 달고 석 달만 근무하고 나가는 거야, 이 새끼는 정말."

"선임하사님이나 진급하시죠, 상사되어야 결혼하신다고⋯⋯."

"나도 될 것 같다."

"아이고."

"다 네 덕분이다. 내가 술 한잔 살게."

"술만 사실 거요?"

"이 자식아, 오입도 시켜줄게."

그러더니 통신이 끊겼으므로 이광이 옆에 서 있는 양만호에게 말했다.

"얀마, 너 내일 휴가가. 휴가 준비해."

분대용 포터블 무전기 RPC-77은 벙커에 두고 PRC트랜시버를 백윤철 일병에게 메게 한 이광이 정찰을 나갔다. 공비를 사살한 지 사흘째 되는 날 오전, 이틀째 되는 날에 양만호 병장이 휴가를 갔으므로 분대원은 7명 남았다. 벙커를 지키고 있는 상급자는 경기관총 사수 조백진 상병이다. 아래쪽으로 2킬로쯤 내려갔더니 긴 안테나를 달았는데도 PRC가 찍찍거렸다. 오전 9시 반쯤 되었다.

"시발, 이거 왜 이래?"

핸드세트를 귀에 붙인 이광이 투덜거렸을 때 고장남의 목소리가 울렸다.

"분대장, 소대 본부에서 보충병 둘을 보냈답니다. 서 상병이 인솔하고 B-17 지점까지 온다는데요."

"그래? 잘됐다."

두 명이 오면 총원 9명이 된다. 지금도 2명 1개 조로 매복을 해야 되는데 인원이 없어서 1명씩 나갈 때도 있다.

"내가 B-17로 가지, 언제 떠났다는 거냐?"

"두 시간 전에 떠났다니까 30분쯤 후면 B-17에 도착할 겁니다."

"알았어."

통신을 끈 이광이 방향을 바꿔 골짜기를 내려가기 시작했다. B-17 지점은 바로 화전민 4가구가 있는 마을이다.

"내가 제대할 것에 대비해서 보충병을 하나 더 보내는군."

앞장서 걸으면서 이광이 말했다.

"오랜만에 졸병들이 오는군요."

백윤철은 신바람이 나는 표정이다. 22세, 입대 17개월, 분대원 중 서열이 밑에서 두 번째니 반가울 만했다. 1킬로쯤 더 내려가자 이제 PRC는 먹통이 되어서 분대하고 통신이 되지 않았다. PRC트랜시버는 긴 안테나 장착 시 통신 거리가 3킬로까지 되는데 지금은 3킬로를 넘은 것 같다.

화전민 가구는 두 집에 노인 부부가 살고 나머지 두 집은 할머니뿐인데 그중 한 집에 도시 여자가 있다고 했다. 맨 윗집이다. 양만호가 하도 노래를 불러서 앞장선 백윤철이 집 앞을 지나면서 힐끗거렸다. 그때 이광은 집 옆쪽 산비탈에 앉아 있는 여자를 보았다. 소나무 둥치에 기대앉아 있어서 얼른 눈에 띄지 않았던 것이다. 걸음을 멈춘 이광이 여자를 올려다보았다. 직선거리는 5미터 정도, 여자도 이광을 내려다본다. 흰 얼굴, 단발머리, 검정색 스웨터를 입고 있어서 얼굴이 더 희게 보이는 것 같다. 곧은 콧날, 맑은 눈, 입술은 꾹 다물었고 쪼그리고 앉아 두 손으로 무릎을 감싸 쥔 자세다. 시선이 마주쳤어도 여자는 눈도 깜박이지 않았으므로 이광이 마침내 입을 열었다.

"여기 사십니까?"

"네."

맑은 목소리, 그때는 백윤철도 이광 뒤에 붙어서 있다. 이광이 다시 물었다.

"서울서 오셨다고요?"

"네."

여전히 표정 없는 얼굴이었지만 대답은 바로 한다. 이광이 산비탈로 바짝 다가가 섰다. 거리가 4미터쯤으로 가까워졌다.

"며칠 전 총소리 들으셨지요?"

"네."

"헬리콥터 오는 것도 보았지요?"

"네."

"공비 잡았다는 뉴스 봤습니까?"

"방송 들었어요."

"그거, 우리가 잡은 겁니다."

"네."

"공비 둘이 이쪽으로 내려왔을 겁니다. 우리가 잡지 않았다면요."

"네."

"난 이광이라고 저기 위쪽 벙커 사령관이죠, 군복을 입지 않은 건 우리가 편의공작대라 그래요."

"알아요."

"이름이 뭡니까?"

"아셔서 뭐하게요?"

"사귀려고 그럽니다."

그러자 여자가 처음으로 얼굴에 변화가 일어났다. 픽 웃은 것이다.

"저 봐, 처음으로 웃는군요."

이광이 눈을 가늘게 뜨고 여자를 올려다보았다.

"좀 사귑시다."

"조금요?"

"많이 사귀어도 좋고."

"아까 사령관이라고 했어요?"

24

"그래요."

"계급이 뭔데요?"

"대위."

"거짓말."

그때 뒤에서 백윤철이 말했다.

"분대장님, 저기 보충병이 옵니다."

이광이 머리를 돌렸을 때 여자가 물었다.

"분대장이 대위예요?"

"이 병장님, 오랜만입니다."

이광에게 경례를 올려붙인 서준영이 사근사근하게 말했다. 22세, 20개월짜리 상병, 소대장 당번병이어서 '본부'에 근무하고 있다. 대학 2학년 다니다 입대, 소대 내에서 세 명뿐인 대학 재학 중 입대자다. 그중 이광이 최고참 겸 3학년 마치고 33개월을 복무한 터라 26세, 최연장자가 된다. 보충병인 이등병 둘은 백윤철에게 맡겨놓고 이광은 서준영과 바위 밑으로 다가가 담배를 피워 물었다.

"소대장이 바뀔 것 같습니다. 홍명수는 꾀병을 부려서 입원했다는 소문이 났습니다."

담배 연기를 뿜으면서 서준영이 말했다. 제1소대장 홍명수는 한 달 전에 입원을 하더니 돌아오지 않았다. 그때도 공비 때문에 난리였는데 갑자기 육군병원에 입원을 한 것이다. 서준영의 얼굴에 웃음이 떠올랐다.

"중대본부 박 병장한테서 들었어요, 중대장이 쏴 죽이겠다고 길길이 뛰었다는데 홍명수 뒤에 백이 있답니다."

"그 새끼 애비가 큰 공장이 있다지?"

"자동차 부속 공장이랍니다. 연 매출이 몇천억 된다는군요."

"시발놈."

홍명수는 학군장교다. 머리를 든 서준영이 이광을 보았다.

"다음 주에 이 병장님 훈장 받고 하사 진급할 겁니다."

"지기미, 돈이나 주지."

"선임하사도 상사 진급하고요."

"그 양반은 잘됐어."

"하사 달고 두 달 있다가 제대하시겠네요."

"그럼 나보고 말뚝 박으라고?"

"서운해서 그럽니다."

"하긴 그렇다."

"전라대로 복학하실 거죠?"

"1년 더 댕겨야지."

"졸업하고 뭐 하실 건데요?"

"야, 난 집에 공장 없다. 취직해야 돼."

"어디요?"

"아무데나, 청탁 불문."

"서울로 오실 겁니까?"

"아무 곳이나."

서준영은 서울의 명문 사립대인 한국대다. 이광보다 학벌이 낫다.

"휴가는 언제 가실 겁니까?"

담배를 안전화로 비벼 끄면서 서준영이 묻자 이광이 입맛을 다셨다.

"시발, 막상 내가 휴가 보내는 입장이 되니까 먼저 못 가겠다."

"흐흐흐, 선임하사도 그러더군요."

"뭐라고?"

"이 병장 그놈은 맨 나중에 갈 거다, 그러더군요."

"내가 그러더라고 오입시켜주는 거 잊어먹지 말라고 그래."

"그런다고 했습니다."

손목시계를 본 서준영이 곱상한 얼굴을 들고 이광을 보았다.

"저, 그럼 갑니다."

"어, 그래, 늦겠다."

악수를 나눈 이광이 몸을 돌리고 소리쳤다.

"야, 가자!"

쪼그리고 앉아 이야기를 하고 있던 백윤철과 보충병 둘이 일어섰다. 둘 다 입대 3개월짜리 신병이다. 사단 교육대에서 다시 한 달간 교육을 마친 병아리들이다. 둘 다 신형 M-2 카빈 소총에 20발들이 탄창을 5개씩 찼고 수류탄 4발을 담은 주머니도 매달고 있다. 다가선 이광이 보충병들에게 물었다.

"총 안전장치 걸었어?"

"예!"

둘이 동시에 대답을 했지만 이광은 그중 하나의 카빈 안전장치가 풀려있는 것을 보았다. 이광이 손을 뻗어 안전장치를 채워주며 웃었다.

"오늘은 내가 봐줬다. 다음에 걸리면 너, 죽는다."

"예, 분대장님!"

보충병의 얼굴이 하얗게 굳어졌다. 이등병 고춘식이다. 서준영이 건네준 둘의 신상카드는 아직 읽어보지 않았다. 앞장서 발을 떼면서 이광이 말을 이었다.

"시발놈들아, 사흘 전에 저 위에서 공비 둘을 쏴 죽였다. 여긴 전쟁터란 말이다."

기가 죽은 둘이 머리를 숙인 채 뒤를 따랐고 이광의 목소리가 골짜기를 울렸다.

"항상 안전 고리 확인해, 오발 사고로 죽을 확률이 공비 총에 맞아 죽을 확률보다 크단 말이다."

이광이 머리를 들고 위쪽 통나무집을 보았다. 여자는 보이지 않는다. 나무 밑에도 없다. 통나무집 밑을 지나면서 이광은 그 여자를 만난 것이 꿈처럼 느껴졌다. 도무지 이곳과 어울리지 않는 여자다.

하사 진급을 했고 훈장 대신에 군사령관 표창장을 사단 참모가 전해주었지만 상관없는 일이었다. 말년 병장이 말년 하사가 되었을 뿐이다. 중대본부는 고구마3 벙커에서 17km나 떨어져 있다. 산길 8킬로를 걸은 다음 군용도로 5킬로를 지프로 달리고 나서 다시 산길 4킬로를 들어가야만 했다. 사단 참모는 헬기로 오고간 모양이지만 이광이 하사 계급장과 표창장을 배낭에 메고 화전민 마을에 닿았을 때는 오후 4시 무렵이다. 오전 6시에 출발해서 거의 하루 종일을 산길에서 보낸 셈이다. 중대본부에서는 1시간도 있지 않았다. 선임하사 강동수도 상사로 진급했는데 중대본부에 남는 것이 밤에 회식을 할 모양이었다.

이광이 통나무집 앞을 지나다가 멈춰 섰다. 집안에는 인기척이 없다. 할머니는 거의 보지 못했다.

"계세요?"

대문도 없는 집이라 마당 입구에 서서 불렀더니 곧 부엌에서 여자가 나왔다. 여전히 검은 스웨터, 검정색 바지, 흰 피부, 무표정한 얼굴, 토방에 선 여자가 이광을 보았다.

"왜요?"

목소리가 마당을 건너 옆쪽 산비탈로 날아가는 것 같다.

"좀 사귑시다."

이광도 표정 없는 얼굴로 말하고는 야전 점퍼 주머니에서 초콜릿을 한주먹 꺼내 여자에게 다가가 내밀었다. 중대본부에 갔더니 이동 PX가 와 있어서 산 것이다.

"뭐예요?"

여자가 묻자 이광이 발밑에다 초콜릿을 놓았다. 여자는 슬리퍼를 신었는데 맨발 발가락이 가지런하게 드러났다. 이광의 시선을 받은 발가락이 꼬물거렸다.

"오늘 진급했어요, 사령관 표창도 받고."

한 걸음 물러선 이광이 여자를 응시하며 말을 이었다.

"지난번에 공비를 잡은 공으로요."

여자가 토방 위에 서 있어서 이광이 조금 올려다봐야만 한다. 여자가 똑바로 이광을 보았다.

"뭘로 진급했어요? 대위 다음이 뭔가?"

"소령."

"소령된 건가요?"

"이 소령이라고 불러도 돼요, 이 사령관이라고 하든지."

"고향이 어디예요?"

"전라도 전주."

"뭐 하다가 왔어요?"

"뭐 하기는? 그냥 군인이 된 것이지."

"몇 살인데?"

"서른."

"거짓말."

"거긴 몇이오?"

"내가 누나 될걸?"

"글쎄, 몇이냐니까?"

"여기 앉아요."

여자가 토방에 앉아 다리를 늘어뜨리면서 옆자리를 가리켰다. 그러고는 토방에 놓인 초콜릿을 쓸어 두 손에 담는다. 이광이 메고 있던 M-1소총을 토방에 걸쳐놓고 배낭을 벗어 놓았다. 그러고는 여자 옆에 바짝 붙어 앉았다. 어깨가 닿자 여자가 짧게 웃었다. 여자한테서 맑은 향내가 났다.

"참 재밌는 남자야."

여자가 머리를 돌려 이광을 보았다. 볼의 솜털이 보인다. 눈 밑의 점도 보였다. 이광이 여자의 눈동자에 박힌 제 얼굴을 보면서 말했다.

"내가 꿈을 꾸는 것 같아."

"꿈이야."

여자가 웃으면서 말했다.

"꿈을 꾸는 것이라고."

"깨지 말았으면 좋겠는데."

"깨지 마."

이광이 손을 뻗어 여자의 볼을 둘째손가락 끝으로 쓸었다. 솜털만 건드릴 정도로 쓴 것이다.

"간지러."

30

여자가 얼굴을 비키더니 눈을 흘겼다. 요염했다. 갑자기 심장 박동이 빨라졌으므로 이광이 심호흡을 했다.

"안고 싶어."

"미쳤어, 소령."

"이름이 뭐야?"

"진이."

"진?"

"윤진."

"나하고 결혼할래?"

"하하하."

여자가 엄지와 검지로 이광의 코를 잡더니 비틀었다.

"빨리 가봐, 분대장님. 늦겠어."

그때 이광이 머리를 굽혀 윤진의 볼에 입을 맞추고는 일어섰다.

인간은 절박한 상황 속에서도 일상생활을 한다. 그 일상(日常)생활이란 것은 날마다 하는 일, 항상 하는 일을 말한다. 먹고, 자고, 싸고, 생각하고 욕구까지 발산하는 일. 이광이 편의공작대 생활을 해오면서 느낀 것이 그것이다. 느꼈다기보다 몸에 배어들었다고 봐야 옳다. 편의공작대 생활이란 군복 대신 군에서 던져준 사복을 - 그것이 미제(Made in USA) 사복이 많았다. - 입고 분대별로 벙커에 떨어져서 만날 까마귀 사냥이나 하고 가끔 내려오는 공비를 쏴서 잡는 한가한 생활이 아니다. 그 일상(日常)을 실제로 설명하면 주, 부식이 쌀과 보리가 절반씩 섞인 잡곡밥, 된장과 거의 흰색인 김치, 일주일에 한 번 지급되는 1인당 닭 반 마리를 먹고 하루 12시간씩 흙과 돌로 만든 매복 초소에 쪼그리고 앉아 감시를 하며 벙커는 바닥에 마른풀과 농가에서 얻어온 짚, 그 위에 모포를 깔아 추위를 막았다. 바깥소식은 1주일에 한 번씩 소대에서 주, 부식 수령을 해올 때 들었으며 생리적인 욕구는 숲 속에 들어가거나 벙커에 혼자 있을 때 해결했다. 대부분 1년 가깝게 휴가를 못 갔으며 가족을 만난 적도 없다. 그것이 군바리 일상이다. 그런데도 웃고 이야기를 나누고, 싸고, 자고, 그리고 국방의 의무를 훌륭하게 수행하고 있는 것이다.

아끼는 M-1소총을 버릇처럼 분해해서 닦던 이광이 신병 고춘식을 보았다. 오후 12시 반, 고춘식은 매복을 마치고 돌아와 휴식 중이다. 다시 오늘 밤 12시부터 12시간 동안 매복을 나가야 한다.

"야, 너 누구한테 맞은 적 있어?"

이광이 묻자 고춘식이 벌떡 상반신을 세웠다.

"옛, 이병 고춘식! 없습니다!"

"관등 성명 빼."

"옛!"

"여긴 때리는 놈은 없다."

M-1을 결합하면서 이광이 말을 이었다.

"난 졸병 때 존나 맞았지, 시발놈들이 번갈아서 치더만."

"옛!"

"대답하지 마."

결합한 M-1의 방아쇠를 당겨보면서 이광이 말을 이었다.

"그중에 악질이 하나 있었지, 사회에서 자전거포 하던 놈인데 병신같이 생긴 놈이 아주 악랄했다. 내 밥에 침을 뱉고 잘 닦아놓은 군화에 오줌을 싼 놈이었지."

"……."

"내가 일병 때야, 그놈은 병장 고참이었고."

벙커 안에는 조백진과 백윤철까지 넷이 있었다. 그들도 처음 듣는 이야기여서 귀를 기울이고 있다. M-1을 세워놓은 이광이 셋을 둘러보고 웃었다.

"내가 그놈하고 둘이 사역을 갔는데 그때 팼다. 아주 절반은 죽였지."

모두 숨을 죽였고 이광의 말이 이어졌다.

"2년 반 전이구만, 그놈은 갈비뼈 넷이 나갔고 이가 세 개 부러졌어, 코도 뭉개져서 반은 죽었지. 나중에는 살려달라면서 두 손으로 비비면서 울더군."

"……."

"그놈 제대 3개월쯤 남았을 때야, 지금 나하고 비슷했을 때다."

눈을 가늘게 뜬 이광의 얼굴에 웃음이 떠올랐다.

"그때 선임하사가 하사 말년으로 제1분대장이었을 때야, 나는 2분대 졸자였고."

"……."

"선임하사한테 현장을 들켜버렸다. 취사장서 나오다가 본 거야, 그놈은 엎어져 있고 내가 밟고서 가는 장면을 본 것이지."

이제 조백진과 백윤철이 바짝 다가앉았다. 선임하사 강동수까지 연루된 사건인 것이다. 둘의 시선을 받은 이광이 빙그레 웃었다.

"선임하사가 못 본 척하더니 나를 부르더군. 그리고 뭐라고 한 줄 아냐?"

"뭐라고 했는데요?"

조백진이 묻자 이광의 시선이 고춘식에게로 옮겨졌다.

"뭐라고 했겠나?"

"모르겠습니다."

고춘식이 눈을 크게 뜬 채 대답하자 이광이 쓴웃음을 지었다.

"졸병한테 맞는 놈은 군인이 아니라고 하더군, 힘이 없으면 짬밥으로라도 눌러야 된다고."

세 쌍의 시선을 받은 이광이 말을 이었다.

"그놈은 제 입으로 골짜기에서 떨어졌다고 하고 육군 병원에 있다가 제대했어."

"그렇군요."

조백진이 머리를 끄덕였다.

"그때부터 선임하사님이 분대장님을 봐주셨군요."

"얀마, 봐준 건 없다. 나한테 자꾸 말뚝 박으라고 한 것밖에, 3사관학교 가라고도 했어."

통나무집 앞에 섰을 때는 오후 2시 반, 오늘도 인기척이 없다. 옆쪽 산비탈도 마찬가지, 잡나무가 빽빽한 숲은 그늘이 덮여서 어둡다. 어깨에 멘 M-1을 내린 이광이 이번에도 집 안을 향해 소리쳤다.

"계시오?"

그때 통나무집 모퉁이로 윤진이 나왔다. 오늘은 흰색 스웨터에 검정색 바지다. 10월 초순이지만 산골은 항상 서늘하다.

"왔어요?"

윤진이 웃음 띤 얼굴로 다가오더니 눈을 가늘게 떴다.

"이발했어요?"

"응, 잘 깎았어요?"

"군인 안 같아."

다가선 윤진이 킁킁 숨을 들이켰다.

"냄새도 좋고, 향수 뿌렸어요?"

"향수는, 신병이 로션 갖고 있어서."

"나 만나려고 깎고 바르고 온 건가요?"

"꼭 그렇게 말하면 어색하지."

"내가 만나줄 줄 알고?"

"그럼 여기 딴 남자가 있나?"

이광이 주위를 둘러보는 시늉을 했다.

"있다면 쏴 줘여버리지."

"이 남자 좀 봐."

눈을 흘긴 윤진이 힐끗 집에 시선을 주더니 앞장서서 산비탈로 다가 갔다.

"어디로 가는 거요?"

"산."

"왜?"

윤진의 엉덩이에 시선을 준 이광이 숨을 들이켰다. 욕정이 솟아올랐기 때문이다. 목이 막혔고 머리에 열까지 오른다. 산비탈을 10미터쯤 오르자 곧 한 평쯤 되는 평평한 풀밭이 나타났다. 밑에서는 보이지 않았던 곳이다. 이곳에서는 통나무집 옆면과 골짜기 위쪽으로 올라가는 통로가 보인다. 매복하기에 적당한 위치다. 윤진이 풀밭 끝에 서더니 이광을 보았다.

"그동안 뭐 했어요?"

"바빴는데."

지난번 진급하고 올라가다가 만난 후로 나흘 만이다. 이광이 풀 위에 앉자 윤진이 옆에 앉았다. 간격이 10센티쯤 떼어졌다.

"여기 앉아서 기다렸는데."

윤진이 턱으로 골짜기를 오르는 통로를 가리키며 말했다.

"왜?"

이광은 제 목소리가 갈라져 있는 것을 제 귀로 듣고는 심호흡을 했다. 그러고는 팔을 뻗어 윤진의 어깨를 당겨 안았다. 윤진이 기다렸다는 듯이 품에 안겼지만 두 손으로 가슴을 미는 시늉을 했다.

"이러지 마."

이광이 대꾸하지 않고 윤진을 풀 위로 넘어뜨렸다.

"풀물이 들어."

몸을 비틀면서 윤진이 말했으므로 이광이 쓴웃음을 지었다. 이광이 점퍼를 벗어 풀숲 위에 깔면서 아예 바지까지 벗었다. 그러자 윤진이 눈을 흘겼다.

"어머, 바지까지."

"그럼 바지 입고 해?"

바지를 벗어 던진 이광이 윤진의 바지를 벗겼다. 그 순간 흰 팬티가 드러났고 풍만한 하체가 눈앞에 펼쳐졌다. 이광은 윤진을 쓰러뜨리고는 서둘러 팬티까지 벗겨 던졌다. 그때 윤진이 이광의 남성을 두 손으로 움켜쥐면서 말했다.

"천천히, 응?"

주위는 조용하다. 풀벌레 소리도 들리지 않아서 윤진의 가쁜 숨소리만 울린다.

"아아."

이광의 몸이 뜨거운 동굴 안으로 진입했을 때 윤진이 소리쳤다. 산 속으로 윤진의 외침이 울려 퍼졌고 놀란 이광이 움직임을 멈췄다. 그때 윤진이 이광의 엉덩이를 두 손으로 감싸 쥐었다.

"아, 좋아."

윤진의 샘은 이미 용암처럼 뿜어져 나오는 중이다. 이광은 윤진의 입술을 빨았다. 더 이상 외침이 뱉어지지 못하게 하려는 의도도 있다. 산비탈의 풀숲에서 두 마리의 짐승이 뒹굴고 있다. 그렇다. 산에 사는 짐승들이다. 울부짖고 물고, 환호하면서 두 짐승이 풀숲을 뭉개고 있다. 오늘도 흐린 날이어서 눅눅한 바람이 골짜기를 훑고 지나갔다. 일찍 마른 낙엽이 두 짐승의 알몸 위로 떨어졌다. 그러나 두 짐승은 지치지도 않은 듯이 엉켜 붙어 떨어지지 않는다. 이윽고 둘이 떼어졌을 때는 통나무집에서 연기와 함께 매캐한 냄새가 맡아졌을 때다. 알몸으로 반듯이 누워 있던 윤진이 점퍼 끝으로 하복부를 가리더니 가쁜 숨을 뱉으며 말했다.

"앞으로 내 입 막지 않아도 돼, 우리 엄마 귀가 먹었거든."

휴가를 끝내고 귀대한 양만호는 얼굴이 뽀얗게 물이 올랐다. 그러나 귀대한 날 밤에 매복을 나갔다가 다음 날 오전 12시에 돌아왔을 때는 원상태로 돌아와 있었다. 휴가 갔다 돌아온 병사는 군기가 빠져 있기 마련이다. 멍한 상태로 금방 잠에서 깬 놈들 같아서 기합이 필수적이다. 틀림없이 매복 초소에서 졸병한테 맡기고 잠을 잤겠지만 이광은 순찰 돌지 않고 봐주었다. 그러나 매복하고 돌아온 양만호가 총기 소제도 하지 않고 실탄 확인도 안 한 채 잠을 자는 것을 보자 군기를 잡아야겠다고 마음먹었다.

"시발놈아 일어나!"

침상 위로 올라간 이광이 발길로 양만호의 엉덩이를 걷어찼다. 고등학교 시절에 럭비로 단련된 발길질이다. 세게 찬 것도 아닌데 양만호가 침상 밑으로 굴러 떨어졌다. 벙커 안에 있던 병사들이 바짝 얼었다. 분대장이 부분대장을 까는 것이다. 놀라 일어선 양만호의 조인트를 다시 찍은 이광이 이 사이로 말했다.

"모범이 되어야 할 놈이 병기 수집도 안 하고 자빠져 자? 이 새끼 군기를 얻다 빼놓고 왔어!"

조인트에 채여 비틀거렸던 양만호가 얼굴을 일그러뜨렸다.

"죄송합니다!"

"똑바로 서! 이 개새끼야!"

다시 조인트, 이제는 까져도 얼굴만 일그러뜨릴 뿐 다리를 만지지 않는다.

"엎드려뻗쳐!"

"예!"

"일어서! 복창 안 해?"

"일어서!"

양만호가 복창하면서 일어섰다.

"엎드려뻗쳐!"

"엎드려뻗쳐!"

엎드린 양만호의 엉덩이를 발로 누르면서 이광이 소리쳤다.

"야전삽 가져와!"

"예!"

누군가 뒤에서 대답하더니 금방 야전삽이 이광의 손에 쥐어졌다.

"이 시발새끼야, 모범이 되라고 1번으로 포상휴가를 보내줬더니 돌아와서 군기를 흐려?"

이광의 목소리가 벙커를 울렸다.

"예! 죄송합니다!"

"네놈이 흐린 물을 잡으려면 내가 얼마나 신경을 곤두세워야 하는지 알아?"

"예! 죄송합니다!"

"빳다 20대! 복창!"

"예! 빳다 20대!"

그 순간 이광이 내려친 야전삽이 양만호의 엉덩이에서 작렬했다. 양만호 엉덩이는 박격포탄을 맞은 것이나 같다. 넓적한 야전삽이 삽자루 끝에 붙어 있어서 변 사또가 때리는 곤장 따위는 어린애 장난감이다. 첫째 쇠삽이 붙어 있어서 중량이 많이 나간다. 둘째 삽자루가 짧아서 가까운 곳에서 내려쳐야 하는 터라 타력이 강하다.

"털퍽!"

소리는 그렇게 난다. 양만호가 번쩍 머리를 치켜들고 이를 악물었지만 이 야전삽의 위력은 맞은 후에 느껴진다. 엉덩이가 마치 밀가루 반죽 위로 절구질을 하는 것처럼 된다고 보면 된다.

"털퍽!"

두 번째로 야전삽이 떨어졌을 때 첫 번째의 고통이 뒤늦게 오는 터라 그것과 겹쳐서 신음이 터지기 마련이다. 그런데 양만호는 이를 악물고 참았다.

"털퍽!"

"으으."

세 대째가 되었을 때에야 양만호의 이 사이에서 신음이 터졌다. 네 대째.

"털퍽!"

"으으으으."

다섯 번째,

"털퍽!"

"아이고!"

그때 이광이 허리를 펴고 야전삽을 구석으로 내던졌다.

"똑바로 해! 알았나!"

"예! 분대장님!"

이 상황에서는 20대에서 5대로 줄여준 이광에게 충성을 다하고 싶은 욕구가 머리끝까지 치솟아 올라있을 것이다. 이광도 겪어봐서 안다.

"일어서!"

"예!"

군기가 바짝 잡힌 양만호가 용수철처럼 튀어 일어섰다. 두 눈은 똑바로 이광을 응시했고 부동자세, 입은 꾹 닫혀 있다. 군기가 잡힌 것이다. 그러나 한 시간쯤 지나 엉덩이가 욱신거릴 때 이를 북북 갈 것이다.

"병기 소제하고 취침!"

이광이 복창도 듣지 않고 몸을 돌렸다.

"나다, 이 하사."

선임하사 강동수, 28세. 이번에 상사 진급을 하고 나서도 계속 1소대

선임하사로 근무 중, 이광이 저절로 심호흡을 했다. 오전 10시 반, 좋은 일이냐? 나쁜 일이냐? 이제 제대 89일, 제대 특명이 나오지 않더라도 36개월 기준으로 남은 날이다. 그때 강동수가 말했다.

"야, 거기 일주일 전에 보낸 김정민이 있지? 신병 말이다."

"예, 그런데요?"

이광이 무전기 옆으로 붙어 앉아 핸드세트를 귀에 붙였다. 김정민은 지금 매복 근무 중이다. 아직 3개월짜리 이등병이어서 똥오줌 못 가리는 신세, 어제 같은 매복조 선임병인 조백진한테 어리바리하다는 이유로 기합을 받았다. 그때 강동수의 목소리가 송화구를 울렸다.

"그놈, 대대본부로 전출 명령이 났다. 지금 즉시 군장 꾸려서 소대본부로 보내."

"아니, 선임하사님."

"잔소리 말고, 금방 대대에서 연락 왔어."

"아 시발, 전시에도 이게 무슨……."

"고참을 하나 딸려 보내는 게 낫겠다. 그놈이 어리바리할 테니까, 그리고 또 여기서 전입병 데려가야겠고."

"전입병요?"

"이병이다."

"신병을 준단 말이지요?"

이광의 얼굴이 조금 펴졌다. 어쨌든 좋다. 끗발 있는 놈은 중대본부, 대대본부로 빠져나가는 것이다. 지금 같은 준전시 상황이라도 백 있는 놈은 빠진다. 소대장놈도 지금 국군병원에 자빠져 있지 않은가? 그때 강동수가 말했다.

"아니, 신병은 아니야."

"그럼 이병이 신병 아니면……."

그 순간 이광이 숨을 들이켰다. 사고자(事故者)란 말인가? 군에서 사고자란 사회의 전과자를 말한다. 사고자는 대개 군 형무소에서 복역을 마치고 나서 이병으로 강등된 후에 남은 복무 기간을 일반 부대에서 채우고 나야 전역이 되는 것이다.

"아니, 선임하사님."

"그래, 네가 오는 것이 낫겠다. 네가 그놈 데리고 와서 이놈 데려가라."

이광이 어깨를 부풀렸다. 차라리 이놈 보내주고 안 받는 것이 백 번 나은 것이다. 사고자를 받으면 그놈 하나 때문에 부대가 개판이 되는 경우가 많다. 더구나 1개 분대, 외따로 떨어진 편의공작대, 더구나 준전시나 같은 이 상황에서 사고자를 받다니. 이광의 시선이 옆에 놓인 M-1으로 옮겨졌다. 그냥 쏴 죽이고 싶은 충동이 일어난 것이다. 통신병 고장남이 숨을 죽이고 있다. 옆에서 다 들었기 때문이다. 그때 강동수가 긴 숨을 뱉고 나서 말했다.

"우리 소대에서 그놈 받을 분대장은 너 하나뿐이야."

"아, 시발, 그거 칭찬이오?"

"야, 이 새끼야, 너 지금……."

"내가 호구요?"

"이 새끼 봐라?"

"선임하사님, 날 뭘로 보쇼?"

"야 인마, 이건 내가 안 정했어. 소대장이 정했단 말이야, 이 새끼야."

"소대장이?"

"그래, 소대장이 돌아왔다."

"그 백 좋은 소대장이 왜 와서 이 지랄이야?"

"너밖에 없다고 하더라. 솔직히 다른 분대장들은……."

"소대본부에는 못 데리고 있겠단 말이오?"

"티오가 없어."

"시발놈의 군대."

"이 새끼가 정말."

"내가 가만있었다면 슬쩍 그놈을 보내려고 했겠군."

"내가 데리고 가려고 했다."

"시발놈들."

"야, 이 병장, 아니 이 하사."

"하사고 조사고 시발."

"네가 그놈, 김 이병 데리고 지금 출발해. 내가 기다리겠다, 오버."

그러고는 통신이 끊겼으므로 이광이 어금니를 물고는 고장남을 보았다. 고장남이 얼른 외면했으므로 이광이 옆얼굴에 대고 말했다.

"초소에 가서 김정민이 데려와. 교대자가 누구냐?"

"허상도 상병입니다."

"허상도 교대시키고."

머리를 든 이광이 말을 이었다.

"부분대장한테 나, 김정민이 소대본부로 데려다준다고 말해."

부분대장 양만호도 지금 초소 근무 중이다. 오늘 소대본부에 다녀오려면 서둘러야 한다. 이 시간에 출발하면 밤늦게 돌아오게 될 것이다.

"제가 원해서 빠져나가는 것이 아닙니다."

뒤에서 불쑥 김정민이 말했으므로 이광이 눈을 치켜떴지만 돌아보

지는 않았다. 11시 10분, 이광은 화전민 가구 4채를 내려다보면서 다가

가는 중이다. 그때 김정민이 말을 이었다.

"죄송합니다, 분대장님."

김정민, 21세, 이병, 대학 1년 마치고 입대. 출신지 서울, 동서대학 경

제과면 명문이다. 그것이 이광이 아는 전부다. 분대장한테는 그렇게밖

에 알려주지 않는다. 골짜기 옆쪽의 모퉁이를 돌았을 때 통나무집이 1

백 미터 거리로 다가왔다. 윤진을 만난 지 닷새가 되었다. 기약 없이 찾

아가는 터라 기다리는 것도 지쳤을 것이다. 다시 뒤에서 김정민의 목소

리가 들린다.

"어머니가 아버지한테 졸랐을 것입니다. 아버지는 저를 놔두겠다고

했거든요."

"……."

"하지만 어머니는 제가 군에 가는 것만으로도 됐다는 생각이시라."

"……."

"아버지 부하 직원들의 아들도 다 군대 빠졌거든요, 대부분이요."

통나무집이 50미터 전방이다. 오늘도 인적이 없다. 윤진 어머니가 귀

머거리라고 했던가? 그런데 윤진의 나이는? 결혼은 한 여자인가?

"예, 제 아버지는 내무부 차관입니다."

바짝 등 뒤로 붙은 김정민이 말을 이었다.

"전 끝까지 군 복무 마칠 겁니다."

그때 이광이 등에 멘 PRC트랜시버를 벗어 김정민에게 넘겨주었다.

놀란 김정민이 엉겁결에 받아 쥐자 이번에는 M-1과 탄띠까지 풀어 건

넸다.

"갖고 있어."

"예?"

총과 무전기를 감싸 안은 김정민이 이광을 보았다. 그때 이광이 눈으로 통나무집을 가리키며 말했다. 통나무집은 이제 좌전방 30미터 거리다.

"나, 저기 가서 공비에 대비한 주의 사항 전해주고 와야 하니까 25분쯤 걸릴 거다. 그동안 여기 앉아 있어."

"예, 분대장님."

"움직이지 말고."

"예, 분대장님."

김정민이 비탈의 바위 위에 앉는 것을 보고 이광이 통나무집으로 달려갔다. 이광이 마당을 건넜을 때 부엌에서 나오던 윤진이 깜짝 놀랐다.

"아유, 깜짝이야."

윤진의 얼굴에 금방 웃음이 떠올랐다.

"무슨 일이야?"

"어머니는?"

"방에 계셔."

"그럼 어디서 하지?"

"뭘?"

하더니 윤진이 눈을 흘겼다. 교태가 얼굴에 가득 덮여졌다.

"미쳤어?"

"나 시간 없어. 지금 저 위에서 졸병이 기다리고 있단 말이야."

"그래서 어쩌라고?"

"이제 20분 남았어."

이광이 윤진의 손목을 잡았다.

"부엌에서라도 하자."

"이것 놔."

손을 비틀어 빼려고 하면서 윤진이 눈으로 옆방을 가리켰다.

"옆방으로 가."

"신발 벗지 않아도 되지?"

옆방이 바로 어머니가 있다는 안방 옆이다. 돗자리가 깔린 방으로 먼저 들어간 이광이 바지만 서둘러 내렸다. 따라 들어선 윤진이 손으로 이광의 남성을 때리는 시늉을 하더니 선 채로 팬티를 끌어내렸다. 오늘은 윤진이 헐렁한 스커트 차림이다. 이광이 윤진을 쓰러뜨리고는 곧 위에 올랐다.

"아유 아파."

윤진의 신음이 커다랗게 터졌으므로 숨을 삼켰던 이광도 곧 거칠게 움직이기 시작했다. 윤진이 이광의 엉덩이를 움켜쥐면서 신음과 함께 말했다.

"날 데리러 온대."

이광의 움직임에 따라 허리를 흔들면서 윤진이 소리치듯 말을 이었다.

"내 남편 되는 놈이 말이야."

"언제?"

"아아아."

이제는 이광의 목을 끌어안으면서 윤진이 신음을 뱉는다. 이광의 말은 듣지 못한 것 같다. 이윽고 윤진이 먼저 폭발했다. 온몸을 빈틈없이 엉키면서 절규 같은 신음을 뱉는 것이다. 그때 옆방에서 할머니 소리가 들렸다.

"너, 옆방에 있냐?"

귀먹은 할머니까지 들은 것 같다.

흰 얼굴의 정기준 소위가 다가왔을 때 이광은 어금니부터 물었다. 갸름한 얼굴에 웃음을 띠고 있다.

"이 병장, 아니 이 하사."

정기준이 다정하게 불렀지만 이광이 경례부터 올려붙였다.

"충성!"

"축하해."

정기준이 손을 내밀어 이광의 손을 잡고 흔들었다. 부드럽고 따뜻한 손, 아버지가 자동차 부속 공장을 운영한다던가? 직원이 3천 명이라고 했다. 재산은 수천억, 그 정도면 군대 안 가도 되는데 학군장교로 오기는 왔다. 그러나 공비가 출몰했다는 보도가 나자마자 급성심부전증 진단을 받아 국군병원에 입원한 지 두 달 만에 본다. 공비가 거의 소탕되고 있기 때문에 나온 것 같다는 것이 소대 안에서 도는 소문이다.

오후 1시 반, 이광은 소대본부가 위치한 금천리 위쪽 산중턱에서 정기준과 마주보고 서 있다.

"우리, 저쪽으로 가자."

정기준이 나무 밑에 만들어놓은 텐트로 이광을 안내했다. 소대본부 막사는 산중턱의 화전민 폐가를 개조해서 만들었다. 본부 병력은 선임하사, 통신병, 보급병, 행정병, 당번까지 포함해서 7명, 접이식 의자에 마주보고 앉았을 때 정기준이 입을 열었다.

"선임하사 이야기 들었지?"

"예, 소대장님."

"제대 말년에 힘들겠지만 전입병 받아줬으면 좋겠어. 받아줄 분대장은 솔직히 이 하사뿐이야."

이광이 외면했고 정기준이 사근사근한 목소리로 말을 이었다.

"이번에 중대에 전입병이 6명 배속되었는데 사고자가 4명이야, 우리 소대도 안 받을 수가 없었어."

"무슨 사고를 낸 겁니까?"

이광이 묻자 이번에는 정기준이 외면했다.

"내가 알기로는 탈영이야."

"나이는 몇 살입니까?"

그때 정기준의 어깨가 늘어졌다. 사고자는 대개 나이가 많다. 그리고 부대에 배치되면 당연하게 '열외' 취급을 받는다. 훈련, 근무는 말할 것도 없고 모든 활동에서 빠진다. 따라서 소속 부대는 기강이 해이해지고 불화가 일어나는 것이 보통이다. 그때 정기준이 말했다.

"서른여섯이야."

기가 막힌 이광이 머리를 들었을 때 옆쪽으로 선임하사 강동수가 다가왔다. 강동수의 뒤를 병사 하나가 따른다. 처음 보는 병사다. 병사와 시선이 마주친 순간 이광이 숨을 들이켰다. 체격이 크다. 이광보다 키는 작았지만 넓은 어깨, 검은 얼굴, 콧날이 넓고 입술도 두껍고 넓다. 작은 눈이 이광과 부딪치더니 떨어지지 않는다. 큰 머리에 맞지 않는 작업모가 이마 위에 걸쳐져 있다, 이등병 계급장. 이윽고 이광 앞에 선 강동수가 웃음 띤 얼굴로 말했다.

"이 하사, 조 이병 데려왔다."

강동수가 반걸음 비켜서더니 병사에게 말했다.

"조 이병, 네 분대장이다. 인사해."

"충성."

병사가 손을 들어 경례를 했는데 건성이었고 목소리도 툭 던지는 것 같다. 순간 이광이 숨을 들이켜더니 자리에서 일어섰다.

"경례 다시 해봐."

그때 병사가 퍼뜩 눈을 치켜떴다. 눈동자가 흔들렸다가 멈췄다. 그러더니 다시 손을 올려 경례를 했다.

"충성."

이번에는 조금 힘이 들어갔고 목소리도 분명해졌다. 그때 이광이 병사를 똑바로 보았다.

"너, 무슨 사고자야?"

그 순간 이광 옆에 서 있던 정기준이 숨을 들이켜는 소리를 냈고 강동수는 눈을 크게 떴다. 그때 병사가 똑바로 이광을 보았다. 넓은 입술 끝이 조금 올라갔다가 내려왔다.

"예, 중대장을 팼지요."

이광이 숨을 들이켰고 병사의 목소리가 나무 밑을 울렸다.

"중상을 입히고 3년간 도망갔다가 3년 남한산성에서 놀다가 나왔습니다."

"대단하군."

어깨를 늘어뜨린 이광이 머리를 끄덕이고는 정기준과 강동수를 차례로 보았다. 둘은 시선을 마주치지 않는다. 둘 다 처음 들었는지 얼굴이 굳어져 있다. 그때 이광이 말했다.

"군장 챙겨, 가자."

그러고는 눈을 가늘게 뜨고 웃었다.

"시발, 말년에 살인하겠구먼."

"저놈한테 실탄 지급은 하지 마."

조영관이 군장을 꾸릴 때 이광을 막사 옆으로 불러낸 강동수가 말했다.

"총은 지급했지만 탄약고 근처에는 접근시키지 마."

"아, 그럼 영창에 넣지 왜 내놓은 겁니까?"

"글쎄 말이다. 제대를 시키든지 했어야지, 시발놈들이."

건성으로 투덜거린 강동수가 이광의 어깨를 툭툭 쳤다.

"석 달도 안 남았잖아? 부탁한다."

"시발, 골치 아픈 건 다 나한테 넘기고."

"앞으로 1분대 부탁은 다 들어줄게. 주부식은 최우선으로 정량보다 5인분은 더 지급하마, 그건 내가 보장한다."

"선임하사님도 상사 달고 나서 더 얄팍해지셨습니다."

"야, 이 새꺄."

"저놈, 내가 쏴 죽여도 되지요?"

그 순간 숨을 들이켠 강동수가 주위를 둘러보더니 목소리를 낮췄다.

"정당방위라면."

몸을 돌린 이광이 조영관에게 갔더니 마침 군장을 이끌고 일어서는 참이다. 그런데 조영관의 화기도 M-1이다. 요즘은 M-2 자동카빈이 편의공작대용으로 지급되었고 신형 무기인 M-16이 월남전 여파로 한국군에도 지급되기 시작한 시기다. M-1은 유효사거리가 3백 미터나 되어서 저격용으로 일부만 지급된 상태다. 중대본부에서 조영관에게는 일반화기를 지급하지 않은 것이다. 이광의 1분대에도 M-1 소지자는 이광뿐이다. 그래서 M-1 실탄은 이광이 따로 관리했는데 M-2 카빈과는 실탄이 다르기 때문이다.

서둘러 소대본부를 떠난 둘이 골짜기 입구로 들어섰을 때는 2시간 후인 오후 3시 반 무렵이다. 이제 분대 벙커까지는 3킬로 남짓, 골짜기를 올라가야 한다. 이곳까지 10킬로 가까운 거리를 걸어오는 동안 둘은 거의 말을 하지 않았다. 이광이 앞장을 섰고 조영관이 잠자코 뒤를 따라온 것이다. 골짜기로 들어선 이광이 앞쪽을 둘러보다가 문득 머리를 돌려 조영관을 보았다.

"너, 나 없애고 싶어?"

영문을 모르는 듯 조영관의 이맛살이 좁혀졌고 작은 눈이 더 가늘어졌다. 그러나 입을 열지는 않는다. 다시 발을 뗀 이광이 말을 이었다.

"날 없애고 도망치려면 이곳이 적당해. 골짜기 안으로 들어가면 북쪽은 아군 벙커로 꽉 막혀 있어서 안 돼. 공비로 오인해서 사살될 거다. 그러니까 여기서 저쪽으로 나가면 돼."

멈춰선 이광이 골짜기 입구를 손으로 가리켰다. 이제 입구까지는 3백여 미터 거리다. 이광이 눈만 끔벅이는 조영관 앞으로 다가가 섰다.

"그냥 도망가라고 할 수는 없고 날 쏴 죽이고 가라. 물론 나도 쏴야겠지, 그러니까 이곳에서 결판을 내잔 말이다."

이광이 탄띠에서 M-1 탄창 1클립을 빼내 조영관 앞으로 던졌다. 8발이 끼워진 클립이 조영관 발 앞에 떨어졌다.

"자, 그걸 탄창에 넣어라."

어깨에 멘 M-1을 앞에총 자세로 쥔 이광이 몸을 돌려 골짜기 입구로 되돌아가면서 말했다.

"거리가 1백 미터 되었을 때 시작하는 거야, 서로 맞쏴서 죽이는 놈이 이 골짜기를 나가든가 혼자 들어가든가 하는 것이지."

10보쯤 거리에서 멈춰선 이광이 몸을 돌려 조영관을 보았다.

"난 네가 또 탈영하려고 날 죽이려고 해서 쏴 죽였다고 할 거야. 그리고 너는 날 쏘면 내 주머니에 돈 1만 원쯤 있어, 그걸 꺼내갖고 도망가."

몸을 돌린 이광이 이제는 뛰면서 소리쳤다.

"비겁하게 등에 대고 쏘지 마라! 1백 미터 거리에서 시작이다!"

1백 미터는 봐두었다. 커다란 바위다. 바위까지 다가간 이광이 바로 몸을 엄폐하고는 M-1을 겨누었다. 1백 미터 거리에 조영관이 서 있었는데 엉거주춤한 자세다. 숨을 고른 이광이 M-1을 겨누었다. 20일 전에 공비를 쏘았을 때보다 과녁이 더 확실했다. 이 거리에서는 10발 9중이다. 심호흡을 한 이광이 조영관이 머리를 든 순간에 방아쇠를 당겼다.

"꽝!"

M-1의 발사음은 굉장하다. 개머리판이 어깨에 충격을 주었고 총구가 흔들렸지만 총탄이 조영관 옆쪽 20센티 거리의 바위에 맞아 튀었다. 그때 조영관이 M-1을 내던지며 소리쳤다.

"항복! 항복! 항복!"

"꽝!"

다시 한 발, 이번 총탄은 조영관 머리 위쪽 나뭇가지를 부러뜨렸다. 부러진 나뭇가지가 머리 위로 떨어지자 조영관이 납작 엎드리더니 얼굴만 들고 소리쳤다.

"사람 살려! 사람 살려!"

"꽝!"

세 발째, 조금 전에 맞았던 바위에 총탄이 다시 맞았다. 바위 조각 파편이 조영관 몸 위로 떨어졌다.

"아닙니다! 아닙니다!"

조영관이 소리쳤는데 뭐가 아니라는 말인지 불분명했다. 그때 이광이 바위에서 몸을 떼어 앞에총 자세로 나왔다.

"뭐가 아니라는 거냐!"

이광의 목소리가 골짜기를 울렸다. 그러자 벌떡 일어나 앉은 조영관이 소리쳤다.

"탈영 안 합니다!"

"시발놈아, 해!"

발을 떼어 다가가면서 이광이 소리쳤다.

"널 정당방위로 쏴 죽이고 말년에 좀 편하게 군대 생활 하자!"

"꽝!"

이것은 그냥 허공에 대고 쏜 것이다. 네 발 쏘았다.

"아이고!"

저절로 비명을 지른 조영관이 두 손을 깃발처럼 흔들었다.

"저는 고참병 한 놈을 때려 부상을 입히고 탈영한 겁니다! 저는 악질 아닙니다! 제발 살려 주십시오!"

"시발놈이 공갈치고 있어!"

"꽝!"

다섯 발, 조금 전 조준 사격한 세 발은 일부러 바위와 나뭇가지를 맞췄다. 쏴 죽일 의사는 애당초 없었다.

"아이고머니."

이제 두 손을 모으고 꿇어앉은 조영관이 눈물범벅이 된 얼굴로 이광을 바라보고 있었다. 다가간 이광이 아직도 땅바닥에 떨어져 있는 8발 실탄 클립을 집어 탄띠에 다시 넣었다.

"일어나, 시발놈아."

"예, 분대장님."

서둘러 일어선 조영관에게 이광이 눈을 부릅뜨고 물었다.

"나하고 잘해볼래?"

"예, 잘 모시겠습니다!"

이광이 심호흡을 했다.

"이건 너하고 나하고 둘만의 비밀이다."

"예?"

조영관이 눈물범벅이 된 얼굴로 시선을 주었으므로 이광이 입맛을 다셨다.

"지금 있었던 일 말이다. 비밀이라고, 너하고 나만 알잔 말이다."

불감청이언정 고소원이다. 오히려 부탁하고 싶은 말일 것이다. 그러나 영문을 모르는 조영관이 건성으로 대답은 했다.

"예, 분대장님."

"넌 그대로 중대장을 패고 탈영한 놈이야. 그래야 가오가 서, 아니 연대장을 팼다고 해라."

"…예, 분대장님."

"앞으로 우리 분대 내에서 넌 상병으로 불리도록 할 테니까 네가 애들 다뤄. 솔선수범을 하란 말이다."

"예, 분대장님."

"네가 연대장을 팬 놈이라면 다 껌벅 죽을 거다. 앞으로 써먹을 일이 많아."

"예, 분대장님."

대충 감이 잡힌 조영관의 목소리가 분명해졌다. 다시 발을 떼면서 이광이 말을 이었다.

"내 말에는 절대복종, 알았나?"

"예, 분대장님."

옆을 따르던 조영관이 손을 뻗쳤다.

"분대장님, 무전기 주시지요, 제가 메겠습니다."

이광이 무전기를 건네주면서 물었다.

"너, 무학이야?"

"예, 국민학교 2학년 다니다가 말았습니다."

"한글 못 읽어?"

"예, 그렇게 되었습니다."

"어, 시발."

"하지만 군대 생활에 지장은 없습니다."

"시발놈아, 근무자 명단도 못 읽으면 누구한테 꼭 물어봐야잖아."

"아."

"자는 놈 깨워서 근무자 이름 읽어달라고 하겠군."

"그런데 분대장님이 공비를 쏴 죽이셨습니까?"

다가붙은 조영관이 물었으므로 이광이 시선을 주었다.

"누구한테 들었어?"

"선임하사가 그랬습니다."

"내가 두 놈 쏴 죽였다."

"아까 진짜 절 쏴 죽이려고 하셨습니까?"

"첫 발은 아냐, 네가 대응사격을 하면 그대로 날리려고 했지."

의외로 조영관은 붙임성이 있다.

"모두 벙커 앞에 집합!"

조영관을 데려간 즉시 이광이 분대원을 집합시켰다. 오후 4시 반, 분대원은 모두 조영관이 어떤 인물인가를 아는 상태. 소대본부에서 간다고 연락을 했고 통신병끼리 이미 정보를 다 주고받은 상태, 골짜기에는 이미 그늘이 덮였다. 벙커 앞에 늘어선 분대원은 3명, 4명은 매복을 나갔기 때문이다. 분대원 총원은 9명이니 단 하루도 빠지지 않고 2개 매복 초소에 4명이 12시간씩 교대 근무다. 분대장도 예외가 없다. 1명은 벙커 감시로 남아야 되기 때문에 9명이 모두 근무다. 벙커 앞에 선 셋은 부분대장 양만호 병장, AR사수 조백진 상병, 그리고 통신병 고장남 상병, 끝 쪽에 조영관이 배를 내밀고 섰다. 셋은 조영관에게 시선도 주지 못한다. 조영관이 우선 늙은(?) 얼굴인 데다 육군 형무소인 남한산성에서 운동을 안 시켰는지 배까지 나왔다. 키도 180 가깝게 되는 데다 육중한 체격이다. 거기에다 인상도 메기에다 멧돼지를 뒤섞은 것 같았으니 닭장 안에 곰을 넣은 것 같다. 앞에 선 이광이 쉬어 자세로 선 셋에게 말했다.

"전입병 데려왔다. 이병 조영관이다."

조영관은 쉬어 자세로 앞만 보았고 셋은 감히 쳐다보지도 못 했다. 이광이 말을 이었다.

"나이는 서른여섯, 앞으로 군대 생활 18개월 남았고 계급은 이병이야."

"……."

"하지만 나이도 있고 하니까 분대 안에서는 조 상병으로 불러준다. 알았나?"

"예."

대답은 조백진이 혼자만 했다. 나머지 둘은 반쯤 정신이 나간 것 같다. 이광이 양만호를 보았다.

"예외는 없다. 조영관이를 오늘 밤 근무부터 시켜. 알았나?"

"예."

양만호의 목소리가 마른 굴속에서 나오는 것 같다.

"조영관이 침상 마련해줘라."

그래놓고 이광이 몸을 돌렸다. 이광이 벙커 안으로 먼저 들어갔을 때 조영관의 굵직한 목소리가 뒤에서 울렸다.

"잘들 해보자."

아예 반말이다. 기가 죽은 부분대장 양만호는 찍소리도 못 했고 조영관의 목소리가 이어 울렸다.

"어이, 자네가 부분대장여?"

"예."

양만호의 대답을 들은 이광의 얼굴에 쓴웃음이 번졌다. 벙커 안으로 들어온 이광이 안쪽의 제 침상에 앉았을 때 조영관이 양만호의 뒤를 따라 들어오면서 다시 물었다.

"자네 몇 살여?"

"예, 스물넷입니다."

"허이고, 나허고 열두 살 차이고만. 내가 열두 살 때부터 딸딸이를 쳤응께 그때 뜬물 받아 넣었으면 나도 자네만헌 아들이 있겠네."

"야 이 새끼야."

이광이 낮게 부르자 조영관이 말을 뚝 그쳤다.

"얀마, 조 상병."

이광이 다시 부르자 조영관이 상반신을 폈다. 어느덧 정색한 얼굴이다.

"예, 분대장님."

"벙커 안에서 시끄럽게 떠들지 마, 알았어?"

"예, 분대장님."

그때는 통신병 고장남도 들어와 있었으므로 숨을 죽이고 있다. 탄띠를 풀면서 이광이 다시 잔소리를 했다.

"글고 애들 군기 잡으려고 하지 마. 분위기 깨지 말란 말이다, 알았어?"

"예."

"이 씨발놈 대답하는 것 봐라 다시 대답해봐, 알았어?"

"옛!"

그때 이광이 몸을 굳힌 채 문 앞에 서 있는 AR사수 조백진에게 말했다.

"조 상병, 네가 내일부터 조영관이 사격 연습 좀 시켜라, 하루 1시간씩."

"예."

"공비 지나갈 때 헛방이나 쏜다면 그땐 내 총에 맞아 디질 줄 알아."

이광이 조영관을 쏘아보았다.

"여긴 까마귀가 많아. 앞으로 한 달 후에 1백 미터 거리의 까마귀를 10발에 5발은 맞추도록 해."

조영관이 입만 벌렸을 때 이광이 말을 이었다.

"난 10발에 평균 8발이다, 알아들어?"

"예!"

골짜기 입구의 일이 떠오른 듯 조영관이 굳어진 얼굴로 대답했다.

58

"꽝! 꽝! 타당! 탕탕탕!"

요란한 총소리에 벌떡 일어난 이광이 우선 발밑의 총기에서 M-1을 꺼내 쥐었다. 밤, 놀란 분대원들이 일어나고 있다.

"어디야!"

이광이 소리치자 벙커 감시 근무자 백윤철이 트랜시버를 켜고 소리 쳤다.

"1번! 1번! 2번! 2번!"

침상에서 뛰어 내려온 이광이 핸드세트를 귀에 붙였다. 그때 다시 총성.

"꽝! 꽝! 타타타타탕!"

핸드세트에 대고 소리치려던 이광이 눈을 치켜떴다. AR발사음이다. 그러면 2번 매복 초소다. 그때 트랜시버에서 목소리가 울렸다. 허상도 상병이다.

"여긴 아냐! 2번이야!"

이광이 이어서 소리쳤다.

"모두 날 따라와!"

2번 초소에는 AR 사수 조백진과 부사수 윤재동이 나가 있다. 둘은 항상 짝이다. 벙커 밖으로 뛰어나가면서 이광이 소리쳤다.

"우리가 간다고 해!"

밤 10시 반, 이곳에서 2번 매복 초소까지는 2백 미터 거리.

"꽝! 꽝! 사카카카카카캉!"

다시 요란한 총성이 울렸고 이광은 맹렬히 뛰었다. 1백 미터를 12초로 달렸던 실력이지만 군대 짬밥을 먹다 보니 체중이 87킬로로 늘어났고 속력은 줄었다. 다시 AR의 발사음.

"사카카카카캉."

조백진은 20발 들이 탄창을 지금 세 개째 내갈기는 것 같다. 1백 미
터쯤 달렸을 때 다시 AR 발사음을 들으면서 이광은 적의 대응 사격이
없다는 것이 궁금해졌다. 잡았는가? 대응해온다면 발사음이 들려야 옳
다. 이광의 뒤를 양만호와 박봉기, 고장남이 따라 뛰었지만 벌써 20여
미터나 떨어졌다. 1번 매복 초소에는 허상도와 조영관이 들어가 있는
것이다. 가쁜 숨을 몰아쉬며 맨 먼저 달려간 이광이 소리쳤다. 암호다.

"하느!"

그때 초소에서 응답했다.

"님이!"

윤재동 목소리다. 이제 조백진의 AR 발사음은 그쳤다. 초소 안으로
뛰어 들어간 이광이 헐떡이며 물었다.

"뭐야?"

"지나갔어요!"

조백진이 총안으로 앞을 보면서 말했다.

"둘이요!"

"맞췄어?"

"모르겠어요."

밤이었지만 별빛이 밝아서 전방 50미터 시야는 탁 트여졌다. 이곳은
골짜기 왼쪽 산비탈로 앞쪽 골짜기가 사각지대도 없이 펼쳐져 있다. 골
짜기 양쪽은 가파른 바위로 높이가 수십 미터여서 앞쪽이 유일한 통로
다. 공비가 서진령을 넘었을 경우에는 어쩔 수 없이 이곳을 지나게 되
는 것이다.

"그럼 지나갔단 말이냐?"

이광이 눈을 치켜뜨고 묻자 조백진이 어깨를 늘어뜨렸다.

"돌아가지는 않았어요."

"시발놈아, 그럼 지나간 것 아녀!"

이광이 버럭 소리쳤다. 놓친 것이다. 거리가 50미터 안이었으니 제대로 보기만 했다면 맞췄다. 공비는 무조건 사살이다. 공비들도 죽기 전에 안전핀을 뽑은 수류탄을 배에 깔고 죽는 놈들이다. 투항은 기대하지도 못 한다.

"이런 시발, 그럼 B지역으로 갔는데."

이광이 억양 없는 목소리로 말했다. B지점은 2소대 3분대 지역이다. 골짜기가 그쪽으로 뻗어 간 것이다. 어깨를 부풀린 이광이 초소에서 일어서면서 소리쳤다.

"눈깔 똑바로 뜨고 있어 시발놈들아, 디지기 전에!"

이광이 다시 벙커로 달려 돌아왔을 때는 5분쯤 후다. 초소에는 각각 분대용 PRC트랜시버 무전기가 있었지만 유효 거리는 3킬로 미만이다. 소대본부에 보고를 하려면 벙커 안에 있는 RPC-77 무전기를 써야 한다. 가쁜 숨을 허덕이며 소대장을 찾았더니 선임하사 강동수가 나왔다.

"뭐냐?"

"시발, 공비 둘이 2초소 앞을 지나 B지역으로 내려갔습니다!"

이광이 소리쳐 보고했다.

"쏘았지만 맞지 않았어요!"

"확실해?"

"예, 둘이요, 15분 전이요!"

"무장은?"

"못 보았습니다."

"알았어!"

통신이 끊겼을 때 이광이 허리를 펴고 둘러선 분대원을 보았다. 이광은 그 표정들을 읽을 수 있었다.

다음 날 오전 11시쯤 되었을 때 고구마3 벙커로 선임하사 강동수 상사가 찾아왔다. M-2 카빈에 권총, 수류탄 2발까지 찬 완전무장 차림이다. 강동수는 통신병과 호위병으로 소총수 둘까지 대동했다. 벙커 밑에서 기다리던 이광이 인사를 하고는 앞장을 섰을 때 강동수가 물었다.

"야, 어디가?"

"어디 가다니요?"

이맛살을 찌푸린 이광이 되물었다.

"2번 초소로 가 보시려는 것 아닙니까?"

"핏자국도 없다면서?"

"안 보였어요."

강동수가 통신병과 소총수들에게 말했다.

"야, 너희들은 벙커 가서 쉬고 있어."

그들을 벙커로 올려 보낸 강동수가 개울가 바위 위에 앉더니 주머니에서 담배를 꺼내 내밀었다. '말보로'다.

"필래?"

담배를 받은 이광이 옆에 쪼그리고 앉자 강동수가 불까지 붙여주었다.

"아, 시발, 곧 겨울이구먼."

담배 연기를 길게 뿜으면서 강동수가 말했다. 강동수는 30세, 군 생활 10년째다. 중사 4년 만에 상사 달았으니 진급이 빠른 셈이다. 강동수가 머리를 돌려 이광을 보았다.

"너, 12월에 제대지?"

"70일 남았어요."

12월 20일이 만 36개월이다. 그때 특명이 나와야 계산이 맞는다. 오늘이 10월 10일인 것이다. 다시 담배 연기를 뱉은 강동수가 이광을 보았다.

"조영관이를 꽉 잡았다면서?"

"어떤 시발놈이 또."

"난 네가 잡을 줄 알았어."

강동수가 웃음 띤 얼굴로 이광을 보았다.

"네 앞에서는 설설 긴다면서?"

"근무 잘해요."

이광이 입맛을 다셨다. 주부식 수령하러 간 분대원들이 소문을 냈을 것이다. 그때 강동수가 반도 안 태운 담배를 버리더니 이광을 보았다.

"야, 어제 공비 지나간 것 말이야."

이광의 시선을 받은 강동수가 입술을 비틀고 웃었다.

"2소대한테 이야기 안 했다."

눈만 치켜뜬 이광에게 강동수가 말을 이었다.

"시발, 소대장이 연락하지 말라고 하더군. 이미 그쪽도 지나갔을지 모른다고 말이다. 물론 중대본부에도 보고 안 했어."

"……."

"그리고 실제로 그렇게 되었어, 2소대에서도 밤사이에 아무 일 없었잖아?"

"아, 시발, 그럼 아군 경계망 뚫고 서울 쪽으로 간 것 아뇨?"

"야, 서울이 옆 동네냐? 2백 킬로가 넘어, 이곳에서."

"아니, 그렇다고……."

"그놈들이 우리 소대 앞만 지나갔냐? 여기 2초소까지 오기 전에 3소대 지역, 그전에는 14사단 지역을 지나왔어."

"……."

"그놈들도 지나갔다고 연락 안 해주는데 우리만 놓쳤다고 보고 해봐라, 얼마나 골치 아프겠냐?"

"……."

"당장에 헬기 타고 대대, 연대, 사단에서 날아와 왜 놓쳤냐고 지랄할 것 아냐? 너도 머리가 다 빠질 거다."

"좆까는군."

"뭐라고?"

"다 좆깐다고 했습니다."

"다 좋은 게 좋은 거다, 이 새끼야."

"그 말 하려고 오신 거구면요."

"너 휴가 안 가?"

"휴가는 무슨, 돈도 없는데."

"소대장이 곧 갈릴 거야."

"그 시발놈이 그래서 문제 안 일으키려고 그랬군, 좋은 데로 빠지려고."

"얀마, 공비 그냥 보냈다고 해봐, 너도 걸려."

"부식이나 많이 보내주쇼."

"그러자."

손목시계를 본 강동수가 이광의 어깨를 짚고 몸을 일으켰다.

"아이구, 이젠 돌아가야지."

"여러 가지로 고생 많으쇼."

따라 일어선 이광이 말하자 강동수가 입맛을 다셨다.

"애들 입단속 잘 시켜, 2소대 놈들한테 이야기 들어가면 골치 아파."

"즈그들이 지 무덤 파겠어요?"

"2소대 놈들도 그냥 보낸 셈이 될 테니까 알아도 떠들지는 못 할 거다."

강동수가 벙커는 들르지도 않고 앞에서 얼쩡거리는 백윤철에게 소리쳤다.

"야! 소대본부 애들 내려오라고 해!"

열풍이 가라앉으면서 방안이 비린 정액의 냄새로 덮였다. 한낮의 정사, 이제는 귀가 먹은 윤진의 어머니도 눈치를 챈 모양인지 이광을 봐도 이상한 표정을 짓지 않는다.

"아유, 죽겠어."

가쁜 숨을 뱉으면서 윤진이 신음했다. 탄성이다. 사지를 펴고 누운 윤진은 알몸을 가리지도 않는다. 어지러운 방안, 오후 3시쯤 되었다.

"나도 짐승 다 되었어."

모로 누우면서 한쪽 다리를 이광의 하체에 비스듬히 걸친 윤진이 말했다. 얼굴이 이광의 가슴에 붙여졌다.

"자기 때문이야."

이제 윤진과는 육정(肉情)이 다 들었다. 만나기만 하면 짐승처럼 얽혔기 때문일 것이다. 말도 몇 마디 안 하고 몸만 부딪치고 돌아갈 때도 있다. 때로는 깊은 밤에 찾아와 공비처럼 윤진을 덮치기도 했다. 놀란 윤진이 소리를 질렀지만 나중에는 더 흥분했다. 윤진이 이광의 몸에 빈틈 없이 감기더니 말했다.

"그놈이 날 데리러 오겠다는 편지가 왔어."

이광이 잠자코 윤진의 젖가슴을 주물렀다. 탄력 있는 가슴이 출렁거리고 있다.

"지금까지 공비 출몰 지역이라 못 왔는데 지금은 신분증 확인만 하면 이곳에 올 수 있나봐."

윤진은 지금 별거 중인 남편 이야기를 하고 있다.

"술 마시면 만날 날 두들기고 그 다음 날 아침에는 무릎 꿇고 비는 그 생활을 5년이나 했어, 그런데도 아직도 날 놓아주지 않아."

"안 가면 되잖아?"

이광이 윤진의 엉덩이를 움켜쥐고 당겼다. 윤진은 32세, 이광보다 7살 연상이다. 윤진이 이광의 가슴에 대고 길게 숨을 뱉었다.

"그놈이 끈질겨, 이곳까지 나를 찾아오는 걸 좀 봐, 죽을 때까지 날 놓아주지 않을 것 같아."

윤진이 이곳 어머니한테 온 것은 다섯 달 전이다. 그전에는 춘천에서 반년 동안 혼자 살았다고 했다. 별거한 지 1년 가깝게 된 셈이다. 대학을 중퇴한 윤진은 수원에서 화장품 회사에 다니다가 같은 회사에 다니던 남자를 만났고 결혼했다고 했다.

"나 좀 어떻게 해줘."

윤진이 이광의 몸 위에 오르면서 말했다. 다시 두 눈이 번들거리고 있다.

"어떻게?"

윤진의 젖가슴을 누운 채로 움켜쥐면서 이광이 물었다. 방안에 다시 거친 숨소리가 울리고 있다.

"그놈 못 오게 해줘."

윤진이 허리를 흔들면서 말했다.

"자기는 할 수 있잖아?"

이광과 윤진의 시선이 마주쳤다. 이럴 때는 윤진의 눈동자가 흐려져 있었는데 이번에는 초점이 맞춰졌다.

"어떻게 말이야?"

그때 윤진의 입이 딱 벌어지더니 눈동자의 초점이 멀어졌다. 이광은 더 이상 묻지 않았다. 온몸이 뜨거운 동굴 속으로 빨려드는 느낌이 들었고 윤진의 외침이 먼 쪽에서 울리는 것 같다. 이윽고 다시 열풍이 가라앉았을 때 윤진이 가쁜 숨을 몰아쉬며 천장에 대고 말했다.

"여기는 공비가 나오는 곳이야, 그렇지?"

팬티를 입던 이광이 머리만 끄덕이자 윤진이 말을 이었다.

"가끔 총소리를 들었어, 나흘쯤 전에도 밤에 총소리를 들었는데."

2초소 앞으로 공비 두 놈이 도망친 날이다. 다시 이광이 머리를 끄덕이자 윤진이 상반신을 일으켰다. 희고 풍만한 유방이 출렁거렸다.

"자기 부대에서 총 쐈어?"

"그래, 공비가 지나갔어."

바지를 집어 든 이광이 일어나면서 말을 이었다.

"놓쳤지."

"공비가 총 쏜 것으로 하면 되지 않을까?"

윤진이 팬티를 입으면서 물었으므로 이광이 내려다보았다.

"공비가 쏴? 누구를?"

"그놈을."

바지 혁대를 잠근 이광이 얼굴을 일그러뜨리며 웃었다.

"내가 공비가 되라고?"

"응."

자리에서 일어선 윤진이 이광의 허리를 두 손으로 감싸 안았다.

"그리고 공비는 도망가는 거야, 어때?"

윤진이 하반신을 이광의 몸에 붙이고 비볐다.

"부대장님은 나하고 이곳에 남고."

사고자 조영관이 전입된 후에 오히려 3분대 군기가 딱 잡혔다. 분대장 이광의 권위는 한층 더 상승되었으며 분대는 일사불란하게 움직였다. 그러나 양지가 있으면 음지가 생기는 것이 이치다.

부분대장 양만호가 제2인자 위치를 조영관에게 빼앗긴 것이 그것이다. 이광 앞에서는 조영관이 시치미를 딱 떼고 위계질서를 지켰지만 시선만 벗어나면 양만호를 갖고 놀았다. 자연히 양만호는 3인자가 되었는데 어쩔 수 없는 노릇이다. 분대는 잘 굴러가고 있었기 때문이다.

소대장은 당번병이 있지만 분대장도 '따까리'가 있다. 배식이나 세탁, 관물 정돈 등까지 챙겨주는 졸병으로 대개 일등병에서 선발되는데 이광의 따까리는 박봉기 일병이다. 입대 15개월, 곧 상병이 되면 따까리 제대를 하겠지만 본인은 원치 않는 것 같다. 그것은 따까리의 특전이 있기 때문이다. 분대에서 분대장 따까리는 건드릴 수 없다. 분대장 외에는 사적인 일을 시키지 못한다. 만일 그랬다면 대개의 분대장은 '야 이 시발놈아, 자가 니 따까리냐?' 하고 조인트를 까고 아마 당사자를 찍어서 오랫동안 괴롭힐 것이기 때문이다.

부분대장도 따까리가 있는데 분대장 따까리보다 약간 덜 고참으로 분대장이 고르고 난 후의 졸병이 선택된다. 그런데 3분대에는 이등병 조영관의 따까리가 탄생했다. 조영관이 제멋대로 이등병 고춘식을 제 따까리로 임명한 것이다.

조영관이 전입온 지 사흘 만에 만들었다. 이광은 바로 알았지만 놔두었다. 조영관이 충성을 바치고 있는 한 그쯤은 눈감아 준 것이다. 이광에 대한 충성도 순서를 꼽으라면 겉만 평가할 경우 조영관이 1위다. 병역 기피자로 도망 다니다가 27살에 입대, 2년 근무하고 사고를 치고는 탈영, 3년 도망 다니다가 잡혀서 육군 형무소에 처박혀 3년을 살고 나온 조영관이다. 군(軍)의 조직과 처신에 대해서는 몸으로 체험해온 때문일 것이다.

"분대장님."

조영관이 은근한 표정과 목소리로 불렀을 때는 오후 5시 무렵, 이광이 오후에 사냥해온 산비둘기 3마리를 박봉기에게 넘겨주고 개울가에서 손을 씻던 중이다. 다가선 조영관이 지그시 이광을 보았다.

"저기, 금진리에 가게가 있다는데 들으셨습니까?"

"가게가 아냐."

손을 털면서 이광이 이맛살을 찌푸렸다.

"군인들한테 바가지 씌우려고 술하고 라면, 과자를 집에서 파는 거야."

"거기 여자도 있다던데요."

"왜? 가고 싶냐?"

"아휴, 숏타임에 3천 원이라는데 어떻게 갑니까?"

3천 원이면 쌀 80킬로짜리 한 가마 값이다. 이광이 조영관을 보았다. 갑자기 측은한 생각이 들었기 때문이다. 조영관은 제 입으로 마누라를 만들지 않았다고 했지만 따까리 고춘식이 세탁을 하다가 사진을 보았다고 했다. 좀 덜 생긴 여자하고 대여섯 살쯤 된 여자아이까지 셋이 찍은 사진이라는 것이다. 영락없는 가족사진일 것이다.

"그럼 왜 그 이야기 하는 거야?"

"술은 사 먹을 수 있지 않겠습니까?"

"그거야, 하지만 비싸. 멀기도 하고."

이광이 발을 떼면서 말했다.

"그리고 돈도 없고."

"우리 부식이 많이 남았습니다. 된장이 30킬로, 쌀이 50킬로 정도 남았더군요."

"이 시발놈이."

어깨를 부풀린 이광이 조영관을 노려보았다. 이제 조영관의 본색을 아는 터라 거침없다. 이광은 태권도 초단에 유도 2단의 실력에 럭비로 단련된 몸이다. 싸움에는 태권도 5단짜리도 직사하게 팬 적이 있다.

"야, 이 시발놈아, 남한산성에서 그런 짓도 배우고 온 거냐?"

"아닙니다."

조영관이 낭패한 얼굴로 손까지 저었다.

"그냥 두기가 아까워서요."

선임하사 강동수가 계속 주부식을 정량보다 많이 보내주었기 때문에 재고가 쌓인 것이다. 이광이 다시 발을 떼면서 말했다.

"잘 들어, 난 그런 짓 안 하는 놈이다. 그건 도둑질이야, 이 새끼야."

"압니다."

뒤를 따르면서 조영관이 풀죽은 목소리로 대답했다. 하긴 며칠 전에 윤진에게 군대 된장 5킬로쯤을 신문지로 싸 갖고 가서 주었다. 그러고 보면 된장을 주고 섹스를 한 셈인가? 그런 생각이 들었으므로 이광이 입맛을 다셨다.

소대장이 갈렸다. 전임 소대장은 서울 육군본부로 전출되었고 신임으로 이번에는 3사 출신 소대장이 부임했다. 통신병들은 자주 저희들끼리 정보를 주고받았는데 고장남의 보고에 의하면 신임 소대장은 21세, 고졸 후 3사에 들어가 2년 교육을 마치고 소위가 된 지 5개월째, 성질이 지랄이어서 소대본부에 온 지 5일밖에 안 되었는데 '비상'을 다섯번 걸었고 '완전군장' 행군을 세 번이나 시켰다는 것이다. 그리고 나서 이번에는 각 분대 벙커 순시다. 하루에 한 곳씩 순시를 한다고 일정을 통보했는데 이광의 1소대 3분대, 즉 고구마3은 사흘째 되는 날 순시 계획에 잡혔다. 그것이 이제 내일로 다가온 날 저녁.

"오늘 2분대도 '분대공격'을 두 번 했다고 합니다."

통신병 고장남이 벙커 안에서 말했다. 주위에는 분대원 넷이 둘러앉았는데 모두 가라앉은 분위기다.

"근무자도 모두 집합시켜서 4시간 동안 3백고지를 두 번 올라갔다는 겁니다."

'분대공격'은 분대원 9명이 횡대로 벌려 서서 고지를 공격하는 훈련이다. 말이 횡대로 고지 공격이지 강원도 산이 오죽 험한가? 앞에 절벽이 있으면 기어올라야 하고 벼랑이 있으면 건너야 한다. 그래야 열이 흩어지지 않는다. 험하다고 종대로 서면 '전멸'이다. 따라서 산속에서의 '분대공격' 훈련은 가장 혹독한 기합이나 같다. 그런데 신임 소대장은 벙커 순시할 때 '분대공격'을 시키고 있는 것이다. 1분대는 2번, 오늘 2분대도 2번을 시켰다.

"시발, 여기서 '분대공격'을 하면 '죽음'인데 좆 까는군."

부분대장 양만호가 대놓고 투덜거렸다. 이곳 고구마3의 위치는 가장 험한 지역이다. 그래서 사방 어떤 고지를 향해 '분대공격'을 해도 그야 말로 '똥'을 싸면서 올라가야만 한다. 6, 7백 고지들인 데다 산이 험했기 때문이다. '분대공격'은 산 정상까지 올라가는 것이 불문율인 것이다. 이광이 가만있었더니 양만호가 다시 불평을 했다.

"지난번 농땡이 소대장 놈이 차라리 낫군, 이건 셋째 동생뻘 같은 놈이 소대장으로 와서 군기 잡으려고 개지랄이야?"

"시끄러, 인마."

말을 막은 이광이 분대원들을 둘러보았다.

"내일 열외자 없다. 알아들어?"

"예."

모두 대답은 했지만 분위기는 무겁다. 다음 날 오전 10시, 신임 소대장 최용식이 벙커 앞에 집합한 분대원들을 둘러보며 서 있다. 벙커 감시도 남겨놓지 않고 9명 전원이 모인 것이다. 최용식은 건장한 체격에 눈초리가 치켜 올라갔고 입은 꾹 닫혀졌다. 편의공작대여서 소대장도 사복 차림이었는데 미제 작업복 바지에 점퍼를 입었다. 명동에서 놀다 온 부잣집 아들 같다. 그러나 어깨에는 M-2 카빈 소총을 메었고 허리에는 권총까지 찼다. 머리에 카우보이모자를 쓰면 어울릴 것 같다. 최용식이 이광의 집합 보고를 듣더니 대뜸 뒤쪽 산을 가리켰다. 3면이 산으로 싸였지만 뒤쪽이 가장 험하고 높다. 750고지다.

"지금부터 분대공격이다."

최용식의 카랑카랑한 목소리가 골짜기를 울렸다.

"나도 참가한다. 분대장, 분대공격 준비."

"준비!"

복창한 이광이 심호흡을 하고 나서 분대원을 돌아보았다.

"분대공격 대형으로!"

그러자 9명이 뒤쪽 산을 향해 횡대로 펼쳐졌다. 분대장, 1번 소총수, 2번, 3번, 4번, 5번 유탄발사기 사수, 6번 AR 자동소총 사수, 부사수, 그리고 부분대장 순서다. 그때 소대장이 이광 왼쪽에 붙었으므로 공격대는 10명이 되었다. M-2 카빈 소총을 앞에총 자세로 쥔 소대장이 느긋한 표정으로 이광을 보았다.

"공격!"

"분대공격!"

복창한 이광이 앞에총 자세로 앞으로 나아갔다. 횡대로 벌려 선 각 분대원과의 거리는 10미터 정도, 끝에서 끝까지는 1백 미터가 되겠지만 그것은 평지에서의 경우다. 가파르고 험한 산에서는 2, 3미터로 좁혀질 수도 있고 더 떨어질 수도 있다. 그때 최용식이 소리쳤다.

"구보!"

달리라는 말이다. 산에서 달려? 숨을 들이켰던 이광이 이를 악물었다가 복창했다.

"구보!"

분대원들이 산을 달려 올라가기 시작했다.

"엎드려!"

분대공격이지만 명령은 소대장 최용식이 한다. 가쁜 숨을 몰아쉬며 이광이 복창했다.

"엎드려!"

"엎드려!"

옆쪽 1번 소총수 겸 무전병 고장남이 숨 가쁘게 외쳤고 그 옆의 2번 조영관이 따라 외쳤다. 그래야 전달이 된다.

"공격!"

5초쯤 쉬고 나서 최용식이 벌떡 일어나면서 소리쳤다.

"공격!"

"공격!"

복창 소리가 서너 명밖에 들리지 않았지만 전달은 되었을 것이다. 숲에 막혀서 이광은 오른쪽의 고장남밖에 보이지 않았기 때문이다. 산은 가파르다. 이 가파른 산을 정신없이 뛰어서 공격해 올라가고 있다.

"엎드려!"

"엎드려!"

다시 복창하면서 엎드린 이광이 가쁜 숨을 몰아쉬었다. 이게 무슨 꼴인가? 말년에, 공비 잡았다고 하사 진급까지 한 마당에 이런 좆같은 스물한 살짜리 소대장 놈한테. 갑자기 머릿속에서 열이 솟았지만 군대는 좆으로 못을 빼라면 빼야만 한다.

"공격!"

최용식이 다시 소리치자 벌떡 일어선 이광이 복창하면서 달렸다.

"공격!"

잡초에 걸려서 앞으로 엎어졌다가 바위 모서리에 호되게 허벅지를 찔렸다. 그러나 서둘러 일어나 대형을 맞춰 달린다. 오른쪽의 고장남은 보이지 않는다.

"엎드려!"

왼쪽 최용식이 소리쳤으므로 바위 뒤로 엎드린 이광이 복창했다.

"엎드려!"

74

"엎드려!"

짙은 숲과 바위투성이의 가파른 산이다. 고장남의 목소리만 들렸다.

"공격!"

정확하게 5초, 최용식은 그 혹독하다는 3사관학교 훈련을 이렇게 받은 것 같다.

"공격!"

다시 일어난 이광이 복창을 하고 뛰었다. 폐가 터질 것 같이 뛰었고 목에서는 쇳소리가 난다. 그때 앞쪽의 시야가 조금 트였다. 숲 대신 바위가 깔려 있다.

"엎드려!"

최용식이 소리쳤으므로 복창한 이광이 엎드렸다. 그때 옆쪽의 복창 소리가 들리지 않았지만 이광은 놔두었다. 따라올 것이다.

"공격!"

최용식이 소리쳤다. 이제 750고지의 절반은 올라왔다. 공격, 엎드려를 1백 번은 한 것 같다. 그때였다.

"꽝!"

요란한 총성이 산을 울렸으므로 이광이 기겁을 했다. 막 달리려던 이광이 멈춰 섰고 왼쪽 최용식도 멈췄다. 최용식과의 거리는 7, 8미터 정도, 그때 오른쪽에서 조영관이 나타났다. M-1을 이쪽으로 겨누고 있다. 고장남의 위치에 선 조영관이 서너 걸음 앞으로 나가더니 총구를 이쪽으로 겨누었다. 이광은 숨을 들이켜고는 무의식중에 총구부터 보았다. M-1의 총구가 최용식을 향하고 있다. 그때 조영관이 헐떡이며 소리쳤다.

"야, 이 소대장, 시발놈의 새끼야."

그때 다시.

"꽝!"

이번에는 이광이 M-1총구에서 품어 나오는 가는 연기와 들썩이는 총구를 보았다. 총구가 옆쪽으로 비껴져 있었지만 섬뜩했다. 조영관은 최용식에게 쏘았다. 그러나 위협사격이다. 그때 조영관이 고함을 쳤다.

"총 내려놔! 시발 새끼야!"

"꽝!"

세 발째, 이광은 최용식의 손에서 M-2 카빈이 떨어지는 것을 보았다. 그때 총을 겨눈 조영관이 고래고래 소리쳤다.

"너, 내가 연대장 패고 남한산성 간 거 알아? 이 시발놈아! 소대장 새끼 같은 것들은 쏴 죽일 수도 있어! 이 시발놈아!"

숲이 울렸다. 이광은 앞에총 자세로 선 채 조영관과 최용식을 번갈아 보았다. 조영관 뒤쪽 나무 사이로 통신병 고장남, 3번 소총수 백윤철, 유탄발사기 사수 허상도까지 모여 서 있는 것이 보였다. 이광이 어깨를 부풀렸을 때 조영관의 고함 소리가 이어졌다.

"너 죽고 나 죽자, 이 시발놈아. 이 아저씨가 얼매나 무서운 인간인지를 보여주마, 이 좆새끼야."

이광은 이제 자신이 나설 때가 되었다고 생각했다. 조영관도 기다리고 있을 것이다. 저 늙은 곰은 무식하지만 본능은 뛰어나다.

"야, 총 내려놔!"

이광이 버럭 소리치자 조영관이 머리를 돌렸다. 그러고는 어깨를 부풀렸지만 경솔하게 총구를 이광에게 돌리지는 않았다. 그때 이광이 다시 소리쳤다.

"이 새끼! 또 정신병이 발작한 모양이네! 할아버지! 총 내려요!"

그때 눈을 치켜떴던 조영관이 M-1을 땅바닥에 던졌다.

"어, 내 손자가 여기 웬일이냐!"

"할아버지 만나러 왔지요."

씹어뱉듯이 말한 이광이 머리를 돌려 고장남, 백윤철, 허상도를 보았다. 그들 뒤에 AR 자동소총 사수 조백진까지 와 있었다.

"야, 너희들, 할아버지 데리고 내려가!"

버럭 소리치면서 이광이 커다랗게 눈을 끔벅였다. 아예 두 눈을 치켜떴다가 감는 것을 두 번이나 한 것이다.

"예, 알겠습니다!"

눈치 빠른 고장남이 소리치더니 곧 셋이 조영관에게 달려들었다.

"할아버지, 갑시다!"

고장남이 소리치면서 한쪽 팔을 잡았고 허상도가 다른 쪽 팔을 쥐었다. 백윤철이 조영관이 떨어뜨린 M-1을 잡더니 어깨에 걸쳐 메었다. 모두 온몸이 땀으로 젖었고 아직도 가쁜 숨을 뱉고 있다. 그때 이광이 숲속에 대고 소리쳤다.

"모두 벙커로 철수! 난 소대장님하고 좀 있다 내려간다!"

"옛!"

누군가 숲 속에서 대답했고 곧 산중턱에 정적이 덮였다. 오전 11시가 조금 넘은 시간이다. 이광이 최용식을 보았다. 최용식은 땅바닥에 떨어뜨린 M-2 카빈을 집어 들고 있었는데 시선을 주지 않았다. 이맛살을 찌푸리고 주위를 두리번거렸지만 눈동자의 초점이 멀다. 얼굴은 누렇게 굳어졌고 입술은 꾹 닫혀졌다. 이런 일은 상상한 적도 들은 적도 없을 것이다. 2년 동안 장교 교육을 받았다고 하지만 실제로 현장에서 부딪치는 상황은 다르다. 이광이 최용식 앞으로 다가가 섰다.

"조영관은 가끔 정신착란을 일으킵니다. 그러고는 제가 무슨 짓을 했는지도 모르지요, 남한산성에서 3년이나 있었으니까요."

최용식은 이광의 가슴께에 시선을 준 채 대답하지 않았다.

"여기서도 가끔 저한테 달려들 때도 있었습니다. 그래서 지난주에는 제가 쏴 죽일 뻔했지요."

"……."

"그 전날에는 제가 총에 맞을 뻔했고요."

"……."

"나이가 서른여섯입니다. 무학이고요, 교대자 이름도 못 읽어서 자는 분대원을 깨워서 읽어달라고 해야 됩니다."

"……."

"그래놓고 바로 잊어버리지요. 저런 놈을 보낸 육본이 문제가 있는 것이 아닙니까?"

"이 하사."

최용식이 불렀으므로 이광이 시선을 주었다. 그때서야 눈동자의 초점을 맞춘 최용식이 이광을 똑바로 보았다. 눈이 맑았으므로 이광이 심호흡을 했다.

"어떻게 하면 되지?"

그 순간 이광이 다시 긴 숨을 뱉고 나서 말했다.

"미친놈을 보낸 육군본부 책임이죠, 소대장님은 없던 일로 하시는 게 나을 것입니다."

"……."

"저 미친놈도 곧 잊어버릴 테니까요, 분대원들이 미친놈이 소동을 부렸다고 소문낼 일도 없습니다."

“…….”

“그랬다간 제가 죽여버릴 테니까요.”

“…….”

“만일 이 사건이 높은 곳으로 올라가면 항명이니 뭐니 해서 소대장님 고과에 불이익이 올 겁니다. 높은 놈들은 무조건 지휘관 책임으로 몰아붙이니까요.”

“…….”

“소대장님 경력에 흠집이 나면 되겠습니까? 저한테 맡겨 주시지요.”

“선임하사가 그러더군.”

어깨를 늘어뜨린 최용식의 목소리가 더 가라앉았다. 이광을 보는 눈빛도 부드럽다.

“이 하사가 믿을 만한 분대장이라고 말이야.”

“저 60일 남았습니다, 소대장님.”

“나하고 더 오래 있으면 좋을 텐데.”

“아이구, 그런 말씀 마십시오.”

최용식이 산 아래로 발을 떼었으므로 이광이 옆을 따르면서 말을 이었다.

“저 영감, 앞으로 두 번 다시 소대장님 앞에 나타나지 않도록 하겠습니다. 아무 걱정 마시고요.”

최용식은 대답하지 않았고 이광은 이마의 땀을 손등으로 닦았다. 10년 감수했다.

산에서 내려온 최용식은 바로 당번과 통신병, 경호병을 데리고 뒤도 안 보고 돌아갔다. 계곡 끝까지 최용식을 배웅하고 돌아온 이광이 벙커 앞에서 우물거리는 분대원들을 보았다. 조영관은 따로 떨어져서 바위 위에 앉아 있었는데 이광의 눈치를 보았다. 분대원들은 벙커 앞에서 셋이 우물쭈물했고 개울가에 넷이 씻는 시늉을 했지만 모두 입을 다물고 있다. 이광이 다가가자 모두 긴장했지만 입을 여는 사람은 없다. 시간이 지나면서 사태의 심각성을 깨닫는 눈치였다. 소대장에게 총을 쏜 사건인 것이다. 전시(戰時)라면 당장 총살일 것이고 지금 같은 상황이라고 해도 군법회의에서 사형이 언도될 수도 있다.

"집합!"

벙커 앞에 선 이광이 M-1을 앞에총 자세로 들고 소리쳤다. M-1에는 이미 8발짜리 클립을 장탄한 상태, 그러자 분대원들이 서둘러 모여들었다.

"1열 횡대!"

이광의 말에 허상도가 먼저 우측 끝에 서더니 소리쳤다.

"기준!"

분대원들이 허상도 왼쪽으로 주르르 횡대로 섰는데 조영관이 꾸물거리며 맨 끝에 섰다. 그런데 모두 총기를 쥐었지만 조영관은 M-1을 바위 옆에 기대 놓았다. 다른 사람이 기대놓은 것 같다.

"이 시발놈들 동작 봐라?"

이광이 눈을 치켜뜨고 소리쳤다.

"헤쳐!"

"헤쳐!"

따라서 복창한 분대원들이 흩어지는 시늉을 했을 때 이광이 다시 소리쳤다.

"집합! 1열 횡대!"

"집합! 1열 횡대!"

모두 복창을 해서 골짜기가 떠들썩했고 이번에도 허상도가 기준이 되었다.

"기준!"

분대원 8명이 정연하게 1열 횡대로 섰는데 조영관은 여전히 맨 끝이다. 이광의 시선이 차렷 자세로 선 분대원들을 허상도로부터 차례로 훑다가 조영관에게서 멈췄다. 시선이 마주치자 조영관이 입을 달싹였지만 말을 하지는 않았다. 그렇게 3초쯤 시간이 지났을 때 이광이 말했다.

"야, 조영관, 총 집어."

이광의 시선이 바위 위에 걸쳐놓은 조영관의 M-1으로 옮겨졌다.

"총 집어, 내가 무슨 말 하는지 알지?"

"분대장님."

조영관의 목소리가 갈라져 있다.

"나는, 아니, 저는……."

"소대장이 나한테 맡겼다. 널 쏴 죽이건 말건 내 책임이다."

이광이 눈을 치켜떴다.

"하지만 비겁하게 그냥 쏘지는 않겠어. 너, 소대장한테 한 것처럼 날 쏴라."

"분대장님."

조영관이 손까지 저으면서 입을 열었을 때다. 이광이 조영관을 향해 방아쇠를 당겼다.

"쾅!"

모두 소스라쳤고 조영관은 뒤로 한 발짝 물러섰다. 총구는 조영관 쪽으로 향했지만 옆으로 총알이 지나갔다. 그때 이광이 소리쳤다.

"모두 비켜! 저 시발놈하고 나하고 오늘 결판을 낸다. 야, 총 집어!"

"분대장님!"

"꽝!"

이제는 총탄이 바로 옆쪽 땅바닥에 맞아 자갈 파편이 튀었고 분대원들은 우르르 비켜섰다. 말리는 분대원은 없다.

"총 안 집어?"

이광의 목소리가 다시 골짜기를 울렸을 때였다. 조영관이 털썩 자갈밭에 무릎을 꿇더니 울부짖었다.

"분대장님! 왜 그러십니까! 저는 아까 소대장한테 겁만 주었을 뿐입니다!"

"꽝!"

다시 총알이 조영관의 옆쪽 자갈을 맞아 파편이 몸으로 튀었다.

"시발놈아, 이젠 나한테 겁을 줘봐라! 날 쏴 죽이고 탈영해!"

"꽝!"

"아이고!"

조영관이 두 손으로 귀를 막더니 아우성을 쳤다.

"다 아시면서 왜 그럽니까! 내가 분대장님을 어떻게 쏩니까!"

"이런 개새끼가, 그럼 왜 소대장한테 쏘았어!"

"겁을 줘도 다른 데서 말 못 할 걸 알고 그런 겁니다! 체면 때문에요!"

조영관이 다시 울부짖었을 때 이광의 가슴이 서늘해졌다. 이 늙은 곰의 머리 회전 좀 봐라.

선임하사 강동수의 통신이 왔을 때는 다음 날 오전 10시경이다. 고장남이 넘겨준 핸드세트를 귀에 붙인 이광이 심호흡부터 했다.

"예, 선임하사님."

"어제 분대공격 잘 끝냈냐?"

이광은 다시 호흡을 골랐다. 비꼬는 말? 그때 강동수가 대답도 듣지 않고 말을 이었다.

"소대장이 휴가 갔다."

"예?"

"연속으로 벙커 시찰하면서 분대공격을 하다 보니까 몸에 무리가 간 모양이야, 1주일간 휴가 갔다."

"……."

"너, 휴가 안 가?"

"아, 60일도 안 남았는데 뭘 갑니까?"

"아니, 이 자식 봐라?"

강동수의 목소리에 웃음이 섞여졌다.

"이 자식, 진짜 말뚝 박고 싶은 모양이네."

"꿈 깨쇼."

"이 새끼, 군기 좀 잡아야겠는데."

"나, 오입시켜준다는 거 어떻게 된 겁니까?"

"인마, 너나 꿈 깨."

그러더니 강동수가 목소리를 낮췄다.

"야, 특식으로 미군 레이션이 왔는데 너한테 두 박스 보내줄게."

"몇 박스나 왔는데요."

"15박스."

"4박스만 보내주쇼."

"야, 이 새끼야, 소대본부에 5박스는 남겨놓아야지."

"정말 그러실 거요?"

"좋아, 3박스."

"오늘 사역병으로 조영관이를 딸려 보낼 테니까 4박스 보내쇼."

"어? 조영관이?"

놀란 강동수의 목소리가 높아졌다.

"그놈이 사역병으로 와?"

"아, 그럼 내가 가요?"

"누가 인솔하는데?"

"상병 하나 고르지요."

"조영관이가 고분고분 사역병으로 와?"

다시 물었던 강동수가 곧 정신을 차린 듯이 말을 이었다.

"알았다, 준비해줄게."

통신을 끝낸 이광이 고장남에게 말했다.

"조영관이 불러와, 교대 근무자로 보내고."

조영관은 벙커 밖에 있는 것이다. 고장남이 밖으로 뛰어나갔을 때 듣고 있던 부분대장 양만호가 물었다.

"분대장님, 누가 인솔합니까?"

이광이 되물었다.

"네가 갈래?"

"저는 근무 나가야 되는데요."

질색을 한 양만호가 외면했으므로 이광이 말했다.

"조 상병 준비시켜."

경기관총 사수 조백진은 24개월, 호락호락한 성격이 아니다. 조백진을 데리러 양만호가 나갔을 때 벙커 안으로 고장남과 조영관이 들어섰다. 오면서 고장남에게 내용을 들은 모양인지 조영관이 먼저 물었다.

"소대본부로 사역 나갑니까?"

어제 소동이 있고 나서 처음 맞대놓고 대화를 하는 셈이다.

"응, 미제 레이션 4박스 가져와라."

이광이 똑바로 조영관을 보았다.

"소대장은 휴가 갔어."

조영관은 눈만 껌벅였고 이광이 말을 이었다.

"오다가 금진리에 들러서 레이션 1박스면 술 얼마하고 바꿔줄 수 있는지 알아보고 와."

"예?"

늙은 곰의 눈이 갑자기 생기를 띠고 번들거렸다. 큰 입이 조금 벌어졌는데 입가로 침이 흘러내릴 것 같다. 어깨를 부풀린 조영관이 상기된 얼굴로 말했다.

"그렇군요. 미제 레이션을 보여주면 바로 계산이 되겠습니다, 분대장님."

"물어보고만 와."

"알겠습니다."

"네 인솔자는 조 상병이다."

"알겠습니다."

그때 마침 조백진이 들어섰으므로 이광이 둘을 번갈아 보면서 말했다.

"화기하고 멜빵끈만 가져가, 레이션 4박스니까 3박스는 조영관이 메고 조백진이 한 박스 메도록."

"아이구, 알겠습니다."

조영관의 얼굴에 웃음이 떠올랐다. 금전리가 분위기를 싹 바꾼 것이다. 곧 조백진과 조영관이 벙커를 나갔을 때 양만호가 이광을 보았다.

"넉 달쯤 전에는 레이션 1박스하고 소주 1박스를 맞바꿨는데요?"

그리고 또 있다. 레이션 1박스를 주고 숏타임 2번이다. 즉 두 명이 숏타임을 했다.

2장 영창 가고 제대하다

오후 2시 반, 금전리 가게로 다가간 조영관이 조백진에게 말했다.

"어이, 조 상병, 내가 흥정할게. 넌 가만있어."

"무슨 흥정을 한단 말이오?"

조백진이 눈을 치켜떴다.

"내가 선임이니까 내가 해야지."

"분대장이 나한테 물어보라고 했어."

걸음을 늦춘 조영관이 잡아먹을 것 같은 표정으로 조백진을 보았다. 조백진은 22세, 조영관보다 14살이 어리다. 그러나 24개월짜리 상병이다. 24개월 동안 전방에서 굴렀다면 지렁이가 용은 안 될망정 생존력 강한 미꾸라지는 된다.

"시발놈아, 내가 선임 노릇을 한댔어? 흥정 붙이는 거지."

"시발, 수틀리면 분대장한테 무전 칠 거야."

조백진은 등에 PRC트랜시버를 지고 있는 것이다. 조영관의 등에는 레이션 박스 3개가 메어져 있다. 1박스에 7킬로 무게지만 조영관의 넓은 등판에 붙여져서 무겁게 보이지 않는다. 금전리 가게는 마을 맨 끝쪽 느티나무 아래의 외딴집이다. 마을이라야 산비탈에 민가가 5채 있을 뿐, 모두 산에서 약초를 캐 먹는 화전민이다. 이곳도 깊은 산 속, 국도가 5킬로나 떨어져 있다. 가게 표시도 없고 민가 방에 물건을 놓고 파는 곳이었는데 마당으로 들어선 조영관이 소리쳤다. M-1을 지팡이처럼 짚고 선 터라 공비가 따로 없다.

"계쇼?"

그때 부엌에서 여자가 나왔다. 둘이다. 숨을 들이켠 조영관이 입까지 쩍 벌렸다. 젊은 여자다. 얼굴이야 그저 그렇지만 치마를 입었다. 저절로 입안에 고인 침을 삼켰을 때 다른 쪽에서 목소리가 울렸다.

"누구시오?"

주인 남자, 60대쯤의 사내가 의심스러운 시선으로 조영관과 조백진을 번갈아 보았다. 사복에 총을 들었으니 영락없는 공비다. 하긴 편의공작대는 공비들에게 동료로 보이도록 위장하는 것이 원칙이다. 조영관이 사내에게로 한 걸음 다가섰다. 젊은 여자 둘은 나란히 토방에 서서 둘을 내려다본다. 그때 조영관이 물었다.

"말씀 좀 물읍시다."

"편의공작대요?"

묻기는 주인이 먼저 물었다. 등에 멘 미제 레이션 박스와 M-1소총, 조백진은 AR 대신 M-2 카빈을 메고 있다. 이제 국군임을 안 것이다.

"예, 그런디."

선수를 뺏긴 조영관의 이맛살이 찌푸려졌다.

"여기, 레이션 한 박스로 숏타임 몇 번이나 할 수 있소?"

대번에 그렇게 물었더니 여자 둘이 키득키득 웃었다. 여자들을 향해 헤벌쭉 웃어 보인 조영관이 주인한테 다시 물었다.

"싸게 좀 해주쇼, 몇 번이오?"

"나아, 참."

쓴웃음을 지은 주인이 조영관의 등에 멘 박스와 여자들까지 번갈아 보았다.

"두 박스에 다섯 번까지 해 드리지."

"그렇다면 여기 다섯 명이나 있단 말이오?"

"아니, 횟수로 말이오, 횟수."

"말도 안 돼."

조영관이 눈을 치켜떴다.

"지기미 시벌, 한 년을 다섯 번만 찌르고도 두 박스? 이런 순."

"이보세요, 아저씨."

여자 하나가 소리쳤을 때 조백진이 나섰다. 못 참겠다는 표정이다.

"아저씨, 레이션 1박스로 술 얼마나 바꿉니까?"

"아, 술은 소주 20병까지 바꿔주지."

"25병은 안 돼요?"

"그건 안 돼."

"안 된다면 알았습니다."

그러고는 조백진이 조영관에게 말했다.

"조 상병, 갑시다."

"아, 가만."

조영관이 한 걸음 나섰다.

"두 박스에 여섯 번, 그리고 아가씨는 몇이나 있소?"

"이 아저씨가 순."

다시 쓴웃음을 지은 사내가 말을 이었다.

"여긴 시간당이야. 숏타임은 30분, 그러니깐 두 박스면 5번, 두 시간 반 놀 수가 있는 거지, 아가씨는 셋이 있어, 그러니까 번갈아서 놀아도 돼."

"여섯 번은 안 된단 말여?"

그때 여자 하나가 말했다.

"숏타임 한 번에 5분씩 해주면 여섯 번 뛰게 해줄게."

"하하하."

여자 하나가 소리 내어 웃었으므로 조영관이 바보처럼 따라 웃었다. 그때 조백진이 팔을 잡아끌었고 조영관이 몸을 돌리면서 말했다.

"알았어, 이따 봐."

그날 저녁은 레이션 1박스를 까서 분대원 회식을 했다. 1명이 휴가 중이라 8명이 1박스를 똑같이 나눴는데도 초콜릿, 통조림, 껌까지 각자 7, 8개의 선물이 돌아갔다.

"날 잡아서 한 박스 술 바꿔먹자."

이광이 선언하자 환성이 일어났다. 자기 몫을 우의 주머니에 넣고 벙커를 나온 이광이 부분대장 양만호를 불러내었다.

"야, 나 아랫마을 다녀올 테니까."

"알았습니다."

어둠 속에서 양만호가 이를 드러내며 웃었다. 양만호는 이광과 윤진의 사이를 아는 것이다. 본래 제가 먼저 찍었던 윤진을 이광이 가로챈 꼴이었지만 본인은 휴가와 맞바꾼 셈으로 치고 있다. 휴가 동안에 일어난 일이었기 때문이다.

오후 7시 반이다. 이광이 집 앞에 다가가 휘파람을 불었더니 곧 방문이 열리면서 윤진이 나왔다. 기다리고 있었던 것이다. 마당으로 나온 윤진이 문 앞에 선 이광의 손목을 잡더니 건넌방으로 끌었다. 둘은 말 없이 어두운 방으로 들어가 앉았다. 방으로 들어와서야 운동화를 벗는 이광의 뒤에서 윤진이 말했다.

"그놈이 내일 낮에 온다고 편지가 왔어."

윤진이 이광의 뒤에서 두 손으로 상반신을 껴안았다. 뭉클한 젖가슴의 감촉이 등에 느껴졌다. 이곳은 전화가 없다. 그래서 우체부가 작전하는 것처럼 편지를 배달해 오는 것이다.

"내일 낮 12시쯤 도착한다는 거야, 9시에 명현리에 내려서 한 시간 버스 타고 두 시간 샛길을 걸어올 테니까."

이제는 이광이 바지를 벗기 시작했으므로 윤진도 뒤에서 옷을 벗으면서 말을 이었다.

"3년쯤 전에도 그렇게 온 적이 있어, 그때는 나하고 둘이 왔지만."

옷을 벗은 이광이 깔아놓은 요 위로 올랐을 때 윤진이 바로 안겼다. 윤진은 이미 알몸이다. 곧 방안에서 거침없는 신음이 울리기 시작했다. 옆방의 윤진 어머니가 가끔씩 기침을 했지만 아무도 상관하지 않는다. 어둠 속에 엉킨 두 쌍의 사지가 몸부림을 치면서 절정으로 오르고 있다. 방안은 눅눅한 열기로 덮였다. 이윽고 윤진이 절정에 오르면서 신음을 뱉었다. 이광은 윤진의 알몸을 빈틈없이 껴안은 채 한동안 움직이지 않았다. 윤진도 엉킨 몸을 풀지 않는다.

"어떻게 할 거야?"

윤진이 사지를 늘어뜨리면서 물은 것은 한참 후였다. 윤진의 남편이 내일 데리러 온다는 말이다. 술 마시면 구타를 일삼는 남편이다. 실제로 윤진의 등과 다리에 난 상처는 구타에 의한 것이었다.

실직 후에 술주정이 늘어난 남편은 알코올 중독 치료를 세 번이나 받다가 뛰쳐나왔다. 참다못한 윤진이 이혼을 요구했지만 오히려 맞기만 했고 결국 강원도 깊숙한 이곳 친정까지 도망쳐 온 것이다. 윤진은 그 작자가 오지 못하도록 공비가 출현한 것이 고맙다고까지 했다. 윤진은 남편한테서 온 편지를 보여줬는데 구구절절 다시는 술 먹지 않고 때리지 않겠다는 약속을 늘어놓았다. 그러다가 마침내 공비 출현이 뜸해지고 통행제재가 풀렸기 때문에 남편이 내일 데리러 오는 것이다. 아니, 끌고 가려고 오는 것이나 같다. 이것은 법으로 막을 수도 없는 일이다.

"알았어."

윤진의 몸 위에서 떨어져 옆에 누운 이광이 긴 숨을 뱉으며 말했다.

"내가 알아서 처리할게."

"부탁해."

윤진이 팔을 뻗어 이광의 상반신을 껴안았다. 볼을 이광의 가슴에 붙인 윤진이 더운 숨을 뱉으며 말했다.

"난 지금이 가장 행복한 순간이야."

"내가 쏴 죽이면 공비가 한 짓으로 알 거야."

"죽여."

다리 한 짝을 이광의 하체 위로 비스듬히 걸쳐 온몸을 붙인 윤진이 말했다.

"죽여버려."

"한 번 더 할까?"

"내가 위에서 해줄게."

이광의 남성을 움켜쥔 윤진의 숨소리가 다시 가빠졌다. 방안에 열기가 일어나면서 조금 전보다 더 큰 신음 소리가 울렸다. 윤진이 금방 뜨거워진 것이다. 옆방에서 기침 소리가 들렸는데 윤진의 신음에 맞추는 것 같다. 이광은 두 손을 뻗어 윤진의 가슴을 움켜쥐었다. 뜨겁다. 윤진의 말과는 달리 이 순간은 가장 황홀한 시간이다. 이 황홀한 기쁨을 방해하는 놈은 총살시켜야 된다. 그놈은 내일 이곳에 왔다가 공비의 총에 맞아 살해될 것이다.

둘이다. 산중턱에 엎드린 이광이 이맛살을 찌푸렸다. 둘이 건너편 산기슭의 산길을 걸어오고 있다. 오후 12시 20분, 거리는 250미터, 둘 다 점퍼 차림으로 길이 좁아서 앞뒤로 서서 걷는다. 옆쪽은 자갈이 깔린 개울가, 개울 넓이는 10미터 정도, 개울이 흐르는 골짜기 폭은 50미터. 산길을 따라 4킬로쯤 가면 바로 윤진이 사는 화전민 마을이다. 마을이라야 4가구, 주민 수는 윤진까지 6명, 그곳에서 위쪽 골짜기로 3킬로를 올라가야 이광의 벙커, 고구마3이다. 숨을 고른 이광이 M-1의 가늠자 위로 두 놈을 놓았다. 거리는 2백 미터 정도, 저 두 놈 중 하나가 윤진의 남편, 그 나쁜 놈이다. 하나는 보디가드인가? 늦가을, 곧 눈이 내릴 것 같은 싸늘한 날씨, 제대 53일 전, 천지개벽이 일어나도 제대는 한다.

"아, 시발."

손이 시렸으므로 이광이 손바닥에 입김을 불었다. 이곳까지 내려온 것은 물론 공비 흉내를 내기 위해서다. 이곳에서 쏜다면 고구마3과는 전혀 연결시킬 수가 없다. 이곳은 2소대 1분대 영역으로 3킬로쯤 위쪽 산기슭에 1분대 벙커가 있다. 벙커장은 오금석 하사, 장기 하사로 밥맛 없게 생긴 놈이다. 다시 방아쇠에 손가락을 건 이광이 가늠자 위로 두 놈을 보았다. 거리는 2백 미터, 산기슭을 돌고 돌아오는 터라 보였다가 안 보였다가 한다. 두 놈을 다 죽일 것인가? 물론 자신이 있다. M-1 클립에 들어있는 8발 중 4발만으로 다 죽인다. 120미터에서 70미터 거리까지 50미터 간격 사이에는 엄폐물도 없는 것이다.

총성이 위쪽 2소대 벙커 쪽에 울릴 테니 쏴 죽이고 바로 산을 타고 올라야 한다. 4백 미터 고지여서 꽤 험하고 길도 없는 터라 고생은 하겠지만 어쩔 수 없다. 산을 타고 골짜기로 내려가 다시 앞쪽 산 하나만 넘으면 벙커 아래쪽 골짜기가 나온다. 직선거리로 1킬로 정도지만 아마 한 시간쯤 걸릴 것이다. 그러면 오후 1시 반, 2시에 초소를 순찰하고 벙커로 돌아와 씻고 쉰다. 이제 두 놈은 180미터 거리로 다가왔다. 한 시간 전에 이곳에 와서 산길을 각 거리별로 눈여겨 봐둔 것이다. 껍질이 하얗게 벗겨진 피나무 밑을 지날 때부터 모퉁이 바위까지 50미터 사이에서 두 놈을 해치워야 한다.

"아, 시발, 두 놈을 다 줘여?"

다시 혼잣소리를 한 이광이 두 다리를 쫙 벌리고 배를 더 바짝 땅에 붙였다. 가늠자 위에 사내 둘의 얼굴 윤곽이 차츰 선명해졌다. 30대쯤의 사내들이다. 이야기를 하는지 입술이 벌어졌다 닫힌다. 바람이 불면서 낙엽 하나가 총신 위에 부딪혔다가 떨어졌다.

"야, 이 병신아, 뭐 하러 여기까지 와, 이 개새꺄."

이제 150미터 거리로 다가온 두 사내를 향해 이광이 말했다. M-1의 개머리판을 바짝 어깨에 붙인 이광이 심호흡을 했다. 개머리판의 나무 향이 맡아졌다. 따뜻한 촉감이 느껴졌다. 오래 뺨에 붙이고 있었기 때문이다.

"병신 같은 놈, 공비 총에 맞아 디지려고 오는군."

이광이 가늠자 위로 다가오는 두 사내를 보았다. 이제 거리는 130미터, 피나무까지 10미터 남았다. 그때 앞장선 사내가 머리를 뒤로 돌리더니 뭐라고 이야기를 했다. 뒤쪽 사내가 머리를 끄덕였다. 거리는 120 미터, 피나무 밑을 지난다. 이제 앞으로 50미터는 숨을 곳이 없다.

"시발놈."

이광이 다시 한 번 심호흡을 하고 나서 방아쇠에 손가락을 걸쳤다. 둘은 이제 110미터, 이 거리에서는 까마귀도 잡는다. 10발 8중의 실력 인 것이다. 만날 사격 연습을 했기 때문이다. 1백 미터, 그때 이광이 방 아쇠를 당겼다.

"꽝!"

총성이 골짜기를 울리더니 조금 후에 사내의 앞쪽 바위가 부서졌다.

"꽝! 꽝!"

다시 두 발.

"꽝! 꽝! 꽝!"

그때서야 사내들이 펄쩍 뛰더니 몸을 돌려 도망치기 시작했다. 뒤로 도망간다.

"꽝! 꽝!"

다시 두 발을 쏘았을 때 팅! 소리와 함께 클립이 튀어 나갔다. 이광은 침착하게 열린 약실에 새 실탄 클립을 끼워 넣었다. 철컥, 소리와 함께 약실이 닫혔을 때 이제 등을 보이며 도망치는 두 사내를 향해 방아쇠를 당겼다.

"꽝! 꽝! 꽝! 꽝!"

사내들의 앞쪽 바위가 총탄에 맞아 부서졌다. 이광은 몸을 일으켰다. 죽일 마음은 애당초 없었다. 내가 미쳤냐?

"야, 2소대 1분대 지역에서 공비 출현이다!"

선임하사 강동수의 연락이 온 것은 이광이 벙커로 돌아온 지 딱 15분이 지났을 때다. 산중턱에서 산 두 개를 넘어 55분 만에 도착한 셈이다. 그런데 도망친 두 놈은 산기슭의 산길 3킬로를 1시간 10분 만에 달려 2소대 1분대에 신고를 했다. 틀림없이 엎어지고 자빠지고 숨다가 기었다가 하면서 1분대 벙커로 돌아갔을 것이다. 물론 오면서 1분대 벙커 앞 초소를 지났기 때문에 위치를 안다. 그때 강동수가 말을 이었다.

"공비가 민간인 하나하고 인제경찰서 형사하고 둘한테 총질을 했다는 거다."

"예? 형사요?"

이광이 핸드세트를 고쳐 쥐었다.

"형사가 여긴 또 왜요?"

"아, 그걸 내가 아냐?"

버럭 소리친 강동수가 서두르듯 말했다.

"너희들 벙커 쪽으로 돌아갈 리는 없지만 경계 철저히 해!"

"알았습니다."

"총을 엄청나게 쐈지만 못 맞춘 모양여, 공비 새끼들 사격술이 엉망인 모양이다."

"그러게 말입니다."

"통신 끝."

강동수가 통신을 끝냈을 때 옆에 서 있던 고장남이 물었다.

"분대장님, 비상입니까?"

"비상은 개뿔."

핸드세트를 넘겨준 이광이 근무를 마치고 돌아와 있던 부분대장 양만호에게 말했다.

"애들한테 비상 걸지 마, 괜히 긴장만 시켜서 오발 사고 난다."

"알았습니다."

그때 조영관이 이광에게 말했다.

"분대장님, 나 몸이 으실으실헌디 내일 낮 근무로 좀 바꿔주쇼."

이광이 머리를 돌려 조영관을 보았다. 조영관은 오늘 밤 12시부터 내일 낮 12시까지 제2초소 근무다. 어제도 마찬가지였기 때문에 지금 쉬고 있었다. 이광이 선선히 머리를 끄덕였다.

"알았어, 나하고 같이 초소에 붙어 있기가 싫은 모양이군."

오늘 밤에 이광과 조영관이 한 조가 되어서 근무하게 되었던 것이다.

"아뇨, 몸살이 난 것 같아서."

"누구 바꿔줘."

이광이 양만호에게 지시하고는 몸을 돌려 벙커를 나왔다. 강동수의 연락이 계속해서 머릿속에 맴돌고 있다. 그렇다면 윤진을 찾아간 건 그 남편 되는 놈하고 형사란 말이 된다. 인제경찰서 형사, 그것은 무슨 의미인가? 개울가로 나온 이광이 땀으로 젖은 몸을 씻으면서 생각했다. 남편이 형사를 왜 데려왔단 말인가? 마누라가 가출했다고 형사를 데려가서 끌고 가도록 되어 있는가? 아직 결혼을 안 해봐서 모르겠다. 아니면? 이광의 이맛살이 찌푸려졌다. 윤진이 무슨 죄를 지었는가? 씻고 난 이광이 다시 벙커로 돌아와서 아예 RPC-77을 들고 나왔다. 벙커 뒤쪽 바위 밑에 RPC-77을 내려놓은 이광이 무전을 켜고 소대본부를 호출했다. 소대본부 통신병 정 상병이 응답하자 이광이 대뜸 말했다.

"야, 선임하사 바꿔."

곧 강동수의 목소리가 울렸다.

"응, 무슨 일이냐?"

"그, 공비한테 총 맞은 사람들, 둘이라고 했습니까?"

"총 맞은 건 아냐, 공비들이 그 사람들한테 무지하게 총을 쐈다는 거다."

"무지하게요?"

"응, 수백 발을 쐈다는데 한 발도 안 맞았구먼, 그런 거 보면 좀 뺑을 친 것 같다."

"도대체 그 두 사람, 누굽니까?"

"하나는 인제경찰서 형사고, 또 하나는 민간인인데 누구를 잡으려고 간다는 것 같은데."

"누구 말입니까?"

"그걸 내가 어떻게 알아? 인마."

"아, 이 골짜기에 누굴 잡으러 간단 말입니까? 화전민밖에 없는데."

"뭐, 사기범으로 영장이 나왔다던가 어쨌던가 했는데."

"……."

"너, 비상 걸고 있지?"

"아, 그럼요."

"아마 아래쪽으로 벌써 빠져나갔을 거다. 거기서 쭉 나가면 3소대 지역이거든."

"……."

"시발놈들 한번 당해봐야지, 서너 놈 된다니까 상부에 다 보고되었어."

"알았습니다."

"너도 말년에 고생이다."

강동수의 위로를 받으면서 이광이 통신을 끊었다.

오전 2시 반, 조영관이 대문을 두드리며 소리쳤다.

"계시오?"

어둠 속에 제 목소리가 울렸으므로 조영관이 숨을 들이켰다. 그때 곧 문 앞에서 사내 목소리가 들렸다.

"누구여?"

"누구긴 누구여? 놀라고 왔지."

집 안의 불은 켜져 있었고 활기가 느껴지고 있다. 곧 문이 열리더니 나이 든 사내가 눈을 가늘게 뜨고 조영관을 보았다.

"어, 그때 그 나이 든 군인이구먼."

사내가 곧 조영관을 알아보았다. 집 안으로 들어선 조영관이 서둘렀다.

"나 빨리 뛰고 가야혀."

"빨리 뛰면 우리도 좋지."

어둠 속에서 사내가 이를 드러내고 웃었다.

"마침 우리 애들 둘이 놀아, 손님이 한 방뿐이여."

사내의 시선이 조영관이 등에 멘 배낭으로 옮겨졌다.

"뭐 갖고 온 거여? 그때 지고 있던 레이션인가?"

주위를 둘러본 조영관이 토방에다 배낭을 내려놓았다.

"레이션은 못 갖고 나왔고 된장을 퍼왔어, 한 10킬로 될 거여."

"된장?"

되물었지만 사내는 싫은 얼굴이 아니다. 배낭을 열자 비닐에 싸인 된장이 드러났다. 사내가 된장을 들어보더니 머리를 끄덕였다.

"10킬로는 조금 안 되겠구먼."

"무슨 소리여? 그놈으로 두 탕은 뛰겠지? 두 시간 말여."

"에이, 밤늦게 된장 가져오느라 애썼으니까 인심 썼다. 두 시간 줄게."

"소주도 한 병만 줘."

"허, 이 사람 좀 봐."

그러더니 사내가 눈을 가늘게 뜨고 조영관을 보았다.

"근데 나이가 몇이여?"

"마흔이여."

"마흔?"

사내가 숨을 들이켰다.

"마흔인디 졸병이여? 그때 상병이라고 허는 것 같더니."

"내가 남한산성 갔다 왔거든, 연대장을 패서 중상을 입혔어."

그러자 사내가 입을 딱 벌리더니 허리를 폈다. 그것을 본 조영관이 빙그레 웃었다.

"소주 한 병 방으로 가져와, 아저씨."

"알았어."

"둘 남았다면서? 가들 둘 다 내 방으로 보내봐, 내가 한 명씩 한 탕 뛰어도 되지?"

"알았어, 저기 끝 방으로 가."

조영관이 사내가 가리킨 끝 방으로 발을 떼면서 숨을 들이켰다. 입 안에 저절로 침이 고여졌고 삼켰더니 커다랗게 침 넘어가는 소리가 들렸다. 방문을 열고 안으로 들어선 조영관이 방안을 둘러보고는 얼굴에 웃음을 띠었다. 전기가 들어오지 않는 곳이어서 방 윗목에 초를 켜 놓았는데 아랫목에 요가 깔려 있다. 둥근 베게는 분홍색 꽃무늬가 찍혀 있다. 윗목에다 신발을 벗어놓은 조영관이 요 위에 앉았을 때 방문이 열리더니 여자 둘이 들어섰다. 그중 하나가 조영관을 보더니 키득 웃었다.

"그때 그 영감 군인 아저씨네."

"이런 젠장."

눈을 치켜뜬 조영관이 입을 벌렸다. 따라 웃으려다가 입가의 침이 주르르 흘러 떨어졌다. 조영관이 재채기를 하고 나서 손을 내밀었다.

"나, 두 탕. 둘이 한 탕씩……."

급해서 말이 더듬어졌다.

"우선 너부터."

조영관이 안면이 있는 여자의 팔을 잡아당겼다. 그때 다른 여자가 조영관 옆에 앉으면서 사타구니를 쥐었다.

"아저씨 둘이 같이하면 안 돼?"

"응?"

크게 재채기를 한 조영관이 입을 벌리다가 다시 침이 흘러내렸다. 그때 둘이서 조영관의 옷을 벗기기 시작했다.

"아, 시발, 하자."

흥분한 조영관이 여자의 치마를 들치면서 갈라진 목소리로 말했다. 그때 밖에서 소음이 들렸지만 눈이 뒤집힌 조영관은 한 여자의 팬티를 끌어내리는 중이다.

"이것 놔!"

여자가 소리쳤을 때 방문이 벌컥 열리더니 철모를 쓴 군인들 모습이 드러났다.

"동작 그만!"

벽력같은 소리에 조영관이 눈을 치켜떴다. 말대로 몸이 굳어져 있다. 그때 철모 하나가 소리쳤다.

"연대 헌병대에서 왔다. 너, 군인이지?"

조영관은 아랫도리가 알몸인 채 아직 움직이지 않는다.

"분대장님, 조 상병이 없어졌습니다!"

초소에서 이광이 보고를 받았다. 오전 3시 반, PRC트랜시버에서 불침번 허상도의 목소리가 울렸다.

"조 상병이 12시 반쯤 바람 쐬러 나간다고 벙커를 나갔다는데 지금도 안 들어왔습니다."

"이런."

눈을 치켜뜬 이광이 핸드세트를 내려놓고 같은 초소 근무자 백윤철을 보았다. 백윤철도 다 들었을 것이다.

"너 감시 잘해!"

"걱정 마시고 다녀오십쇼, 분대장님."

M-1을 쥔 이광이 초소를 뛰어나와 벙커에 도착했을 때는 10분도 안 되었다. 그때는 벙커의 모든 분대원이 깨어난 상태, 선임자인 부분대장 양만호가 뛰어 들어온 이광에게 보고했다.

"분대장님, 조영관이 된장을 가져갔습니다. 가 보시지요."

숨을 들이켠 양만호가 벙커 뒤쪽 창고로 안내했다. 돌로 만든 창고는 돼지우리 같아서 돼지 막사로 부른다. 양만호가 플래시로 창고 안을 비췄다. 주부식과 레이션, 공구가 쌓여 있었는데 잘 정돈되었다. 이광이 숨을 들이켰다. 비닐로 감아둔 10킬로짜리 된장 뭉치 하나가 없어졌다. 주부식은 여유가 있었지만 분대원에게 레이션보다 더 중요한 식량이다. 창고를 둘러보는 이광에게 양만호가 말을 이었다.

"없어졌다고 해서 바로 창고를 체크해 봤더니 된장 한 뭉치를 가져갔습니다."

"……."

"지난번 금전리 갔다 와서 밤낮으로 여자 이야기만 하더니 그쪽으로 뛴 것 같습니다."

"이 시발놈을 당장 쏴 죽여야지."

"아프다고 오늘 밤 근무 빠진 것도 거기 가려고 그랬던 겁니다."

"그놈이 오입을 하고 제 발로 여기를 기어오겠단 말이지?"

"갈 데가 있습니까? 또 탈영은 못 할 겁니다."

이광의 생각도 같다. 탈영할 놈이 아니다. 몸을 돌린 이광이 창고 앞에 둘러선 분대원을 보았다. 지금 초소에는 3명이 나가 있다. 둘러선 분대원은 3명, 이광까지 넷이다. 지금 금전리에 가 있을 조영관까지 8명, 일병 윤재동은 휴가 중이다. 셋의 불안한 시선을 받은 이광이 길게 숨을 뱉었다.

"내가 처리할 테니까 너희들은 들어가서 자."

"분대장님."

허상도 상병이 한 걸음 다가섰다. 어둠 속에서 눈의 흰자위가 번들거리고 있다.

"이건 무단이탈에다 식량을 도둑질한 놈이니까 총살시켜야 되는 것 아닙니까?"

"그래야 됩니다."

통신병 고장남이 말을 받았다.

"그 새끼, 그대로 두면 절대로 안 됩니다."

"알았으니까 너희들 들어가 자."

이광이 다시 말하자 둘은 몸을 돌렸는데 양만호가 남았다. 창고 돌벽에 기대선 양만호가 목소리를 낮추고 물었다. 군대 짬밥을 27개월 먹은 양만호도 여우 급이다.

"어떻게 하실랍니까?"

"그놈이 골짜기를 타고 돌아올 것 아냐?"

이광이 낮게 묻자 양만호가 머리를 끄덕였다.

"아래에서 올라옵니다."

"그럼 내가 쏴 죽이지, 공비로 오인해서 말이야."

"조금 아래쪽으로 가서 쏘는 게 낫습니다. 벙커 근처면 이상하게 생각할 테니까요."

"저기, 내가 까마귀 잡은 바위 근처가 적당하겠다."

"그렇죠, 벙커에서 2백 미터쯤 떨어져 있는 데다 시야도 탁 트였으니까요."

"내가 순찰 돌다가 올라오는 침입자를 쏜 것으로 하지."

"그 새끼가 금전리에 갔다가 오는 것이 밝혀지더라도 상관없습니다."

양만호가 적극적이다. 눈을 치켜뜬 양만호가 말을 이었다.

"그렇다면 제2초소로 고장남이를 보내지요."

"그렇게 해."

"모두에게 분대장님이 그놈 쏴 쥑인다고 이야기하겠습니다. 말을 맞춰놔야 하니까요."

"조영관이가 실종된 것을 안 것은 2시로 하자, 모두 말을 맞춰."

"예, 분대장님."

"그놈이 금전리에 갔다면 이곳 골짜기로 돌아올 시간은 오전 5시쯤이 된다. 아무리 빨라도 말이야."

손목시계를 내려다본 이광이 말했다.

"4시쯤 내려가면 되겠다."

"이 새끼, 훔친 된장으로 여자를 샀군."

헌병이 꿇어앉은 조영관을 내려다보며 말했다.

"너, 이 새끼야, 무단이탈에 군식량 절도야. 다시 남한산성에 가서 5년은 더 살아야 돼."

민가 앞 길가에는 헌병 대여섯 명이 모여 있었는데 모두 느슨한 표정이다. 오전 3시, 민가를 급습한 헌병대는 안에 있던 셋을 잡았는데 둘은 외박을 나온 하사관들이다. 조영관만 잡혀 길바닥에 꿇려있다. 헌병대는 한 탕을 한 것이다. 조영관이 머리를 들었다. 옷은 겨우 걸쳤지만 셔츠 단추도 제대로 채우지 못했고 신발도 굽혀 신었다.

"저기 말입니다……."

조영관이 입을 열었다. 눈동자의 초점이 멀고 벌린 입 끝에 침이 고였다.

"뭐냐?"

헌병 하나가 묻자 조영관이 말했다.

"저기, 무단이탈 아닙니다. 분대장이 가라고 했습니다."

"웃기고 있네, 개새끼."

헌병 하나가 군홧발로 조영관의 등짝을 찼다.

"분대장이 외박증 끊어주냐? 이 개새꺄."

"그리고 된장도 분대장이 떼어 준 겁니다. 가서 술로 바꿔오라고 한 것을 제가……."

"시끄러!"

그때 엔진 소리가 울리더니 옆쪽에서 전조등 불빛이 드러났다. 헌병들이 긴장했고 곧 지프 한 대가 나타났다. 어둠 속을 다가온 지프가 헌병들 앞에 멈춰 섰다.

"차렷!"

헌병 하나가 소리치며 경례를 했다.

"충성!"

지프에서 답례도 안 하고 내린 장교는 소령 계급장을 붙인 연대 헌병대장이다.

"이놈이냐?"

이미 무전 연락을 받은 터라 헌병대장이 조영관을 내려다보면서 물었다.

"예, 대장님."

헌병대장이 조영관 앞으로 다가가 섰다.

"이 새끼 사고자라며?"

"예, 서른여섯입니다. 남한산성에서 3년 살고 나온 놈이라는데요."

헌병 하나가 말하자 소령이 쓴웃음을 지었다.

"이 새끼 남한산성에서 나오면 나이 40이 넘겠군."

"저 무단이탈 아닙니다! 분대장이 보내준 겁니다! 물어보십시오!"

조영관이 소리쳤으므로 소령이 이맛살을 찌푸렸다.

"정말이냐?"

"예! 정말입니다!"

조영관의 목소리가 더 높아졌다.

"그리고 된장도 분대장이 떼어서 술하고 바꿔오라고 한 것입니다!

106

분대 회식을 하겠다고 말입니다!"

"분대 회식을 해? 된장 팔아서?"

"여기 집 주인한테 물어보십시오! 지난번에도 분대장이 시켜서 레이션으로 여자 몇 명 살 수 있는가? 소주 몇 병 바꿀 수 있는가 물어보고 갔습니다."

"너, 거짓말이면 더 살아, 알아?"

소령이 다그치듯 묻자 조영관이 눈물범벅이 된 얼굴로 소리쳤다.

"저는 억울합니다! 분대장 심부름을 왔을 뿐입니다! 왔다가 여자 생각이 나서 그랬을 뿐입니다! 지난번에 제가 와서 물어보고 갔다는 거 확인해 보십시오!"

그때 소령이 하사에게 지시했다.

"확인해봐."

하사가 헌병 하나를 데리고 다시 민가 안으로 뛰어 들어갔다. 소령이 담배를 꺼내 입에 물더니 꿇어앉아 있는 조영관을 내려다보았다.

"이 새끼들 개판이구만, 이러니 공비가 줄줄 새지."

그때 민가에서 나온 하사가 소령에게 보고했다.

"대장님, 일주일 전에 저놈하고 또 한 놈이 레이션을 지고 와서 여자하고 술을 얼마로 바꿀 수 있느냐면서 흥정을 하고 갔답니다."

"그것 보십시오!"

조영관의 목소리가 어둠 속을 울렸다.

"그때 흥정을 한 것도 분대장이 시킨 것입니다! 그리고 오늘도 된장으로 술을 바꾸라고 보냈는데 제가……."

"저놈 분대가 어디 있지?"

"이곳에서 8킬로 떨어져 있습니다. 지프로 골짜기 아래까지 갔다가

3킬로쯤 걸어 올라가야 합니다."

하사가 보고하자 소령이 어깨를 부풀렸다가 내렸다.

"이 개새끼들."

소령이 구둣발로 조영관의 허벅지를 지근지근 밟았다.

"분대장 대기할 것."

선임하사 강동수의 목소리가 RPC-77 무전기에서 울렸다. 오전 4시 반, 이광이 막 골짜기 아래로 떠나려는 참이다. 놀란 통신병 고장남이 핸드세트를 쥐고 물었다.

"예, 무슨 일입니까?"

"연대에서 간다, 부분대장 양만호 병장도 같이 대기하고 있을 것."

그때 이광이 핸드세트를 빼앗아 들었다.

"연대에서 누가 온단 말입니까?"

소리치듯 묻자 강동수가 주춤하더니 말했다.

"조영관이 헌병대에 체포되었어."

이광이 숨을 들이켰고 둘러선 양만호, 허상도, 고장남 등도 몸을 굳혔다.

"어디서 말입니까?"

이광이 갈라진 목소리로 묻자 이제는 강동수의 목소리가 높아졌다.

"금전리에서 떡치다가 잡혔다. 그놈이 다 불었다!"

"뭘 말입니까?"

"네가 된장으로 술 바꾸라고 보냈다면서? 그놈이 술은 안 바꾸고 떡치다가 연대 헌병대에 걸린 거다!"

"내가 보내요?"

"그놈이 자백했어!"

"그놈이 훔쳐서 도망친 것이라고요!"

"헌병대는 그렇게 믿고 있어!"

그러더니 강동수가 서두르듯 말했다.

"부분대장한테 업무 인계하고 순순히 끌려가, 내가 잘 말할 테니까."

"아니, 이런."

"그게 아닙니다!"

양만호, 허상도, 고장남이 일제히 소리를 질렀을 때 통신이 끊겼다.

"아, 이, 시발."

허상도가 발을 굴렀다. 눈을 부릅뜨고 있다.

"이 개새끼를 기관총으로 쏴 죽여야 하는데!"

"아니, 그 개새끼 말만 믿는단 말입니까? 헌병대 놈들도 쏴 죽입시다!"

평소에 차분했던 고장남의 얼굴이 붉게 상기되었다.

"아니, 우리가 증인입니다. 헌병대에 다 말할 테니까 분대장님은 걱정 마시죠."

허상도가 소리쳤다. 그때 무전기가 울렸으므로 모두 숨을 들이켰다. 고장남이 핸드세트를 귀에 붙였을 때 낯선 목소리가 벙커를 울렸다.

"고구마3! 고구마3! 여긴 연대 헌병대다! 지금 골짜기를 올라가고 있으니까 분대장 나와 있도록! 알았나? 오버!"

"예! 알았습니다. 오버!"

엉겁결에 대답했던 고장남이 숨을 들이켰을 때 무전이 끊겼다. 잠깐 벙커 안에 무거운 정적이 덮였고 그것을 이광이 깨뜨렸다.

"걱정하지 마라, 말년에 헌병대 구경하고 올 테니까."

"미치겠네!"

고장남이 주먹으로 무전기를 내려쳤다. 얼굴이 일그러져 있다.

"내가 쏴 죽일 거야."

문득 양만호가 말했으므로 모두의 시선이 모여졌다. 침상에 걸터앉은 양만호가 초점이 흐려진 눈으로 앞쪽을 보면서 말을 이었다.

"내가 그놈을 꼭 쏴 죽일 거야."

헌병대가 도착한 것은 그로부터 20분쯤이 지난 후다. 벙커 밖에 나와 있던 분대원 넷은 다가오는 헌병 다섯 명을 보았다. 모두 헌병 파이버를 썼고 M-2칼빈을 메었는데 허덕이고 있다. 골짜기 경사가 완만한데도 그렇다.

"분대장이 누구야?"

그중 선임이 소리쳐 묻자 이광이 앞으로 한 걸음 나섰더니 헌병 둘이 다가왔다. 하나가 손에 흰색 로프를 들었다. 포승줄이다. 이광은 잠자코 서 있었고 헌병들은 익숙한 솜씨로 이광의 팔을 뒤로 꺾어놓고 묶었다. 그러고는 남은 끈을 목에 교수형을 시키는 것처럼 묶고 끈을 3미터쯤 늘어뜨려 끝을 잡았다. 이제 이광은 흰 포승줄로 상반신이 칭칭 감긴 채 목이 개 줄처럼 묶였다. 헌병들은 그동안 아무 말도 하지 않았다. 선임헌병과 나머지는 이제 부옇게 어둠이 가시고 있는 벙커 주위를 신기한 듯 둘러보았지만 말을 걸지는 않았다. 양만호와 허상도, 고장남은 증언을 하겠다면서 발을 구르고 주먹으로 치기까지 했지만 모두 몸을 굳힌 채 눈동자만 굴렸다. 얼어붙은 것이다. 목까지 묶고 나서 헌병 선임이 셋을 둘러보며 말했다.

"누가 부분대장이야?"

"예, 제, 제가⋯⋯."

110

양만호가 겨우 말했을 때 선임헌병이 발을 떼면서 말했다.

"네 소대본부에다 보고해, 끌고 간다고."

연대 헌병대, 듣기만 했지 가 본 적도 없는 곳이다. 헌병대에 들어섰을 때는 오전 7시 반, 골짜기에서 개처럼 목줄을 잡힌 채 끌려 나와 지프에 타고 곧장 연대본부가 위치한 인제로 달려온 것이다. 고구마3에서 27km나 떨어진 연대본부로 곧장 달려왔다. 소대본부는 물론 중대, 대대본부까지도 거치지 않았다. 헌병대 영창은 건물 뒤쪽, 창문도 없고 철문이 달린 벙커 같다. 우중충한 시멘트 건물이다. 안으로 들어서자 헌병들이 그때서야 이광의 목에서 개 줄을 풀었다.

"똑바로 서, 시발놈아."

심문실의 헌병 하나가 다가와 대뜸 조인트를 까면서 말했다. 무표정한 얼굴.

"혁대 풀고, 신발 끈도 풀어서 바구니에 담는다. 실시."

"실시."

"이 개새끼 목소리 봐라, 실시."

"실시!"

"소지품 모두 꺼내 바구니에, 실시."

"실시!"

그러나 복창했는데도 헌병이 다시 조인트를 깠다. 무릎 밑의 다리뼈를 군홧발로 찍으면 다리가 끊어지는 것 같다.

"이쪽으로."

헌병 하나가 책상 앞에서 불렀으므로 이광이 흘러내리는 바지를 움켜쥐고 다가갔다. 끈이 없어진 신발이 겨우 발에 걸렸으므로 어기적거리게 되었다.

"이 새끼 동작 봐라, 원위치!"

"원위치!"

돌아가자 책상 앞의 헌병이 다시 말했다.

"포복으로 전진."

"포복!"

포복해서 오라는 말이다. 엎드린 이광이 포복으로 책상을 향해 기었다. 포복은 몸을 땅바닥에 바짝 붙인 채 사지를 꿈틀거려 다가가는 것이다. 배와 무릎, 가슴까지 딱 닿아야 한다.

그러나 끈이 없는 바지가 무릎까지 밀렸다. 그러니 늦을 수밖에.

"원위치."

"원위치."

"포복."

"포복!"

"원위치."

"원위치!"

4미터쯤 밖에 떨어지지 않은 책상까지 가는 데 20분쯤이 걸렸다. 비 오듯 땀을 쏟으며 책상 앞에 섰을 때 무릎이 까져 피가 흘렀고 가쁜 숨으로 입에서 쉿소리가 났다. 이제 선 채로 심문을 받는다.

"조영관에게 된장 10킬로를 줘서 술 바꿔오라고 했지?"

"아닙니다!"

"이 새끼, 원산폭격!"

"원산폭격!"

머리를 시멘트 바닥에 박고 뒷짐을 진 자세로 선다. 몸뚱이가 시옷

(ㅅ)자가 된 채로 서 있으면 머리에 피가 몰린다. 그때 헌병들은 담배를 피우면서 인제 읍내 술집의 여자 이야기를 하다가 생각났다는 듯이 'ㅅ'자로 폭격 중인 이광에게 묻는다.

"시켰지?"

"아닙니다!"

"조영관이는 그랬다고 했어, 그리고 포주 놈도 네가 시켜서 지난번에 조영관이가 왔다는 것도 증언했고."

"조영관이가 근무지 이탈하고 된장을 훔친 겁니다!"

"너야 당연히 그렇게 말하겠지."

지금 이광은 원산폭격 자세로 심문을 받고 있다. 다시 헌병이 묻는다.

"시켰지?"

"아닙니다! 분대원들한테 물어보십시오! 분대원들이 증언할 겁니다."

"그것도 네가 시켰겠지."

머리가 지끈거렸고 눈앞이 노랗게 되는 순간 이광이 옆으로 쓰러졌다.

"이 새끼, 요령 피우는 것 봐라."

그 순간 옆에 서 있던 헌병들이 발길질을 했다. 허리, 옆구리, 등, 어깨, 다리, 무지막지한 발길질이었지만 머리와 얼굴은 차지 않는다. 이를 악물었던 이광이 이럴 때는 비명이 낫겠다는 생각을 한다. 이럴 때 참는 건 병신이 육갑하는 것이다.

"아이고오! 아이고!"

이광의 비명이 심문실을 울렸다.

"이 새끼야, 인정해."

늘어진 이광에게 책상에 앉은 헌병이 말했다. 여전히 차분한 목소리.

"그래야 덜 맞아. 자, 시켰지?"

"아닙니다."

"원산폭격."

"원산폭격!"

다시 머리를 박고 엎드린 이광의 엉덩이에 털썩 무언가 얹혀졌다. 무겁다. 모래 자루다. 10킬로는 되어 보인다.

인정 안 했다. 그래서 두 시간 가깝게 내내 맞았다. 헌병들은 아침밥을 먹고 와서 심문을 계속하다가 결국 이광을 감방에 넣었다. 그때가 9시 40분, 감방 밖의 벽시계를 보았기 때문이다.

"야, 너, 일루와."

감방 안에 있던 사내 하나가 이광을 불렀다. 죄수복을 지금 받았기 때문에 이광은 27번, 부른 놈은 6번이다. 이광의 시선을 받은 사내가 눈을 치켜떴다.

"이 새끼, 눈깔 안 깔아? 확 파버릴라."

건장한 체격, 눈의 흰자위가 많아서 섬뜩한 인상, 이광이 눈을 까는 대신 시선을 옆으로 돌려 감방을 둘러보았다. 안에 넷이 있다. 조영관은 다른 곳에 넣은 모양이다.

나머지 셋 중 하나도 이광을 향해 인상을 썼다. 둘은 외면한 채 딴전을 피우고 있다. 감방 밖의 공간은 비었다. 그때 6번의 목소리가 거칠어졌다.

"야, 이 시불 놈아, 일루와 봐."

시선을 돌린 이광이 6번에게로 다가갔다. 한 걸음, 두 걸음, 시선을 6

번 가슴팍쯤에 두었고 세 걸음을 떼고 나서 럭비공의 펀트킥을 날리는 것처럼 6번의 턱을 찼다. 실수가 있을 리가 없다.

"퍽석!"

소리는 그렇게 났다. 발끝에 닿는 감촉은 단단했다. 적중, 앉아 있던 6번이 머리를 뒤로 젖힌 채 그대로 넘어지면서 사지를 뻗었으나 껑충 뛰어오른 이광이 이제는 옆구리를 찼다. 드롭킥, 드롭킥.

"어이구우."

낮은 신음, 턱이 어긋났는지 사내가 몸을 비틀면서 힘없는 신음만 뱉은 채 몸이 굴러간다. 늘어진 돼지 시체 같다. 그때 이광이 눈을 치켜뜨고 조금 전 인상을 썼던 놈을 보았다. 13번, 시선이 마주친 순간 13번의 얼굴이 하얗게 굳어졌다. 가는 눈, 반쯤 벌린 입, 긴 코, 다음 순간 이광이 주먹으로 13번의 입을 쳤다.

"퍽!"

정통으로 주둥이를 맞은 13번이 두 손으로 입을 가렸을 때 이제는 발길이 날아 배를 찼다.

"아이고, 사람 살려!"

이광이 다시 옆구리를, 가슴을, 머리까지 차고 났을 때 13번이 울부짖었다.

"살려 주십쇼! 살려 주십쇼!"

6번은 새우처럼 몸을 굽힌 채 신음만 뱉을 뿐이다. 그때 발길질을 멈춘 이광이 이 사이로 말했다.

"시발놈들아, 내가 감방장이다. 자리 만들 것, 실시."

그 순간 몸을 굽힌 채 죽어가는 시늉을 하던 6번까지 벌떡 상반신을 세우면서 복창했다.

"실시!"

넷이 일제히 움직여 아랫목을 비운다. 어깨를 편 이광이 조금 전까지 6번이 차지하고 있던 아랫목으로 내려가 앉았다. 그때 맞지 않은 둘 중 하나가 이광에게 물었다. 시선이 이광의 아랫배로 내려가 있다.

"빵이 있는데 드릴까요?"

"물은 없냐?"

이광이 묻자 다른 하나가 대답했다.

"저기, 저, 6번의 사, 사, 사물함에 있을 겁니다."

머리를 끄덕인 이광이 겨우 일어나 앉은 구(舊)감방장을 보았다. 턱이 부서졌는지 입가에서 피가 흘러내렸고 몸이 비틀려 있다. 갈비뼈가 몇 대 나갔을 것이다. 둘의 말을 들었는지 사내가 손을 들어 이광의 옆쪽을 가리켰다. 제 사물함이다. 그때 이광이 물었다.

"야, 이 시발놈아, 뭐라는 거여?"

"저기서 꺼내 드십셔."

6번이 겨우 말하고는 신음을 뱉는다. 그때 감방문이 열리더니 헌병 두 명이 들어섰다. 둘이 감방 안을 보더니 일제히 눈을 크게 떴다.

"어? 감방장이 바뀌었네?"

서로 바라본 둘의 시선이 일제히 이광에게로 옮겨졌다가 다시 6번, 그리고 13번을 보았다. 그때 이광은 6번 사물함에서 꺼낸 양은 주전자의 주둥이를 입에 대고 물을 마시는 중이다.

"차렷!"

헌병 하나가 어깨를 부풀리며 소리쳤다. 이광이 주전자를 내려놓았을 때 헌병이 다시 외쳤다.

"철창타기!"

"철창타기!"

다음 순간 이광을 제외한 넷이 일제히 철창에 달라붙었다. 매달린다는 표현이 맞다. 이광이 뒤늦게 철창에 매달렸을 때 헌병이 눈을 치켜 떴다.

"이 새끼 동작 봐라?"

이광을 잡으려는 것이다.

이광이 더 기합을 받았지만 감방 안은 헌병들에게도 치외법권 지역인 것이다. 안의 서열 전쟁에는 끼지 않는다.

"저 새끼 봐라, 저놈이 순식간에 잡았어."

그것이 신기한지 헌병들이 몰려들었다. 마치 동물원에 통뼈 하이에나가 들어온 것을 구경하는 것 같다. 감방에 들어간 즉시로 감방장을 처단하고 나서 감방장으로 등극한 전례가 없다는 것이다. 그것을 이광도 밖에서 헌병들이 나누는 이야기로 들었다. 아예 대놓고 그런다.

"저거 인물이네, 아니 괴물여."

"졸병 시켜서 된장 팔아먹으려던 놈이라면서?"

"저것 봐. 6번, 13번 얼굴 좀 봐, 맞아서 부어 터졌군, 병신 된 것 같아."

"3번 감방에 인물 났군."

감방 앞에서 지껄이는 터라 조영관의 근황도 알게 되었다.

"저 새끼 분대원이라는 놈 5호 감방에서 빌빌 싸더군, 감방장한테 맞아서 눈이 부었어."

"그 새끼, 저놈이 시켰다고 오리발인데 사고자로 교활한 놈이야, 저놈 말이 맞는지도 몰라."

"야, 인마, 27번, 일루 와봐."

헌병 하나는 이광을 손짓으로 부르더니 껌까지 하나 건네주었다. 그러나 그것도 한때다. 저녁 시간.

"감방 수칙 암기."

감방 밖에 의자를 갖다놓고 앉은 헌병이 지시했다. 감방 벽에는 가로 1미터, 세로 1.5미터 규격의 '감방수칙', '국민교육헌장', '군인의 자세'가 붙어 있었는데 '감방수칙'은 15조에 1조당 글자가 평균 30자다. 그것을 한 자도 틀리지 않게 줄줄 외워야 한다. 넷은 줄줄 외웠지만 이광은 입을 다물고 있었더니 헌병이 말했다.

"10분 준다. 외워라."

그러자 옆에 서 있던 헌병이 가라앉은 목소리로 말했다.

"1차로 못 외우면 철창을 거꾸로 타면서 외운다. 2차 기회는 10분."

이번에는 앉아 있던 헌병이 말을 이었다.

"그때도 못 외우면 이제 철창에 거꾸로 다리만 걸고 외운다. 3차도 10분."

서 있던 헌병이 다시 말했다.

"그때에도 못 외우면 엉덩이에 20킬로를 싣고 원산폭격으로 밤을 새운다. 실시!"

이광은 2차, 철창에 거꾸로 매달리고 나서 감방수칙 15조를 외웠다. 20분 만에 15조, 약 450자를 외운 것이다. 거꾸로 매달린 채 벽에 걸린 수칙을 필사적으로 응시했던 것이다. 그러자 벽에 걸린 수칙이 사진을 찍은 것처럼 그대로 뇌 속에 박혔다. 주변에서 온갖 소음이 울렸고 헌병의 이야기 소리가 귀를 때렸지만 철창에 원숭이처럼 거꾸로 매달린 채 이광은 수칙을 머릿속에 박고, 박고, 또 박았다. 매달린 지 10분이 지

낮을 때 헌병이 억양 없는 목소리로 지시했다.

"수칙 시작!"

거꾸로 매달린 이광이 심호흡을 하고 나서 외우기 시작했다. 그리고 한 자도 틀리지 않고 15조를 끝냈다.

"좋아, 내려와."

놀라지도 않은 헌병이 그렇게 말하더니 하품을 했다. 이런 일을 많이 겪은 것이다. 내려와 감방장 위치에 앉은 이광이 어금니를 물었다. 하면 된다. 저 엄청난 수칙을 20분 만에 외우다니, 하면 되는구나.

"자, 이번에는 국민교육헌장."

교대해서 의자에 앉은 다른 헌병이 억양 없는 목소리로 말했다. 오후 10시 반, 연대 영창은 취침 시간이 없다. 자는 시간이 취침 시간이다.

"이번에도 10분. 자, 시작."

이광은 국민교육 헌장도 철창에서 거꾸로 매달린 채 암기했다. 이번에 헌장은 여러 번 본 적이 있어서 20분이 안 걸렸다. 그러나 '군인의 자세'가 가장 길고 어려웠다. 아마 연대에서 제작한 내용인 모양으로 긴 데다 맞춤법까지 틀렸고 한 말을 또 하는 경우까지 있었기 때문이다. 이것은 철장에 발만 걸고 매달린 채 다 외웠다. 이광이 3가지 수칙을 다 외우는 동안 감방 안의 넷은 상반신을 쫙 펴고 앉아 있었는데 6번과 13번의 얼굴은 더 부어올라 있었다. 특히 주먹으로 얼굴을 맞은 13번은 코뼈가 부러진 것 같았고 눈이 보이지 않을 정도였지만 헌병들은 본 척도 하지 않았다. 이윽고 취침 명령이 내려졌을 때는 밤 12시 35분이다. 이광이 아랫목에 반듯이 누웠을 때 옆에 누운 19번이 낮게 말했다.

"감방장, 수고하셨습니다."

이광에게 빵 드릴까, 하고 물어 본 놈이다. 누운 순서는 이광, 19번, 다음이 물이 있는 곳을 알려준 21번, 그리고 13번, 6번이다.

다음 날 아침, 13번이 연대 의무실로 실려 갔다. 아침에 얼굴이 더 부었기 때문이다. 헌병들은 감방 안의 싸움이라고 보고서에 쓴 후에 수감자 5명 전원으로부터 서명을 받았을 뿐이다. 다음 날도 이광은 조사를 받았지만 조사관은 더 이상 구타하지 않았다. 이미 보고서가 헌병대장한테 올라갔기 때문이다. 분대장이 술 바꿔오라고 된장을 조영관에게 퍼주었고 조영관이 그 된장으로 여자를 산 것으로 처음부터 만들어져 있었던 것이다.

"넌 사단 영창으로 옮겨질 거다."

병장 계급장을 단 조사관이 이광에게 말했다.

"거기서 정식 재판을 받고 사단 영창에서 몇 달 살게 될 거야."

헌병들은 대개 훈련을 안 받고 얼굴에 크림까지 바르기 때문에 희고 부드러운 피부다. 병장도 윤기가 흐르는 흰 얼굴이다. 군복도 잘 다림질이 되었고 명찰에 김동석이라고 박혀져 있다. 이광이 철제 의자에 앉아 물끄러미 조사관을 보았다. 영창에 박힌 지 이틀째, 만 하루하고 세 시간쯤 되었지만 열흘은 지난 것 같다. 이광은 심호흡을 했다. 그 순간 저절로 입 끝에 웃음기가 떠올랐다. 어느덧 불안감이 가신 자신을 발견한 것이다. 어느새 이곳에 적응했다. 대번에 감방장이 되었다. 좋다. 사단 영창 몇 달? 살자. 살면 되는 것 아니냐? 시발놈들아, 난 살아 나간다. 좆통수를 불어도 세월은 간다.

"너, 좋은 일 있냐?"

불쑥 조사관이 물었으므로 이광이 눈동자의 초점을 잡았다. 이 새끼는 '마이가리' 병장일 것이다. 헌병 놈들은 상병이 병장, 일등병이 상병을 달고 다닌다. 그것을 상관들도 인정해준다고 한다. 난 하사다.

"내가 무슨 좋은 일이 있겠습니까?"

그러나 말은 고분고분했더니 조사관이 눈을 가늘게 떴다.

"너, 사단 가면 강등될 거다. 하사로 특진된 지 한 달 되었지?"

"하사나 중사나 관심 없습니다."

"나, 너 같은 놈 처음 보았다."

마침내 조사관이 어깨를 늘어뜨리고 말했다. 김동석, 이놈이 어제 오전에 무지하게 때렸다. 귀빰을 기술적으로 잘 때렸는데 지금도 귀가 먹먹하다. 조사관이 팔짱을 끼더니 지그시 이광을 보았다.

"네 분대원 놈, 그 새끼는 손도 대기 전에 벌벌 떨면서 엄살을 피워. 그런 놈들이 교활하지, 아예 손을 대기가 싫어, 치사해서."

이광의 시선을 받은 조사관이 풀썩 웃었다.

"근데 너 같은 놈은 자꾸 치고 싶거든, 그러다가 내가 지치면 지는 거지."

사흘 후 오전 10시경, 17연대장 오금호 대령이 골짜기를 올라가고 있다. 주위에 10여 명의 장교들이 따르고 있었는데 방금 아래쪽 개울가에 헬기 2대로 내린 것이다.

"저깁니다."

앞장선 부관이 골짜기 위쪽을 가리켰다.

"현장을 그대로 보존하고 있습니다."

지난달에 고구마3이 공비 2명을 사살한 장소인 것이다. 오금호는 가장 최근에 공비를 사살한 현장을 직접 확인하려고 날아왔다. 공비를 사살한 분대장도 칭찬해줄 예정이다. 이윽고 현장으로 다가간 오금호가 부동자세로 서 있는 '편의공작대' 네 명을 보았다. 모두 미제 사복을 걸친 우스꽝스러운 모습이었지만 무섭게 긴장하고 있다.

"차렷!"

그중 선임자가 골짜기가 떠나갈 듯한 외침을 뱉더니 경례를 했다.

"충성!"

"충성!"

넷이 외치는데도 골짜기가 우르릉거렸다.

"아, 쉬어."

손을 가볍게 흔들어 보인 오금석이 다가가 주위를 둘러보았다.

"여긴가? 여기서 잡았어?"

"예, 여깁니다."

수행한 수색중대장이 서둘러 옆쪽 바위를 가리켰다. 중대장은 헬기장에서 연대장을 기다렸다가 수행해왔다. 그래서 분대장 이광이 된장을 팔아먹다가 지금 연대 영창에 있다는 말을 하지 못했다. 떠나기 전에 갑자기 연대 작전참모가 일방적으로 통보하는 바람에 이광 이야기를 할 겨를도 없었다. 그리고 이광이 아니라 백광이 죽었다고 해도 연대장 시찰을 막을 수가 없다. 오금석이 공비가 총에 맞은 바위 근처를 훑어보다가 도주로를 본다고 머리를 들었을 때다.

"연대장님께 말씀드릴 것이 있습니다."

갑자기 옆에서 아우성을 치는 듯한 목소리가 들렸으므로 오금호는 깜짝 놀랐다. 편의공작대원이다. 그때 대원이 다시 소리쳤다.

"원통한 일입니다!"

조백진이다. 상병 조백진, 24개월, 연대장이 온다는 말을 듣고 나서 결심했다. 공비와 맞닥뜨리는 것보다 세 배는 더 긴장이 되었지만 죽기로 작정했다. 가만있는다면 군대서 좆뺑이 친 것이 무효가 되는 것이라고 다짐에 다짐을 거듭하고 기다렸다.

"야, 너, 뭐야?"

작전참모가 옆에서 꽥 소리쳤으므로 조백진이 정신을 잃을 뻔했다. 소령이다. 중대장보다 높은 놈이다. 그때 오금호가 말렸다.

"놔둬, 가만있어."

오금호가 조백진을 보았다.

"응, 뭐냐? 뭐가 원통해?"

"예! 상병 조백진!"

관등 성명을 먼저 붙여야 한다는 것도 잠깐 잊어먹고 있었다.

"그래, 상병, 뭐냐?"

오금호는 53세, 대령 5년 차다. 장군이 될 가능성이 낮아지고 있다. 그것을 우습게도 부하 놈들이 먼저 아는 것 같다. 눈치를 보면 드러나는 것이다. 하긴 자신도 전에는 그랬으니까, 그때 조백진이 다시 아우성을 치듯이 말했다.

"연대장님! 우리 분대장을 살려주십시오! 너무 원통합니다!"

그 순간 조백진의 눈에서 주르르 눈물이 흘러내렸다. 그때였다. 옆쪽의 편의공작대원 하나가 또 소리쳤다.

"억울합니다! 우리 분대장님이 누명을 썼습니다! 살려주십시오!"

그러고는 이놈은 소리 내어 운다.

"우리 분대장은 죄가 없습니다! 우리가 증인입니다! 조영관 그놈이 끌고 갔습니다!"

또 한 명이 소리쳤다.

"그렇습니다!"

그런데 이놈은 제일 졸병 같다. 그렇게만 말하더니 훌쩍이며 소매로 얼굴을 닦는다. 자, 이제 골짜기에 난리가 났다. 그로부터 4시간 후인 오후 2시경, 헌병대장 최기성 소령은 연대장 오금호 대령의 호출을 받는다. 부관의 연락을 받고 무슨 일이냐고 물었더니 모르겠다고 하는 바람에 신경질이 났지만 안 갈 수는 없다. 연대장이 오늘 오전에 시찰한 곳이 지금 영창에 잡아넣은 분대장 놈 벙커 근처라는 것은 알고 있었다. 연대 장교들이 대부분 겉으로는 호의적이지만 경계하고 있다는 것도 안다. 모른다면 병신이다. 연대장실로 들어선 최기성이 경례를 올려붙였다. 어쨌거나 오금호는 육사 15년 선배다. 오금호 동기가 소장까지 된 데다 군단 헌병대장하고 육사 동기다.

"부르셨습니까?"

최기성이 묻고는 의심쩍은 시선으로 오금호 옆쪽에 선 작전참모 박도영 소령을 보았다. 박도영은 학군 출신으로 입대 기수로 치면 최기성보다 2년 빠르다. 오금호의 신임을 받고 있지만 최기성에게는 별거 아닌 놈이다. 그때 오금호가 말했다.

"거기, 수색중대 분대장 체포했지? 내가 알기로는 군수품 횡령, 분대원 근무이탈 방조 혐의라던데."

"예, 연대장님."

최기성이 바로 대답했다. 아, 이거였구나. 오늘 거기 가서 그 이야기 들었구나.

"그 분대장 내일 사단 헌병대로 인계할 예정입니다."

"그래?"

머리를 끄덕인 오금호가 각진 얼굴을 들었다. 무표정한 얼굴이다.

124

"진술서 받았지?"

"예, 연대장님."

"자백했나?"

"예."

"내가 보고서를 보았더니 자백하고 서명도 했더군, 그렇지?"

"예, 그렇습니다."

대답은 하면서도 최기성은 점점 불편해졌다. 이광이 자백하지 않아서 이쪽에서 서류를 만들어 버린 것을 알고 있었기 때문이다. 그런 사소한 사건은 대부분 그렇게 처리해온 것이다. 그때 오금호가 말했다.

"내가 오늘 거기 갔다 왔어."

"예, 연대장님."

"거기 분대원 여섯 명이 남아 있더군."

오금호의 얼굴에 쓴웃음이 번졌다.

"나뿐만 아니라 우리 연대 장교들이 모두 걔들 진술을 들었어, 그 진술을 듣고 같이 우는 장교도 있었어."

"……."

"거기 조 아무개란 놈이 된장을 훔쳐 도망갔던 거야, 그러고는 분대장한테 뒤집어씌운 것이라고. 내 작전참모가 걔들의 진술을 모두 녹음해왔어."

그러고는 오금호가 최기성을 보았다. 이제 입을 꾹 다물고 있다. 최기성은 심호흡을 했지만 말이 안 나왔다. 큰일 났다는 생각이 들긴 했다.

5박 6일이다. 연대 영창에 투숙했던 기간을 말한다. 5박 6일째 오후 5시쯤 되었을 때 상사 계급장을 붙인 헌병이 이광의 3호 영창 앞까지 찾아와 불러내었다. 헌병 상사는 40대쯤으로 보였는데 군복도 후줄근했고 파이버도 쓰지 않았다. 작업복의 명찰 위에 '헌병'이라고 작게 엠블럼이 박혀 있을 뿐이다. 그런데도 이광이 보기에도 위엄이 철철 넘쳤다. 첫날에 보았던 헌병대장인 소령보다 더 위압적이었다. 그것은 주변에 풍기는 분위기를 말한다. 이광이 처음 보는 상사였다. 헌병대 내의 헌병들은 그야말로 고양이 앞의 쥐새끼 꼴이 되어서 설설 기었는데 이광은 희한한 꼴을 보았다. 조사관 김동석의 가슴에 상병 계급장이 붙어 있었던 것이다. 짐작이 맞았다. 이광이 영창 밖으로 나오자 상사가 몸을 돌리면서 말했다.

"따라오너라."

'따라와'가 아니라 '따라오너라'다. 짬밥 35개월을 먹은 이광이 어깨를 부풀리며 상사를 따라 취조실로 들어섰다. 헌병 셋이 따라 들어섰는데 연대 헌병대를 실질적으로 지휘하는 30대의 중사, 그리고 조사관인 병장 하나와 김동석이다.

"여기 앉아라."

상사가 지금까지 김동석이 앉았던 자리에 앉으면서 항상 이광이 앉던 자리를 눈으로 가리켰다. 넓은 얼굴, 작은 코, 눈은 자다가 깬 것처럼 반쯤만 떴고 두꺼운 입술이 조금 벌려졌다. 큰 머리통, 좁은 어깨, 키도 중키여서 시골 시장통 수박장수 같다. 이름표에는 '홍장덕'이라고 박혀져 있다. 이광이 의자에 앉았고 왼쪽 벽에 중사, 병장, 상병이 나란히 섰는데 열중쉬어 자세다. 그런 꼴은 처음 보았으므로 이광의 가슴이 괜히 뛰었다. 셋의 얼굴도 굳어 있는 것이다. 원수의 조건이 나쁘면 이쪽의

126

상황은 좋기 마련이다. 저 셋은 원수 입장이다. 그때 홍장덕이 말했다. 목소리도 느리고 충청도 사투리가 섞였다. 약간 고음.

"너, 석방이다."

이광에게 던지듯이 말한 홍장덕이 의자에 등을 기댔다. 졸린 눈이 지그시 이광을 보았다.

"니 쫄따구들이 널 살렸다."

영문을 모르는 이광이 눈만 껌벅였고 홍장덕이 말을 이었다.

"제대로 수사 안 한 여기 헌병대장은 큰일 난 거지, 지금 육본 감찰부로 끌려갔다."

그러더니 졸린 눈이 조금 크게 떠졌다.

"나?"

"예?"

난데없이 나? 하니까 놀랄 수밖에. 엉겁결에 그렇게 되물었던 이광에게 홍장덕이 엄지를 구부려 제 작은 코를 가리켰다.

"난 육본 감찰부 홍 상사다."

홍장덕이 턱으로 옆에 나란히 선 세 헌병을 가리켰다.

"저런 개새끼들은 숨 한 번 쉬면 뒤로 넘어진다. 볼래?"

그러더니 어깨를 부풀리면서 숨을 마셨다 뱉었다 하다가 셋에게 소리쳤다.

"야, 숨 뱉는다. 넘어져!"

그러더니 셋을 향해 숨을 뱉었다.

"후욱!"

숨 뱉는 소리다. 그 순간이다. 셋이 일제히 뒤로 넘어졌다. 뒤가 벽인 터라 제각기 등이나 뒷머리를 부딪치면서 넘어져 버린 것이다. 그때 홍

127

장덕이 호흡을 고르면서 이광을 보았다. 늘어진 눈에 웃음기가 떠올라 있다.

"넘어졌지, 봤지?"

"예."

"한 번 더 해볼까?"

"아닙니다."

당황한 이광이 말했을 때 홍장덕이 넘어졌다가 일어서는 셋에게 말했다.

"똑바로 서."

"옛!"

셋이 일제히 대답하더니 부동자세로 섰다. 셋은 처음부터 굳어진 채 눈동자도 흔들리지 않는다. 과연 헌병답다. 그때 홍장덕이 심호흡을 하고 나서 말했다.

"내가 헌병대를 대신해서 사과한다, 이 하사."

"예엣, 저는……."

"잘못했다."

"아, 아닙니다."

"아마 여기 헌병대장은 보직해임이 되고 나서 예편하게 될 것 같다. 그리고"

홍장덕이 턱으로 옆에 선 셋을 가리켰다.

"저기 중사 놈은 직접 연관이 안 된 것으로 판명이 나서 근신 1개월, 그리고 조사관이었던 저 두 놈은 강등에다 사단 영창 1개월이다. 어때, 만족하냐?"

누가 예, 하겠는가? 이광이 숨만 들이켰을 때 홍장덕이 손목시계를 보았다.

"늦었다. 널 중대본부까지 차 태워주마."

중대본부를 거쳐 소대본부에 도착했을 때는 오후 9시 반.

"야, 여기서 자고 가라."

선임하사 강동수가 안쓰러운 표정을 짓고 말했지만 이광이 들은 척도 안 했다.

"저 트럭으로 골짜기까지 태워주쇼."

"야, 저 트럭은 대대에서 벌목하려고……."

"아, 시발, 도둑놈의 새끼들이 여기까지 와서 벌목을 해간다는 거여?"

눈을 부릅뜬 이광이 목소리를 높이자 소대본부 벙커가 조용해졌다. 소대장은 아직도 돌아오지 않았다.

"야, 이 새꺄, 조용히 해."

체면이 깎인 강동수가 이맛살을 모으고 말하자 이광의 목소리가 더 높아졌다.

"씨발, 날 살린 건 내 부하들여, 내 분대원들이라고, 좆까지 말라고."

"야, 이 하사."

"뭐? 영창에 와 본다고? 염려 말라고? 내 부하들이 아니었다면 난 남한산성에서 1년은 살았어."

마침내 강동수의 시선이 돌려지고 어깨가 내려졌다. 영창에 들르겠다는 강동수는 빈말을 했다. 나 몰라라 했던 것이다. 오면서 들었더니 조영관은 내일 사단 영창으로 옮겨져 곧장 판결을 받고 남한산성으로 갈 것이었다. 1년 형을 받을 것이라고 형량까지 말해주었다. 강동수에 대해서 실망한 것은 아니다. 트럭을 타려고 겁을 준 것뿐이다. 짬밥 35개월을 코로 먹었는가? 다 그러려니 해야 한다. 그래서 강동수가 어떻게 대대 수송부 소속 트럭 운전병을 꾀었는지 트럭을 타고 밤길 10킬로를 달려 골짜기 입구에서 내렸다. 트럭이 정차했을 때 어둠 속 바위 옆에서 검은 그림자들이 일렁거리더니 다가왔다. 고구마3 분대원들이다. 연락을 한 것이다.

"분대장님."

먼저 소리쳐 부른 분대원이 조백진 상병, 헌병대에서 중대본부로 가면서 이광은 홍장덕으로부터 연대장에게 분대원들이 호소한 상황을 들었던 것이다. 이어서 얼굴이 드러난 병사는 허상도와 고장남, 셋이 마중 나왔다. 허상도가 이광에게 M-1을 건네주면서 말했다.

"조영관이 남한산성으로 간다면서요? 그 새끼가 돌아오면 쏴 죽이기로 계획을 짜 놓았는데."

"고맙다."

M-1에 8발짜리 클립을 장탄하면서 이광이 말했다. 트럭이 어느새 떠났고 골짜기 입구의 어둠 속에 넷이 서 있다. 그때 다가선 조백진이 말했다.

"분대장님, 저기 저쪽 골짜기 윗집 말입니다."

조백진이 가리킨 어둠 속 산기슭, 짙은 어둠이 덮여 있을 뿐이다. 밤 10시 40분이다. 조백진이 발을 떼는 이광의 옆으로 다가와 말했다.

"거기 살던 서울 여자, 이틀 전에 인제경찰서 형사한테 잡혀갔습니다. 2소대 장 병장이 벙커 앞에서 쉬던 형사한테서 들었답니다. 사기 혐의로 수배되어서 여기 숨어 있었다는군요."

"그래? 어쩐지."

입맛을 다신 이광이 조백진을 보았다.

"너, 알고 있었냐? 나하고 그 여자 말이야."

"아, 그럼요, 모두 알고 있었죠."

조백진이 커다랗게 말하자 앞뒤에 서서 가던 허상도와 고장남이 소리 내어 웃었다. 웃음소리가 골짜기의 마른 나무숲 속으로 파고 들어가는 느낌이 들었다.

그로부터 닷새 후, 오후 8시, 고구마3 벙커 안, 초소 2곳에는 각각 1명씩만 경계병을 배치하고 분대원 6명이 모여 있다. 정확히 말하면 5명이 좌우에 세 명, 두 명이 갈라 앉았고 이광이 통로에 입구 쪽을 향한 채 서 있다. 분대원 앞에는 어제 금진리 가게에서 레이션과 바꿔온 소주가 한 병씩 놓였고 소시지, 돼지고기 삶은 것에 새우젓까지 있다. 모두 바꿔온 것이다. 둘러앉은 분대원은 부분대장 양만호 병장, 통신병 고장남 상병, AR경기관총 사수 조백진 상병, 소총수 백윤철 일병, 경기관총 부사수 윤재동 일병이다. 지금 초소에 나가 있는 분대원은 유탄발사기 사수 허상도 상병, 소총수 박봉기 일병이다. 그때 양만호가 반합 뚜껑을 들며 소리쳤다. 반합 뚜껑에는 소주가 채워져 있다.

"자, 분대장 이광 하사에게 충성!"

"충성!"

일제히 소리친 다섯이 소주를 벌컥거리며 삼키고 나서 제각기 빈 반합 뚜껑을 들었다. 그때 이번에는 조백진이 선창으로 노래를 시작했다.

"날이 밝으면 멀리 떠날!"

모두 벙커와 골짜기가 떠나갈 듯이 노래를 부르면서 뚜껑으로 반합을 두드리기 시작했다.

"사랑하는 님과 함께!"

"마지막 정을 나누노라니! 기쁨보다 슬픔이 앞서!"

이광은 부동자세로 서서 분대원들의 노래를 듣는다.

"헤어질사 이별이란! 야속하기 짝이 없고!"

"기다릴사 적막함이란! 애닯기가 한이 없네!"

이광의 부릅뜬 눈에서 저절로 눈물이 흘러내리기 시작했다. 곧 양만호도, 조백진도, 백윤철도 모두 눈물을 쏟았고 이제는 울부짖듯이 노래를 한다. 반합 두드리는 소리는 더 요란해졌다. 감정이 북받친 조백진이 옆에 놓인 M-2칼빈을 들고 뛰쳐나가더니 밤의 골짜기에 대고 난사했다.

"카카카카카캉!"

골짜기가 울렸다. 제1, 제2 초소에서 그 소리를 듣더니 일제히 총을 쏘았다. 이것은 축포 대신이다. 국가 원수를 맞는 예포보다 낫다.

"타타타타타탕!"

"사카카카카캉!"

"날이 밝으면 멀리 떠날! 사랑하는 님과 함께!"

벙커 안에서 노랫소리는 이어진다. 이광은 눈물을 쏟으면서 행복하다고 생각했다. 잊지 않을 것이다. 그것이 이광의 편의공작대 마지막 밤이었다. 다음 날 이광은 제대했다.

2부
제대파

1장 신촌파에서

스물여섯에 3학년이 되었으니 졸업하면 스물여덟이다. 스물여덟, 만만한 나이가 아니다. 열아홉에 졸업하고 내리 재수를 두 번 하고 나서 대학에 들어갔기 때문이다. 그래서 2 + 3(재수 + 군대)=5이다. 5년을 까먹었다. 현 상태로는 그렇다. 앞으로 남은 대학 2년을 겪어야 졸업을 한다.

분대장으로 제대하고 신학기에 복학을 했더니 호칭이 붙여졌다. 제대파(除隊派), 복학생이라고 부르기도 했지만 놀다가 복학한 놈들도 많아서 군을 마치고 돌아온 놈들은 제대파로 불렀다. 파(派)를 언놈이 붙였는지 알 수 없지만 제대당(除隊黨)보다는 낫다. 오성대 상대 경영학과 3학년 이광, 등록금을 냈더니 이제 소속이 생겼다. 사회 구성원 소속이다.

고구마3 분대장직을 내놓은 지 두 달 반 만이다. 개학하고 첫 강의가 있는 날, 필수 과목이어서 학점은 꼭 따야 하는 강의다. 강의 시간 10분 전에 이광이 강의실로 들어서자 순식간에 조용해졌다. 모두 이광을 보면서 제자리에 앉는다. 그때 어디선가 목소리가 울렸다.

"조교여?"

"몰라."

여학생이 받는다. 그때까지 모두의 시선이 이광에게로 모여졌다. 심호흡을 한 이광이 강의실을 둘러보았다. 이것들이 앞으로 같이 지낼 경영학과 클래스메이트다. 한 30명 되었는데 여학생은 다섯 명, 3초도 안 된 순간이었지만 공비를 식별하는 안목으로 순식간에 훑었다. 그사이에 가슴이 한없이 내려앉고 있다. 모두 젖비린내 나는 연놈들인 것이다. 제대파는 서넛 보였는데 이쪽은 재수를 한 터라 제대파도 2년쯤 아래였고 그냥 올라온 연놈들은 5년 차이다. 이 상황에 무슨 로맨스고 무슨 청춘인가? 이광이 어깨를 펴고 선언했다.

"나, 제대파다."

"오오."

뒤쪽에서 현역 둘이 탄성 같은 소리를 뱉었고 여학생 하나가 키득 웃었다. 이광이 탄성이 난 쪽을 향해 말했다.

"야, 이 시발놈들아, 내가 장난 받기에는 너무 늙었다."

"오오."

이제는 둘 중 하나가 기를 쓰고 탄성을 이었으므로 이광이 머리를 끄덕였다.

"내가 2년 재수에 3년 군대 마치고 온 거다. 앞으로 너희들 작은아버지나 외삼촌으로 생각해주기 바란다."

그때 담당 교수가 들어서더니 연설을 하는 이광을 보았다.

"아니, 이광이 아냐?"

"예, 교수님."

허리를 꺾어 절을 한 이광에게 노윤섭 교수가 손을 내밀었다. 왼쪽 손에 쥔 노트는 표지가 누렇게 되었고 밑쪽은 해졌다. 3년 전에 20년째 갖고 다니는 노트라고 들었으니 23년째 우려먹는 노트다. 노 교수가 강의실을 둘러보며 물었다.

"애들한테 교육시키고 있어?"

노윤섭 교수, 57세, 경영학과장, 학점은 더럽게 짜지만 가끔 편파적, 그러나 권위가 세어서 말 못 함, 이광은 2학년 때 출석 미달로 2학점짜리가 F가 되었다.

"예, 얘들이 제가 조곤 줄 알고 쫄았던 것 같습니다."

"쫄 만도 하지."

자리가 없었으므로 맨 앞쪽 빈자리에 앉은 이광을 가리키며 노윤섭이 학생들에게 말했다.

"이 친구 이광으로 말할 것 같으면 2년 재수하고 들어와서 금방 경상대를 휘어잡은 주먹이다."

입맛을 다신 이광이 외면했지만 노윤섭은 신바람이 났다.

"하긴 제 고등학교 동기들이 3학년이니까 그럴 만하지. 신입생 환영회 때 3학년생 셋을 두들겨 패서 입원을 시켰는데 그 사건 이후로 우리 경상대 신입생 환영회 때 막걸리 붓는 관습이 사라졌다."

"오오."

이번 감탄사는 비꼬는 분위기가 아니다. 이광이 눈짓을 했지만 노윤섭이 말을 잇는다. 강의가 재미없기로 소문난 노윤섭이 학생들의 반응을 보자 자제심을 잃은 것 같다.

"나중에는 4학년도 잡는 것 같더니 2학년이 되고 나서는 학생회장을 배후에서 조종한다는 소문이 난 보스였다."

"아, 교수님."

정색한 이광이 말하자 노윤섭이 낡은 노트를 폈다. 만족한 표정이다. 강의실은 조용해졌다. 이광은 자신의 등에 쏟아지는 수십 쌍의 시선을 의식하고 있다. 다 부질없는 짓이었다. 옛날 생각 하면 부끄럽다. 객기, 열등의식 등을 주체하지 못했다. 이제는 현실로 돌아왔다. 군대에서 겪은 3년이 얼마나 도움이 될 것인가?

"야, 의상학과 4학년이야."

정태성이 눈썹을 모으고 말했다. 봄, 4월 중순이 되면서 모임이 많아졌다. 신입생 환영회는 무시했지만 동창회, 친구들 모임 등이 이어진다. 지금 정태성은 제대파하고 삼양대 의상학과 4학년의 미팅을 말하는 것이다.

"거기가 물이 좋은 과다. 내가 천신만고 끝에 주선한 거라고."

정태성은 이광과 고등학교 동기동창으로 문리대 4학년, 취업할 직장이 아예 없는 터라 사우디 건설현장에 인부로 간다고 했다. 영문과여서 영어를 좀 하니까 일단 건설회사에 들어간다는 계획을 세우고 있다. 정태성은 1년 재수하고 오성대에 들어왔기 때문에 제대도 작년에 했고 이제 4학년이다. 1년이 빠르다. 학교 호숫가의 벤치에 나란히 앉은 둘 앞으로 여학생들이 무리를 지어 지나갔다. 숨도 멈추고 여학생들을 보는 이광의 볼에 대고 정태성이 물었다.

"야, 여자 하나 만들어야 할 것 아냐?"

"돈 들어."

"내일 회비는 내가 내줄 테니까."

"시발놈아, 안 가."

"내가 니 자취방으로 데리러 가지."

정태성이 막무가내다. 의리상 그러는 것 같지만 계산속도 있다. 내일 모임은 6쌍, 남자는 모두 제대파인데 문리대 2명, 법대 3명이라고 했다.

면면을 보면 고등학교 후배가 2명, 나머지는 대학에서 어찌어찌 얽힌 관계인데 모두 2살 아래다. 이광이라도 데려가야 혼자 노털 노릇 안 하게 될 것 아닌가?

"요즘 일자리는 어때?"

불쑥 이광이 묻자 정태성이 담배를 꺼내 물었다.

"저기, 경기도에서 댐 공사 하는 데가 있고, 도로공사는 시청에 가면 잡부로 채용은 해주는 것 같던데."

담배 연기를 뿜은 정태성이 이광을 보았다. 정태성은 가구점을 하는 가문이다. 직접 아버지가 가구를 만들고 가게도 있다. 정태성이 말했다.

"요즘 가구 시장도 안 좋아."

"얀마, 너는 나보다 낫지."

입맛을 다신 이광이 벤치에 등을 붙였다. 우체국장을 지냈던 아버지가 퇴직한 것은 5년 전이다. 퇴직하고 아버지는 일을 하겠다면서 퇴직금을 쏟아부어 식당을 개업했다가 2년 만에 망했다. 이광이 입대하기 전이다. 집까지 날린 부모는 고향인 충북 옥천으로 낙향했는데 밭 몇백 평을 일구는 농부가 되었다. 원체 부지런한 아버지여서 지금은 꿀통이 50통이 되었다고 하지만 자식이 셋이다. 이광 밑으로 남동생과 여동생이 있는 것이다. 남동생 이철은 아예 고등학교만 졸업하고 자동차 정비공장에 다니다가 작년에 군 입대를 했고 여동생 이명화는 대전에서 전문대에 다닌다. 집에 손을 벌릴 상황이 아니다. 이번 등록금도 아버지가 1년 전부터 적금을 들어서 겨우 만들어준 것이다.

"내가 벌어야 하는데 일거리가 그래."

앞쪽을 향한 채로 이광이 말을 이었다.

"어제부터 밤에 나이트클럽 주차장에서 일하기로 했는데, 그럼 밤에 아무 일도 못 한다."

"몇 시부터 몇 신데?"

"밤 8시에서 새벽 4시까지, 한 달에 10만 원이야, 자취방 값이지."

"그래도 잘 잡았네."

"성규 형이 소개시켜 준 거다."

고성규는 둘의 고등학교 3년 선배로 조폭이다. 이광이 군대 가기 전에 고성규의 일을 여러 번 했고 용돈도 받았던 것이다. 정태성이 담배를 연못에 던지면서 말했다.

"그래도 넌 생존력이 강한 놈 아니냐? 잘 버티겠지."

오후 3시 반이다. 화창한 날씨였지만 둘의 분위기는 무겁다. 정태성은 흰 얼굴, 귀공자풍의 용모에 잘 차려입어서 지나는 여학생들의 시선이 모였다. 반대로 이광은 군복 바지에 운동화를 신은 데다 헐렁한 점퍼를 걸쳤다. 머리도 아직 짧아서 군인 같다.

"어쨌든."

정태성이 이광에게 말했다.

"내일 오후 3시다. 신촌 로터리 아담 카페야."

"새끼야, 못 가."

"내가 미리 데이트비 줄게."

지갑을 꺼낸 정태성이 1만 원권 2장을 꺼내 벤치에 놓았다. 데이트하기에는 충분한 금액이다.

"그리고 네 회비는 내가 낸다."

자리에서 일어난 정태성이 정색했다.

"내 성의를 봐서 나와, 이 자식아."

상대도 6명, 모두 눈부시게 차려입은 데다 약간 화장을 한 용모도 환하다. 이광은 눈앞이 어지러워서 제대로 보지를 못 했다. 오늘 여자를 잡겠다는 의욕이 일어나지 않았던 것도 시야가 흐려진 이유에 들 것이다. 당장 먹고 살 일이 바쁜데 연애라니 여자가 필요하면 3천 원짜리 숏타임으로 해결하면 된다는 생각이었다. 그렇다고 호기심까지 말살된 것은 아니다. 그래서 이렇게 나왔겠지.

오후 3시, 카페 구석에 둘러앉은 6쌍의 남녀는 이제 파트너를 정하고 있다. 남자들이 제각기 내놓은 물건을 여자가 집으면 파트너가 되는 것이다. 오늘의 사회자가 되어 있는 정태성이 탁자 위에 6개의 물건을 내려놓았다.

"자, 골라, 골라. 두 개는 안 돼, 한 놈만."

여자들이 빙글거리면서 하나씩 집는다. 이광은 주머니에서 집히는 대로 10원짜리 동전을 내놓았는데 여자들이 안 집었다. 다른 놈들은 제각기 시계, 만년필, 열쇠고리 등이어서 동전은 맨 나중에 가져갔다. 흰 손가락이 뻗어 나와 탁자 위의 동전을 집었고 그 손의 주인공을 본 순간 이광이 숨을 들이켰다. 의욕이야 없었지만 이광도 눈을 붙이고 있는 것이다. 어둠 속에서 공비를 기다리면서 식별력을 단련시킨 눈이다. 그 동전의 주인공이 6명 중 가장 나았던 것이다. 카페에 들어가 앉은 지 30초도 안 되어서 그 여자가 가장 낫다고 머릿속에서 평가를 해놓았었다.

"자, 그럼 임자 찾아서 갑시다. 난 선글라스였습니다."

정태성이 선글라스를 쥐고 있는 여자에게 말했다.

"실망시켜 드려서 죄송합니다."

실망은 정태성이 한 것 같았다. 여자는 환하게 웃었지만 여섯 중 가장 등급이 낮았기 때문이다. 남자도 그렇지만 여자도 머릿속에 등급을

140

매겨놓고 있는 것이다. 이광이 동전의 소유자임을 밝혔을 때 여자의 얼굴에서 떠오르는 실망감을 보았다. 웃고는 있었지만 시선을 마주치지 않는 것이다.

"자, 그럼 우리 팀은 먼저 갑니다."

저녁 7시에 다시 이곳으로 모이기로 했으므로 정태성을 선두로 모두 자리에서 일어섰다. 이광도 따라 자리에서 엉덩이를 들었을 때다.

"잠깐만요."

나은현이라고 이름을 밝힌 여자가 말했다.

"잠깐 드릴 말씀이 있어요."

이광이 다시 앉았을 때 나머지 5팀은 모두 카페를 빠져나갔다. 나은현이 웃음 띤 얼굴로 이광을 보았다. 갸름한 얼굴, 곧게 솟은 코, 눈초리가 약간 솟았으며 눈동자는 단정하게 닫혀 있다. 흰 레이스가 붙은 연두색 정장 투피스 차림, 파마한 머리는 물결치듯 어깨까지 내려왔다. 이광으로서는 꿈에서나 만날 여자다. 본래 기대도 안 하고 계획도 없이 나왔지만 나은현을 본 순간 가슴이 뛰었으며 파트너로 선정이 되면서부터는 몸에 열이 난 상황, 기대와 계획이 뒤죽박죽되어서 혼란 상태가 되어 있다. 그때 나은현이 말했다.

"어쩌죠? 저, 집에 가봐야 하는데요."

그 순간 이광이 숨을 들이켰다. 저절로 얼굴이 굳어졌으므로 필사적으로 막았지만 안 되었다. 그래서 웃었다. 그러나 얼굴 근육이 굳어 있어서 일그러진 웃음이 되었다. 이광이 그 얼굴로 물었다.

"내가 마음에 들지 않는다는 말이지요?"

"네."

나은현이 웃음 띤 얼굴로 머리까지 끄덕였다.

"죄송해요, 같이 나가기 싫어요."

이광이 심호흡을 했다. 군에서 제대한 지 석 달밖에 안 되는 터라 예를 군 생활에서 찾는 수밖에 없다. 이건 공비에게 기습을 받아 매복 초소가 무너진 경우와 비슷할까? 눈앞도 잘 보이지 않는다. 그래서 제대로 쏘지도 못 하겠다. 다시 숨을 들이켠 이광이 눈동자의 초점을 잡았다.

"참고로 들읍시다. 내 뭐가 마음에 들지 않는 거요?"

"꼭 말해 드려야 돼요?"

"참고하려고 그럽니다."

"첫째 옷차림."

나은현이 던지듯이 말했다.

"같이 다니기 창피해요. 그런 것까지 감수하고 다닐 순 없어요."

"그렇군."

"10원짜리 동전을 내놓은 것도 마음에 안 드네요, 참."

그러더니 나은현이 자리에서 일어섰다.

"죄송해요."

머리를 숙여 보인 나은현이 몸을 돌렸다.

마카오 나이트클럽은 현관 옆에 주차장이 있어서 편리하지만 50대가 한계다. 대개 1백 대 규모로 손님이 오는 터라 나머지는 길가, 근처 상가 주차장까지 운용을 해야 한다.

이광의 직책은 주차장 관리, 주차 요원 4명을 관리하고 질서를 지키는 임무다. 군에 입대하기 전에는 주차 요원으로 반년쯤 일했던 경험이 있었기 때문에 익숙해져 있다. 그동안 달라진 것은 외제차가 많아진 것과 일이 삭막해졌다는 것, 그리고 선배인 고성규가 신촌 카스파의 부두목으로 승진해 있다는 것이었다. 그래서 이광이 주차장 관리로 발탁된 것이기도 했다.

"야, 저 똥차 빼!"

밤 10시 반, 이광의 옆에 서 있던 조봉덕이 소리쳤다.

"벤츠 들어온다!"

클럽 현관 앞으로 검정색 벤츠가 들어오고 있다. 4400, 성북동 사모님 차다. 조봉덕이 현관으로 뛰어갔고 하만철이 벤츠 자리를 만들려고 똥차로 뛰어갔다. 성북동 사모님은 팁이 후해서 주차 요원에게는 특급 고객이다. 그래서 이광은 순서를 정했는데 고참이건 신참이건 순서대로 손님을 받도록 했다. 이광이 오기 전에는 김태호란 기도 출신 책임자가 관리했는데 순서도 없이 제 마음에 드는 놈을 시킨 데다 그날 밤 받은 팁에서 절반씩을 떼어가는 바람에 원성이 많았다.

마카오의 영업부장 고성규가 이광을 주차 책임자로 시킨 후부터는 주차장 분위기가 완전히 달라졌다. 대신 다시 기도로 돌아간 김태호가 이광을 벼르고 있다는 소문이 무성했다.

김태호는 카스파의 정식 회원으로 관리부장 강경준의 직계다. 벤츠를 똥차 자리에 주차시킨 조봉덕이 만족한 얼굴로 다가왔다.

"저 싸모는 조수석에다 5천 원을 놓고 가요, 아주 멋쟁이야."

조봉덕이 5천 원을 보여주고 나서 주머니에 넣었다. 김태호 시절에는 숨겼을 것이다. 5천 원이면 거금이다. 자장면 한 그릇에 5백 원인 것이다. 단숨에 자장면 10그릇 값을 팁으로 받은 셈이다. 이광이 쓴웃음을 지었다.

"부럽다, 이 새끼야."

"형은 좀 이상해."

조봉덕이 짝눈을 치켜뜨고 이광을 보았다. 이광보다 두 살 아래인 스물넷, 절도와 폭력 전과가 하나씩 있고 2년 반 동안 빵에 있었기 때문에 군대도 가지 못했다. 웨이터로 1년 반 일하다가 본인은 손님 지갑을 주웠다고 했지만 어쨌든 지갑을 갖고 있는 것이 발각되어 주차 요원으로 밀려난 지 반년, 주차 요원으로서는 고참인 셈이다. 조봉덕이 말을 이었다.

"지난번 김태호 그 새끼는 강도 같은 놈이었지만 형은 그 반대야. 도대체 월급 갖고 어떻게 산다는 거야?"

"내가 느그덜 팁을 뜯어 먹다니, 내가 빈대냐? 아니면 거머리냐?"

"돈 버는 게 장땡이지, 아마 내 수입이 형 두 배는 될걸?"

"잘 먹고 잘 살아라."

"우리 넷이 1할씩만 떼어준다고 해도 마다하고, 좀 답답하잖아."

"야, 10만 원이면 살아. 난 여기서 부자 될 생각 없다."

이광의 주차 관리원 월급이 10만 원인 것이다. 정식 직원도 아니어서 세금도 안 떼고 딱 10만 원이다. 자장면 2백 그릇, 자취방 월세가 5만 원이니 5만 원 남는다. 그 돈으로 용돈, 밥값, 책값, 교통비에다 옷값까지 다 내야 한다. 그때 나은현의 얼굴이 떠올랐으므로 이광이 쓴웃음을 지었다. 우연인지 그날 입고 갔던 옷을 지금도 입고 있다. 검정색 작업복 바지에 역시 검정색의 천막 천으로 만든 점퍼를 입었다. 오늘은 물들인 정글화를 신었는데 일할 때는 긴장이 되기 때문이다. 나은현은 첫째로 마음에 들지 않는 것이 옷차림이라고 했지만 바로 말하면 가난뱅이 분위기였을 것이다. 10원짜리 동전과 거지같은 작업복이 연결되었다.

그때 이번에는 커다란 링컨 승용차가 현관 앞으로 다가왔으므로 하만철이 달려갔다. 다음 순서였기 때문이다. 그 다음 순서인 오수영이 기대에 찬 얼굴로 다가오고 있다.

"야, 광이."

뒤쪽에서 부르는 소리에 이광이 몸을 돌렸다. 고성규가 다가오고 있다. 말끔한 양복 차림에 머리칼도 단정히 넘긴 고성규는 클럽에 자주 나오는 제비 같다. 다가온 고성규의 몸에서 향수 냄새가 맡아졌다. 이제 고성규는 카스파 넘버4다.

"야, 사무실로 가자."

고성규가 앞장서 가면서 말했다.

"할 이야기가 있어."

클럽 3층의 사무실 안, 영업시간에는 보통 사무실이 빈다. 모두 맡은 일이 있기 때문이다. 사무실로 들어온 고성규가 소파에 앉더니 눈으로 앞쪽 자리를 가리켰다.

"앉아라, 너한테 부탁할 일이 있어."

"형, 나, 지난번 일 같은 건 안 합니다."

소파에 앉으면서 이광이 말하자 고성규가 피식 웃었다.

"얀마, 그때는 네가 숨기 좋아서 그랬지."

3년 전, 입대하기 닷새 전에 이광은 고성규의 부탁으로 인사동의 포장마차에서 조폭 강 아무개의 머리통을 깨뜨리고 도주했다. 강 아무개는 종로 오대수파 부두목으로 고성규가 관리하던 지역을 빼앗으려고 했기 때문이다.

땅따먹기 전쟁이 아직도 끊임없이 계속되고 있다. 지금 신촌만 해도

3개 파가 치열하게 경쟁 중인 것이다. 담배를 빼 문 고성규가 말보로 갑을 건네주었지만 이광은 사양했다. 고성규가 담배에 불을 붙이면서 말했다.

"너 주차장에 넣었다고 큰형님한테 깨졌다. 그런데……."

큰형님이란 보스 최용환이다. 입대 전에 딱 한 번 만나서 인사했는데 말씀은 내려주시지 않았다. 30대 중반, 명동파 보스였던 조금철의 행동대장으로 날렸다가 분가한 후에 신촌 카스파의 보스가 되었다. 잔인한 성격, 대학 중퇴자라 유식하다고 소문이 났다. 도끼를 잘 쓰고 주먹으로도 져본 일이 없다는 독종, 그러나 장신의 체격에 잘생겼다. 이광은 시선만 주었고 고성규가 말을 이었다.

"어쨌든 김기태 그 새끼는 조직원이거든, 안 그러냐?"

"그렇죠."

이광이 머리를 끄덕였다.

"형만 입장이 난처해졌겠네요."

"말 아직 안 끝났어, 인마."

담배 연기를 길게 품은 고성규가 웃었다.

"네가 어떤 놈이냐고 묻길래 3년 전에 강상중이를 병신 만든 놈이라고 했지."

"……."

"그랬더니 널 데려오라고 했어."

"아, 시발."

입맛을 다신 이광이 고성규를 보았다. 얼굴이 찌푸려져 있다.

"형, 나 안 한다고 했잖아요?"

"누가 뭐래?"

"근데 내가 왜 만나요?"

"얀마, 그냥 한번 만나봐."

"그 양반이 날 그냥 만날 것 같아요?"

"너, 한 달에 10만 원 갖고 살래?"

정색한 고성규가 이광을 보았다. 고성규는 고3 때부터 최용환의 조직원이 되었다. 졸업한 후에도 고성규는 자주 학교에 들러 후배를 물색했는데 그중 이광을 가장 아꼈다. 이광이 럭비로 두각을 나타냈을 뿐만 아니라 아마추어 복싱 미들급 준우승까지 차지한 짱이었기 때문이기도 할 것이다. 자주 용돈을 주었고 먹을 것을 사주었지만 이광은 대학 진학을 목표로 삼았다. 그러나 2년 재수를 하고서도 5류인 오성대에 들어간 것도 고성규의 책임이 절반은 될 것이다. 자주 심부름을 시켰기 때문이다. 이광이 정색하고 고성규를 보았다.

"형, 나, 안 가면 여기 그만둬야겠죠?"

"아마 그래야겠지, 내 체면이 말이 아니게 될 테니까 말이다."

머리를 숙였던 이광이 다시 고성규를 보았다.

"형, 무슨 일로 날 보자는 겁니까?"

"너한테 뭘 시키려는 것 같다."

"지난번처럼 누굴 어떻게는 못 해요, 그땐 어렸으니까……"

"그런 일은 아닐 거야."

"그럼 뭔데요?"

"네가 경영학과 3학년이라고 하니까 큰형님이 관심을 갖는 것 같았어."

"오성대라고 했어요?"

"얀마, 씹성대라고 해도 대학생이야, 게다가 제대파라고."

"제기, 오성대 알아주는 사람 처음 봤네."

"가봐라."

어깨를 부풀린 고성규가 지그시 이광을 보았다.

"큰형님이 널 그냥 똘마니 취급하겠냐? 더구나 강상중이를 병신 만든 놈이야, 네가. 넌 카스파 소두목 감이다."

이광의 시선을 받은 고성규가 쓴웃음을 지었다.

"예를 들어서 그렇다는 말이다, 이 새꺄."

자리에서 일어선 이광에게 고성규가 말을 이었다.

"내일 저녁으로 날 잡자, 큰형님한테 그렇게 말씀드릴게."

이광은 어쩌면 내일이 마카오 클럽을 마지막으로 나오는 날이 될지 모른다는 생각을 했다. 어쩔 수 없다.

"형, 웃기는 이야기 해드릴게요."

나영찬이 다가와 생글생글 웃으며 말했다. 오전 10시 반, 전공과목 2학점짜리 강의가 휴강이 되어서 이광은 구석 자리에 앉아 졸고 있던 참이다. 11시에 다시 강의가 있는 것이다. 눈동자의 초점을 잡은 이광이 나영찬을 보았다. 나영찬은 경영학과의 단 하나뿐인 고등학교 후배다. 그러니까 제대파들은 군에 안 간 재학생들을 '현역'이라고 부르는 터라 현역으로 이광의 5년 후배가 된다. 그야말로 조카뻘이 되는 놈이지만 어려서 그런지 성격이 그런지 어려워하지를 않고 따른다. 말대로 조카처럼 따르는 것이다. 이광의 시선을 받은 나영찬이 앞쪽 자리에 앉았다.

"이야기해드려요? 재밌는데."

"너, 재미없으면 죽을 줄 알아."

"재밌어요."

이광이 뒤쪽 벽에 머리를 기댔을 때 나영찬이 말을 이었다.

"문리대 제대파들 이야긴데요."

이광은 눈을 반쯤 감았고 나영찬의 말이 자장가처럼 들렸다. 나른한 4월이다.

"글쎄, 그 제대파들이 미팅을 했답니다. 궁했겠지요."

"……."

"근데 우리 누나가 거기에 갔어요, 우리 누나가 삼양대 4학년이거 든요."

"……."

"저하고 연년생이에요, 애가 괜찮아요, 몸매도 괜찮고 얼굴도 그만 하면……."

"좆까지 말고 얼른 읊어."

"예, 근데 누나 파트너로 어떤 왕재수가 걸렸다네요. 누나 표현으로 는 도둑놈같이 생겼는데 글쎄……."

호흡을 고른 나영찬이 말을 이었다.

"아, 글쎄, 남자들이 제 물건을 내놓고 여자들이 골라가는 것으로 파 트너를 골랐는데 그 왕재수놈은……."

"……."

"10원짜리 동전을 내놓았다지 뭡니까? 10원짜리를요."

"어떤 개새끼야?"

"그러니까 말입니다. 더구나."

"더구나 뭐? 네 누나를 강간이라도 하려고 덤볐다더냐?"

"아니, 그게 아니라요."

나영찬이 눈을 흘겼다.

"형도 참, 어떻게 강간을 해요?"

"왜? 네 누나는 쇠빤스 입었어?"

"아뇨."

"그럼 왜?"

"그놈이 제 분수도 모르고 같이 나가자고 하더래요, 카페에서."

"어디로? 여관으로?"

"아뇨? 밖으로 놀러요."

"그래서?"

"그래서 누나가 그랬다는군요, 네 분수를 알라고요."

"그랬더니?"

"얼굴이 빨갛게 되어서 아무 말도 못 하더라는군요."

"도대체 언놈이야? 문리대라고 했어?"

"문리대 영문과라는군요."

정태성 과(科)다. 정태성하고 같이 노는 걸 보았으니 같은 과로 안 것
같다. 머리를 끄덕인 이광이 지그시 나영찬을 보았다. 그러고 보니 눈
매가 닮았다. 얇은 입술도 비슷하다.

"문리대 놈들이 좀 덜떨어진 놈들이 많지, 제 분수도 모르고 말이다."

"그러니까 말이에요."

"네 누나 정말 잘빠졌냐?"

"아, 괜찮아요. 우리 과 애들은 발밑에도 못 와요."

"너, 지금 나한테 그런 식으로 이야기하는 건 혹시 네가 내 처남이
될 의사가 있는 것 아니냐?"

"에이, 형도."

"야, 이 새꺄, 내가 어때서?"

"형, 진짜 소개시켜 드려요?"

"가만있어, 애들 정리 좀 하고."

"에휴."

"둘 남았으니까 곧 정리돼."

"둘요?"

"아, 그냥 몇 번만 더 따먹고 끝낼 테니까."

"아, 놔두세요."

"뭘 놔둬?"

"없던 일로 하자고요."

벽에서 머리를 뗀 이광이 눈을 부릅떴다.

"야, 이 시발놈아, 너 날 뭘로 봐?"

갑자기 돌변한 이광의 기세에 나영찬이 숨을 들이켰다. 이광의 소문은 시간이 지날수록 짙어졌다. 그래서 지금은 상대(商大)의 '지존'으로 불리는 것이다. 그 지존의 시선을 받은 나영찬이 입안에 고인 침을 삼켰다. 얼굴도 하얗게 굳어졌다.

"아니, 제 말은……."

"네 누나더러 밑 씻고 기다리라고 해."

이광이 엄숙하게 말했다.

방으로 들어선 이광이 창가에 서 있는 최용환을 보았다.

"인사드려."

함께 온 고성규가 말하자 이광이 허리를 꺾어 절을 했다.

"이광입니다."

"어, 잘 왔다."

머리를 끄덕여 보인 최용환이 지그시 이광을 보더니 소파로 다가가 상석에 앉았다. 그러고는 턱으로 앞쪽을 가리켰다.

"앉아."

"예, 형님."

대답은 고성규가 했다. 둘이 소파에 나란히 앉았을 때 최용환의 시선이 이광에게 옮겨졌다. 머리를 든 이광이 최용환의 시선을 받았다. 3년 전, 강상중이를 치기 열흘쯤 전에 호텔 주차장에서 차를 타던 최용환에게 인사를 한 적이 있다. 고성규가 인사를 시킨 것이다. 그때 최용환은 머리만 끄덕이고는 차에 올랐다. 아마 이놈을 시켜서 강상중이를 칠 겁니다, 하고 고성규가 얼굴을 보여준 것 같다. 밤 10시, 신촌의 리버티호텔 최상층인 15층 방안이다. 이곳이 카스파 보스인 최용환의 사무실인 것 같다. 응접실 뒤쪽에 방문이 여러 개 있었고 현관 옆에는 대기실까지 있다. 대기실에는 경호원 서너 명이 들어가 있는 것 같다. 그때 최용환이 물었다.

"너, 오성대 경영학과라며?"

"예, 회장님."

"일본말 할 줄 아냐?"

"모릅니다."

"영어는?"

"좀 합니다."

"얼마나?"

"양놈들하고 이야기하는 데 지장이 없을 정도입니다."

"음."

신음 같은 소리를 뱉은 최용환이 지그시 이광을 보았다. 옆에 앉은 고성규는 숨도 죽이고 있다. 방음장치가 잘된 방이어서 방안은 조용하다. 그때 최용환이 물었다.

"너, 그때 강상중이를 어떻게 쳤냐?"

"예, 짱돌을 주머니에 넣고 가서 뒤통수를 깠습니다."

"어디에서 깠지?"

"예, 포장마차 안이었습니다."

"그 새끼, 혼자 있었냐?"

"아닙니다. 경호원 둘이 좌우에 앉아 있었습니다."

"그 둘은 어떻게 했어?"

"먼저 그 강가를 치고 둘은 하나씩 나중에 쳤습니다."

"어떻게?"

"주먹으로요."

"음."

다시 신음이 울리더니 또 시선만 준다. 그날 포장마차가 뒤집혔다. 불쑥 들어선 이광이 다짜고짜 강상중의 뒷머리를 박살내고 이어서 경호원 둘의 얼굴과 배를 쳤는데 포장마차가 뒤집혀 버렸다. 주인 여자가 아우성을 쳤고 손님들이 도망갔다. 이광은 뒷머리가 깨진 강상중이 일어나려고 상반신을 드는 것을 보고는 또 한 번 쳐서 드러눕는 것까지 확인하고 도망갔던 것이다. 그 후에 강상중은 조직 사회에서 사라졌다. 들리는 소문으로는 전남 목포에서 배를 탄다는데 한쪽 다리를 못 쓴다고 했다. 그때 최용환이 입을 열었다.

"너, 내 비서 해라."

"회장님, 저는……."

숨을 들이켠 이광이 말을 잇기도 전에 최용환이 말했다.

"알아, 이 새꺄."

"예."

"내가 부를 때만 나오면 돼, 학교는 그냥 댕겨."

무슨 말인지 시선만 주는 이광을 향해 최용환이 말을 이었다.

"내가 곧 일본 놈들을 만난다, 알아?"

이제는 굳어진 채 눈만 크게 뜬 이광에게 최용환이 말을 이었다.

"네가 영어로 통역해. 그놈들도 한국말 모를 테니까 영어를 쓰면 되겠지, 그럼 공평하지, 안 그러냐?"

"예, 회장님."

"그놈들 앞에서는 내 비서 역할로 통역을 하란 말이다, 알았어?"

그쯤이면 할 수 있다. 어깨를 늘어뜨린 이광이 대답했다.

"예, 회장님."

"다음 주 월요일 점심 때 나한테 와라."

그러고는 이광을 훑어본 최용환이 고성규에게 말했다.

"이 자식 양복점에 데려가서 옷 몇 벌 맞춰줘, 조끼까지. 그리고 구두도 몇 켤레 맞춰주고. 싹 바꿔."

"일본 놈을 왜 만나는데요?"

방에서 나온 이광이 묻자 고성규가 긴 숨부터 뱉고 나서 말했다.

"형님이 그것 때문에 널 불렀군."

고성규도 최용환의 속셈을 이제야 안 것 같다. 호텔 로비에 선 고성규가 손목시계를 보더니 이광에게 말했다.

"너, 나하고 양복점에 가자."

"주차장은 어떻게 하고요?"

"야, 시발놈아, 넌 지금부터 회장 비서야. 주차장 일은 안 해도 돼."

"필요할 때만 부른다고 했잖아요? 그런데도 월급 줍니까?"

"줄 거다. 내가 물어보지."

"그때까지 주차장 일 놓을 수 없어요."

호텔 밖으로 나온 둘은 곧 택시를 타고 양복점으로 향했다.

"그런데 무슨 일입니까?"

다시 이광이 묻자 고성규가 목소리를 낮췄다.

"일본 애들하고 합작 사업을 하려는 거야."

"어떤 사업인데요?"

"금융 회사."

숨을 들이켠 이광이 입을 다물었다. 사채업이다. 일본 야쿠자의 자금으로 사채업을 시작하려는 것이다.

"이윤이 많이 남는 장사지."

의자에 등을 붙인 고성규가 말을 이었다.

"돈이 있어야 돼, 돈이 없으면 끝난다."

조직도 돈이 있어야 성장하는 것이다.

동교동의 양복점은 카스파 두목 급들의 단골이다. 이광을 데리고 들어선 고성규가 재단사를 불러놓고 말했다.

"회장님 지시야, 일요일까지 옷감 제일 좋은 것으로다가 양복을 춘추복, 하복까지 세 벌씩 맞춰줘."

"알았습니다."

40대의 재단사가 눈을 가늘게 뜨고 이광을 보았다.

"체격이 좋군요. 옷발이 잘 먹히겠수다."

그때 이광의 머릿속에 나은현의 얼굴이 떠올랐다. 옷차림이 창피해서 같이 다닐 수 없다고 했던가? 맞는 말이다. 그 말을 듣는 순간 머리가 맑아지는 느낌만 들었지 전혀 기분 나쁘지 않았다. 재단사가 이광에게 다가가 섰을 때 고성규가 말했다.

"야, 여기 구둣방 전번이 있다. 내가 연락해놓을 테니까 구두 5켤레만 맞춰."

고성규가 전번이 적힌 쪽지를 탁자 위에 놓더니 발을 떼며 말했다.

"오늘은 쉬고 내일 학교 끝나고 나한테 연락해라. 널 어떻게 할지 큰형님한테 물어볼 테니까."

고성규는 큰형님이라고 부르지만 이광한테 최용환은 회장님이다. 기업체 수십 개를 거느리고 있는 회장인 것이다. 고성규가 양복점을 나갔을 때 재단사가 줄자로 이광의 사이즈를 재면서 물었다.

"학교에서 일하쇼?"

"예?"

재단사와 시선이 마주친 이광의 얼굴에 쓴웃음이 번졌다. 학교에 파견된 카스파냐고 묻는 것이다.

"예."

귀찮았으므로 그렇게 대답한 이광이 어깨를 폈다. 양복 한 벌에 10만 원이 넘는 것이다. 양복 6벌이면 주차장 관리인 월급 반년분이다. 다음 날 오전, 학교 도서관에 앉아 있던 이광이 앞쪽에서 다가오는 임하영을 보았다. 같은 과 여학생이다. 키는 작은 편이었지만 야무지고 공부도 잘하는 것 같아서 이광이 여학생 중에서 가장 먼저 이름을 외웠다. 눈인사를 한 임하영이 옆자리에 앉더니 책을 폈다. 빈자리가 많았기 때문에 이광이 임하영을 보았다.

"나한테 할 이야기가 있어?"

"아뇨."

낮게 말한 임하영이 똑바로 이광을 보았다.

"왜요? 옆에 앉는 게 싫어요?"

"얘 말하는 것 좀 봐."

"그런 분위기로 물었잖아요?"

정색하고 묻는 임하영의 눈동자가 짙은 갈색이었다. 시선을 준 채 이광이 어깨를 늘어뜨리며 말했다.

"너, 앞으로 남친 사귈 때 이런 식으로 말하지 마라, 맞겠다."

"선배, 여친 있어요?"

"많다고 소문 안 났어?"

"나, 선배 여친하면 안 돼요?"

"안 돼."

"왜요?"

"너하고 같이 여관 가면 주인이 신고할 거야, 내가 원조교제 한다고."

"나, 성 경험 많은데."

"아이고 골치야."

상반신을 세운 이광이 책을 바로 놓으면서 한숨을 뱉었다.

"내가 고구마3에 그대로 있는 건데."

"고구마3이 뭔데요?"

임하영이 묻자 이광이 주위를 둘러보았다. 오전 10시, 11시부터 1시 간짜리 강의가 있다. 그리고 오후 1시에는 카스파 보스 최용환을 만나러 가야 한다. 그래서 양복과 셔츠, 구두까지를 학교 앞 세탁소에 맡겨놓았다. 그걸 입고 나타났다가는 모두 기절을 할 것이다. 이광이 어깨를 부풀리며 대답했다.

"내가 군대에서 지냈던 호텔이야."

"군대에서 호텔 생활을 해요?"

"그래."

"이름도 촌스럽게 고구마3 호텔요?"

"암호야, 이름은 따로 있어."

"이름이 뭔데요?"

"넌 왜 이렇게 자꾸 물어?"

눈을 치켜뜬 이광이 임하영을 노려보았다. 임하영의 검은 눈동자에 박혀 있는 제 얼굴이 둥글다. 그때 임하영이 피식 웃었다.

"난 선배 하나도 안 무서워요."

"이런 젠장."

"남학생들이나 벌벌 떨지 난 안 그래요."

"너, 저리 가."

"선배, 오늘 저녁에 시간 있어요?"

"너, 혼나."

"내가 술 사도 돼요?"

심호흡을 한 이광이 앞에 놓인 책을 끌어 모았다. 솔직히 임하영은 귀엽다. 22살, 그리고 이쪽은 27살이다. 나이 차가 다섯 살, 애인 삼기에는 미안한 나이다.

"나, 밤에는 일해야 돼."

이광이 정색하고 말했다.

"놀 시간이 없어."

"무슨 일인데요?"

"때밀이."

"응?"

"목욕탕에서 때 민다."

숨을 들이켠 임하영이 똑바로 이광을 보았지만 눈동자가 흔들렸다. 그것을 보면서 이광의 가슴도 천천히 가라앉는다. 보라, 이것이 현실이다. 긴가민가하면서도 임하영의 얼굴에 그늘이 덮이고 있다. 난처한 표정, 며칠 전에 목욕탕에 갔다가 때밀이의 수입이 많다는 이야기를 언뜻 들었던 것이 머릿속에 남아 있었던 것 같다. 이광은 이것으로 마무리를 해야겠다는 생각이 들었다.

"하룻밤에 20명은 밀어야 내가 먹고 산단 말이야. 그래서 그래."

임하영이 입을 조금 벌렸다가 닫았다. 정말이냐고 물으려다가 만 것이겠지. 물었다가 정말이라는 대답을 받으면 그때의 표정을 감당하지 못할 것 같기 때문일 것이다. 임하영이 제 앞쪽으로 시선을 돌렸으므로 이광은 아마 이삼일 사이에 '상대 때밀이' 이광에 대한 소문이 상대는 물론 옆쪽 문리대, 공대로 퍼질 것이라고 확신했다. 그러다가 열흘쯤 지나면 잊힌다. 소문은 자꾸 돌기 때문이다.

이광이 리버티호텔 15층 스위트룸에 들어섰을 때는 오후 1시 정각이다.

"어, 왔냐?"

인사를 받은 최용환이 이광의 위아래를 훑어보더니 머리를 끄덕였다.

"좋아, 옷발이 나는구나."

"감사합니다."

이광이 머리를 숙였다. 과연 옷이 날개기는 했다. 연회색 춘추복 정장을 차려입은 이광의 모습은 모델 같았다. 1미터 85의 신장, 85킬로의 육중한 몸인 것이다. 군살이 없고 팔다리가 길어서 양복이 잘 어울렸다.

"오늘 오후 3시에 국제호텔로 간다."

최용환이 담배를 입에 물면서 말했다.

"그쪽에서는 통역까지 넷이 나올 거고 우리도 나하고 조 사장, 배 사장이 가니까 너까지 넷이다."

카스파 회원은 아니지만 이광은 그들이 누구인지를 안다. 부두목 조일천과 고문 배동식이다. 1인자에서 3인자까지 다 가는 셈이다. 고성규는 행동대장 격으로 제4인자 급이다. 다시 머리를 든 최용환이 앞에 선 이광을 똑바로 보았다.

"너, 이 일 끝날 때까지 주차장 일은 쉬도록 해."

"예, 회장님."

"일본 애들하고 오늘부터 자주 만나게 될 거다. 계약서 쓸 때까지는 한 열흘 걸릴 거야."

"예, 회장님."

"오늘은 일찍 만나지만 대개 저녁밥 먹으면서 이야기하고 밤에 합의를 하니까 말이야."

최용환이 눈썹을 모으더니 잠깐 생각하고 말했다.

"우선 교통비로 20만 원을 주고 일 다 끝났을 때 30만 원 주지."

거금이다. 그놈으로만 1년 생활비는 된다.

"우리가 시장조사는 다 했습니다."

160

영어로 통역한 사내는 30대쯤으로 눈동자가 작아서 인상이 선뜩했다. 이곳은 국제호텔의 스위트룸이다. 스위트룸 회의실에서 마주보고 앉은 사내는 모두 여덟, 이광은 최용환의 바로 옆자리에 앉았고 조일천과 배동식은 좌우 끝이다. 지금 야쿠자 측 통역은 바로 옆에 앉은 곤도 회장의 말을 통역했다. 그 말을 이광이 한국말로 말해 주었더니 최용환이 머리를 끄덕였다.

"그랬다면 다 알겠군그래. 종로파가 야마구치조 자금 28억으로 3개 지점을 차리려고 한다는 걸 말이야."

최용환의 말을 메모한 이광이 영어로 말했더니 바로 대답이 돌아왔다.

"알지요. 우리 이마가와조도 그만한 자금은 있어요, 다만 합작 상대가 그것을 잘 운용할 수 있을지가 걱정이오."

그 말을 들은 최용환의 눈썹이 치켜 올라갔다. 앞에 앉은 사내들은 이마가와조의 간부들이다. 최용환의 상대는 40대쯤의 작달막한 키에 어깨가 넓고 머리도 큰 곤도 회장, 좌우의 사내 둘은 각각 이시다, 오구치라고 했는데 보좌역 같다. 최용환이 곤도를 노려본 채 한국어로 말했다.

"우리 능력을 못 믿는다면 애당초 합작 사업을 하자고 하지 말아야지. 지금 우리한테 시비 거는 거야, 뭐야?"

이광이 한마디씩 또박또박 영어로 말했더니 통역이 억양 없는 일본어로 빠르게 통역했다. 그때 이광은 통역이 최용환의 한국말이 끝난 직후부터 말을 알아듣는 것을 느꼈다. 통역은 재일교포로 한국어를 아는 것 같다. 그때 곤도가 웃음 띤 얼굴로 말했고 통역이 영어로 바꿨다.

"오해하지 마시오, 최 회장. 우리는 당신들의 능력을 믿습니다. 그래서 제의를 한 것 아닙니까?"

"서로 돈 벌자고 하는 것 아니냐? 종로파나 우리나 마찬가지여, 좆같은 소리는 말라고 해라."

어깨를 부풀리며 최용환이 말했을 때 이광이 이렇게 통역했다.

"서로 돕고 결점을 보완해 나가면 승산이 있다고 생각합니다."

이광은 통역의 얼굴에 웃음이 떠오르는 것을 보았다. 통역의 말을 들은 곤도와 이시다, 오구치까지 머리를 끄덕였다. 그 후부터 상담은 빠른 속도로 진전되었다. 투자금, 경영 방식, 이익금 배분, 투자 시기 등이 결정되었는데 쌍방이 서로 계획서를 가져온 터라 약간의 수정만 했을 뿐이다. 오후 6시가 되었을 때 3시간 동안의 회의가 끝났다. 큰 틀은 모두 합의가 된 것이다. 모인 면면이 모두 머리 쓰는 일에는 익숙지 않은 때문인지 지친 기색이 역력했다.

"오늘 밤 8시에 아향에서 만납시다."

최용환이 떠들썩한 목소리로 말했고 이광이 통역했다. 그 말을 듣고 곤도가 웃음 띤 얼굴로 머리를 끄덕였다.

"좋습니다. 한잔 마십시다."

아향은 신촌 로터리에 위치한 카스파 소속의 최고급 룸살롱이다. 카스파 똘마니들이 아향의 종업원이 되기 위해서 로비를 할 정도로 인기 있는 곳이기도 했다. 주차장에서 일하는 동안에도 이광은 아향 이야기를 여러 번 들었다. 아가씨들은 미스코리아 뺨칠 만했고 팁이 5만 원이라는 것이다. 5만 원이면 이광의 자취방 월세다. 회원제여서 뜨내기는 발도 못 붙이고 방이 18개, 아가씨는 60명인데 그중 절반이 모델이나 탤런트라는 전설이었다. 돌아오는 차 안에서 이광은 조수석 옆자리에 앉아 있었는데 뒷좌석에 앉아 있던 최용환이 불쑥 말했다.

162

"이마가와조가 오사카에서 야마구치조하고 세력 다툼을 하다가 크게 당했다는 거다. 업체 절반 이상을 빼앗기고 조원 30여 명이 야마구치조로 넘어갔다고 한다."

놀란 이광이 숨을 죽였고 최용환의 말이 이어졌다.

"시발놈들, 내가 모를 줄 알고 시치미를 뚝 떼고 있는데, 야마구치조가 종로파를 잡고 사업을 시작하니까 종로파하고 사이가 안 좋은 나한테 이마가와조가 접근한 거다."

이광은 숨을 들이켰다. 최용환은 뒷조사를 다 해놓고 있었던 것이다. 그때 최용환이 이광을 보았다.

"너도 알고 있었지?"

"예? 뭐 말씀입니까?"

놀란 이광이 묻자 최용환의 얼굴에 웃음이 떠올랐다.

"그, 통역 놈, 재일 교포야. 내 한국말을 다 알아듣고 있었어. 너도 눈치를 채고 있는 것 같던데."

술 먹으면 본색(本色)이 나온다고 했는데 바로 지금이 그렇다. 서로 술 마시기 시합을 하는 것처럼 양주를 맥주잔에 부어서 건배를 하더니 서로 한 사람씩 권하고 마시다가 금방 8명이 양주 18병을 마셔 치웠다. 물론 그 8명 중에 이광도 끼었다. 한국 신촌 카스파와 일본 오사카 이마가와조 두목들이 국가와 조직의 자존심을 걸고 처마시기 시합을 한 것이나 같다. 그러나 파트너로 옆에 앉혀진 그림 같고 선녀 같고 미스코리아 같고 탤런트 같던 아가씨 8명은 술 마시는 꼴을 보더니 기가 질려서 말도 않고 앉아 있었다. 술도 한일 양국 선수들이 서로 따르고 받았기 때문이다.

이윽고, 마침내 20병이 비워졌을 때 먼저 이마가와조 이시다가 뻗었다. 인사불성이 되어서 늘어진 것이다. 곤도의 지시로 이시다는 소파에서 들려 벽 쪽 바닥에 반듯이 눕혀졌다. 그 바로 뒤에 한국 측 부두목 조일천이 횡설수설을 하다가 최용환한테 귀싸대기를 한차례 맞더니 바로 잤다. 귀뺨을 맞고 주무시는 인간은 처음 보았다. 조일천도 최용환의 지시에 따라 이시다의 옆에 눕혀졌다. 이광의 눈에는 전사자처럼 보였다. 다시 양주가 10병 들여왔고 맥주잔으로 세 잔을 더 마셨을 때 오구치와 배동식이 거의 동시에 오바이트를 하더니 엎어지고 자빠졌다. 재빠르게 종업원들이 달려들어 치우고 눕힌다. 그때 최용환이 머리를 돌려 통역 다께다를 보았다.

"다께다."

다께다가 시선을 들었을 때 최용환이 물었다.

"너, 재일동포지?"

한국말이다. 그때 다께다는 흰자위가 많은 눈을 치켜떴다. 그러나 입을 열지는 않는다. 방안이 조용해졌다. 쓰러진 넷은 시체처럼 움직이지 않았고 넷의 파트너는 소리 없이 물러갔다. 넓은 방안에는 이제 네 쌍의 남녀가 앉아 있을 뿐이다. 한일 양국의 주역인 최용환과 곤도, 그리고 양측의 통역 다께다와 이광이다. 그 넷의 파트너는 옆에 앉아 있지만 전혀 걸리적거리지 않는다. 다시 최용환이 다께다에게 물었다.

"네가 한국말 알아듣는 거 알고 있어, 네 한국 이름이 뭐냐?"

"김준호요."

옆쪽에서 대답하는 소리에 최용환과 이광까지 머리를 돌렸다. 곤도가 한국어로 대답한 것이다. 둘의 시선을 받은 곤도가 빙그레 웃었다.

"내 한국 이름은 안수한이오."

"그러셨군."

어깨를 부풀렸다가 내린 최용환이 머리를 끄덕이더니 물었다.

"저기 자고 있는 이시다, 오구치 씨도 재일동포요?"

"맞습니다, 고철만, 윤홍이지요."

"한국에는 재일동포만 오셨군."

"그래야 일하기 수월하니까요."

둘은 한국어를 주고받는다. 곤도가 정색하고 말을 이었다.

"한국말을 모르는 시늉을 하면 앞에서 비밀 이야기를 듣는 경우도 있지만 그건 얄팍한 수단이고 상대방을 무시한 행동이지요."

곤도의 시선이 이광을 스치고 지나갔다.

"회장님하고 통역은 대충 눈치를 채고 계신 줄 알고 있었습니다."

"모두 재일 동포인 줄은 몰랐습니다."

"이마가와조에 조선 동포가 꽤 많습니다. 서울에 온 야마구치조에도 많지요."

양주를 맥주잔으로 10여 잔씩 마셨어도 곤도와 최용환은 멀쩡하게 이야기를 나눈다. 그때 다께다가 이광을 보았다.

"이 선생도 알고 계셨지요?"

이제는 한국말이다. 이광이 머리만 끄덕였더니 다께다가 눈을 가늘게 뜨고 웃었다.

"아이구, 죽겠습니다. 술은 한국 사람 못 당하겠습니다."

"이제 통역은 필요 없게 되었네요."

따라 웃은 이광이 말을 이었다.

"내 어설픈 영어를 꽤 오래 일본어로 통역을 하기에 한국말을 알아듣는 줄 알았지요."

그때 최용환이 이광에게 말했다.

"야, 지배인 불러라. 이제 나하고 곤도 회장은 오입하러 간다."

"예, 회장님."

벌떡 일어선 이광이 밖으로 나왔더니 문 앞에 지켜 서 있던 지배인이 다가섰다.

"응? 왜?"

"회장님이 곤도 회장님하고 오입하러 가신답니다."

"알았어."

지배인이 서둘러 방으로 들어서자 이광은 복도의 서늘한 공기를 흡입했다. 긴 밤이다.

"네가 방까지 모셔다 드려."

이광에게 말한 최용환이 곤도의 손을 쥐었다.

"곤도 회장, 그럼 내일 뵙겠습니다."

"잘 놀았습니다, 최 회장."

떠들썩한 목소리로 말한 곤도가 파트너와 함께 승용차 뒷좌석에 올랐다. 이시다와 오구치는 조금 전에 다께다와 함께 떠난 것이다. 밤 12시 반, 아향에서 곤도 일행이 투숙한 국제호텔까지는 차로 5분밖에 걸리지 않는다. 사거리 두 개만 건너면 되는 것이다. 이광이 운전석 옆 좌석에 오르자 차는 출발했다. 아향의 고객 전용차다.

"이상, 자네는 카스파 경력이 얼마나 되나?"

뒷좌석의 곤도가 물었으므로 이광이 숨을 들이켰다. 솔직히 털어놓는다면 카스파 체면이 깎일 염려가 있다.

"예, 3년쯤 되었습니다, 회장님."

군대 생활 연수를 말해버렸다. 편의공작대 3년은 조폭 6년을 겪은

만큼은 되겠지만 그럼 직급이 있어야 한다. 그때 곤도가 말했다.

"내가 이마가와조에 18년 있었어, 남자 볼 줄은 안단 말이야. 이상, 자네는 기세(氣勢)가 보여, 앞으로 조직에서 잘 되겠어."

이광이 어깨를 부풀렸다가 내리면서 앞쪽을 향한 채로 대답했다.

"감사합니다, 회장님."

하지만 속에 있는 말이 그대로 뽑어져 나왔다면 이렇다.

"좆 까네."

차가 곧 호텔 안으로 들어서더니 현관을 지나 지하 주차장 입구로 내려갔다. 스위트룸 전용 엘리베이터 앞에 차를 붙이려는 것이다. 지하 1층 주차장으로 들어선 차는 왼쪽 끝의 스위트룸 전용 엘리베이터 앞에 멈춰 섰다. 운전사가 서둘러 밖으로 나오더니 뒷좌석의 문을 열었고 먼저 곤도가 내렸다. 곤도는 기분이 좋은지 떠들썩한 목소리로 운전사에게 말했다.

"어, 수고했어. 여기, 받아."

곤도가 1백 불짜리 지폐를 운전사에게 건네었다. 당황한 운전사가 주춤거렸을 때 이광이 다가가며 말했다.

"받아요."

그 순간 이광은 운전사 뒤쪽에서 어른거리는 그림자를 보았다. 기둥 뒤에서 사내들이 나오고 있다. 그리고 풍기는 살기.

"곤도 씨! 차 안으로!"

이광의 목소리가 주차장을 울렸다. 양팔을 벌린 이광이 두 걸음을 뛰어 사내들을 덮쳤다. 그 순간 이광은 심장이 내려앉는 느낌을 받는 다. 사내들은 넷, 모두 손에 칼을 쥐었다. 이쪽은 맨손, 더구나 두 팔을 벌린 채 덮친 것이다. 마치 사자 우리로 뛰어든 것이나 같다.

167

"꺄악!"

갑자기 뒤에서 귀청이 터질 것 같은 비명이 울렸다. 곤도가 데려온 파트너다. 다소곳한 표정의 미녀가 저렇게 주차장 시멘트벽이 찢어질 것 같은 비명을 지를 수가 있다니, 그 순간 칼날이 날아왔다. 번뜩이며 날아온 칼날이 저고리를 가로로 찢으면서 지나갔다. 새 양복, 이 양복이 어떤 양복인데. 순간 머리끝으로 피가 솟는 느낌이 들면서 이광이 와락 그놈에게 덮쳤다. 그것이 행운이다. 거리를 두었다면 이광은 옆쪽 사내가 내지른 단도에 허리를 꿰었을 것이다. 그 칼날은 이광의 양복 등을 찢었다. 이광의 눈이 뒤집혔다. 그 순간 올려친 이광의 주먹이 양복 앞쪽을 찢은 사내의 턱을 부쉈다.

"쩌걱!"

턱뼈가 부서지는 소리가 그렇게 났다. 그 순간 몸을 돌린 이광이 발길로 제3의 사내 엉덩이를 찼다. 그 사내가 곤도 쪽으로 내달리려고 했기 때문이다. 사내가 발을 헛디디면서 비틀거렸을 때 제2의 사내가 다시 칼을 내려찍었다. 이번에는 이광이 제대로 보고 몸을 비틀어 어깨 옆으로 칼날을 스쳐 지나게 하면서 뒤로 젖혔던 머리로 힘껏 박았다. 이마가 정통으로 사내의 얼굴에 박혔다.

"빠삭!"

콧등과 함께 얼굴이 부서지는 소리다. 그때 이광은 사내 하나가 차에 붙어서 차 문을 열려는 것을 보았다. 제4의 사내다. 곤도는 차 안으로 들어갔지만 안에서 문을 잠그지 못한 모양이다. 그때 운전사는 주차장 밖으로 도망가는 중이었고 파트너는 뒤쪽 차에 붙어 서서 입만 딱 벌리고 있다. 오금이 붙은 것 같다. 그 순간 이광이 땅바닥에 떨어진 단도를 집어 들고 달려갔다. 두 걸음 만에 차로 다가간 이광이 사내가 몸

168

을 돌리기도 전에 등을 찍었다.

"꺄악!"

그 순간 또 한 번의 비명이 진저리가 날 정도로 울렸고 놀란 이광이 머리를 들었다. 차에 붙은 사내의 등판에 칼을 박은 채다. 그때 번득이는 칼날이 날아왔다. 정면이다. 거리는 50센티도 되지 않는다. 사내도 필사적이다. 제3의 사내, 이광에게 엉덩이를 채여 비틀거리다가 승용차 정면을 돌아서 다시 이쪽으로 온 것이다. 그 잠깐 사이에 이광은 제2와 제4의 사내를 잡았다.

"억!"

다음 순간 신음이 울렸다. 제3의 사내가 내려찍은 칼이 이광의 겨드랑이를 스치고 차에 붙여진 사내의 등을 다시 한 번 찍은 것이다. 그때 이광이 입을 딱 벌렸다. 몸을 숙였기 때문에 사내의 머리가 한 뼘쯤 위쪽에 있었기 때문이다. 그러고는 그대로 얼굴을 사내에게 붙이면서 벌린 입으로 목을 물었다.

목의 성대가 입에 딱 잡혔다.

"억!"

딱 벌린 제3의 사내 입에서 그런 외침이 터졌고 물고 물린 두 몸이 서로 부둥켜안은 채 시멘트 바닥으로 넘어졌다. 그때서야 두 번 등이 찍힌 제4의 사내가 썩은 나무처럼 옆으로 쓰러졌다. 등에 두 자루의 단도가 박힌 채다. 너무 깊게 박혀서 둘 다 빠지지 않았기 때문이다.

"걱! 걱!"

이제 목덜미를 물린 제3의 사내가 발버둥을 쳤다. 그러나 이광은 사지를 빈틈없이 붙인 채 사내의 목을 물고 떼지 않는다. 둘의 몸뚱이가 이리저리 굴렀을 때 차 문이 열리더니 곤도가 나왔다. 그러더니 버둥대는 둘을 보고는 입을 딱 벌렸다.

"꺄악!"

마침 둘은 곤도의 파트너 앞까지 굴러가는 바람에 또 비명이 터졌다. 그 순간이다. 이광의 머리가 세차게 좌우로 흔들리는 것 같더니 곧 머리가 들렸다.

"꺄악!"

또 비명, 이번에는 가장 컸다. 그때 머리를 든 이광이 피투성이가 된 붉은 얼굴 속의 입에서 큼직한 고기 한 덩이를 뱉었다. 제4의 사내의 목고기다. 이제 사내는 목에서 피를 뿜은 채 버둥대고 있다. 그때 파트너가 스르르 쓰러졌다. 기절한 것이다.

"이상! 이상!"

그때 곤도가 다가와 이광의 팔을 쥐었다. 두 눈을 치켜뜨고 가쁜 숨을 뱉는다.

"어서 피하시오! 내가 책임지겠소!"

그때 지하차도 입구 쪽에서 요란한 발자국 소리가 났다. 사내 대여섯 명이 뛰어 내려오고 있다. 머리를 든 이광은 앞장선 사내가 카스파 회원인 것을 보았다. 도망간 운전수를 보고 뛰어 내려온 것이다.

"우리 편이오!"

이광이 말했을 때 곤도가 다시 팔을 흔들었다.

"이상! 어서 피하시오! 뒷일은 우리가 처리할 테니까!"

그러더니 달려오는 사내들에게 돌아서면서 덧붙였다.

"이놈들은 야마구치조요! 오늘 이상한테 목숨 빚을 졌소!"

4시간쯤 후에 근처의 남영모텔 방으로 들어가 있던 이광에게 손님이 찾아왔다. 카스파 회장 최용환이다. 최용환은 멀쩡한 얼굴이었지만 숨결에 엄청난 술 냄새가 풍겨왔다. 최용환은 고성규와 동행이다.

"네 놈 모두 중환자실에 있다. 야마구치조 조원들이었고 그중 목이 뜯긴 한 놈은 앞으로 벙어리가 된다고 했다."

새벽 5시가 되어가고 있어서 창밖이 환해지고 있다. 최용환이 선 채로 물끄러미 이광을 보다가 생각난 것처럼 말했다.

"너 같은 놈 처음 봤다."

"감사합니다, 회장님."

"내가 너한테 내 부하가 되라고 하지 못하겠다. 넌 더 큰 곳에서 놀아야 할 놈 같다."

"회장님, 아닙니다."

"뭐가?"

"저, 주차장 관리 안 하면 먹고 살길이 없습니다. 방 월세도 내야 되고……."

"나, 참."

어깨를 늘어뜨린 최용환이 옆에 선 고성규를 보았다.

"야, 네가 말해."

그러자 고성규가 헛기침을 했다.

"네 덕분에 살아난 곤도 씨가 널 금융 회사에 넣겠단다. 거기서는 아마 주차장보다 몇 배 더 받을 수 있을 거다."

"나도 그 이상 줄 수 있어."

최용환이 기분 나쁜 표정으로 말했다.

"곤도가 목숨 빚을 갚는다고 해서 양보한 거야."

"형, 시간 있으세요?"

171

나영찬이 물었으므로 이광이 머리를 들었다. 오늘은 교수한테 제출할 리포트를 열심히 베끼고 있는 중이다. 펼쳐놓은 리포트는 임하영의 것이다.

　"왜?"

　"누나 소개시켜 드릴게요."

　눈을 가늘게 뜬 나영찬이 웃었다.

　"내가 형 피알을 했더니 누나가 호감이 가는 눈치더라고요."

　"응? 피알을?"

　심장이 덜컥 내려앉는 기분이 든 이광이 볼펜을 내려놓았다. 오후 2시 반, 나른한 6월 초순의 강의실 안이다.

　"내 피알을 어떻게 했는데?"

　"예, 사내답고, 체격이 좋고, 잘생겼다고 했지요."

　"잘생겼냐?"

　"아, 그만하면……."

　"또?"

　"옷차림도 말쑥하다고요."

　"응?"

　이광이 제 옷을 내려다보았다. 양복바지에 저고리를 걸쳤지만 넥타이는 매지 않았다. 남방셔츠를 입어서 세련되게 보이기는 했다. 모두 카스파의 단골 양복점에서 동복, 춘추복을 세 벌씩이나 맞춘 터라 요즘 입고 다니는 것이다.

　"이 새끼가."

　눈을 가늘게 뜬 이광이 나영찬을 노려보았다. 옷을 이렇게 입고 다니자 나영찬이 제 누나를 소개시킬 마음이 일어난 것 같다.

172

"그랬더니 뭐래?"

"뭐, 시간 나면 생각해 보자고 했는데 그건 보자는 소리나 마찬가지죠."

"지랄."

"여자들은 아니라고 하지 않으면 오케이라고요, 콧대 높은 년들은 그래요."

"네 누나가 그래?"

"아, 지난번 영문과 쪼다가 퇴짜 맞았다는 이야기 했잖아요? 싫으면 면전에서 칼같이 자른다고요."

"으음."

"내일 해볼까요?"

"내일?"

이광의 눈에 초점이 흐려졌다. 내일은 토요일, 6월 10일, 최용환이 부르지 않아서 오후 7시까지는 시간이 있다. 그리고 주차장 관리도 나가고 싶으면 나가고, 안 나가도 누가 뭐라고 하지 않는다.

곤도 일행은 일본으로 귀국했지만 7월 초에 다시 돌아온다. 그때 금융 회사가 개업할 것이기 때문이다. 그래서 요즘 이광은 여유가 많은 편이다. 지난주에 보스 최용환이 특별 보너스라고 거금 50만 원을 준데다 곤도는 생명의 은인이라면서 나중에 꼭 빚을 갚겠다고 했다. 그때 이광이 입을 열었다.

"좋아, 만나자, 그런데……."

나영찬의 시선을 받은 이광이 목소리를 낮췄다.

"그냥 네 누나만 나오라고 해. 넌 빠져, 어색하니까."

"아, 그러죠."

쓴웃음을 지은 나영찬이 말을 이었다.

"누가 따라 다닌대요?"

"5시에 국제호텔 라운지로 나오라고 해라."

"국제호텔 라운지요? 과연······."

"왜?"

"거기 비싸잖아요? 커피 한 잔 값이 자장면 다섯 그릇 값이라고 신문에도 났거든요."

"그랬어?"

"하지만 우리 누나는 좋아할 거예요."

"그렇겠지."

그때 힐끗 시선을 준 나영찬이 정색하고 말했다.

"여자야 다 허영심 있는 겁니다, 형. 우리 누나만 그런 거 아녜요."

"이 새끼, 즈그 매형 될 사람한테 벌써부터 훈계하려는 거냐?"

"그건 두고 봐야죠."

"느그 누나 처녀인 건 맞지?"

"아이구, 내 참."

"따먹고 나서 처녀 아니면 넌 죽었다고 복창해야 돼."

"아, 시발."

"뭐? 시발? 이 새끼 봐라?"

그때 강의실로 임하영이 들어섰으므로 둘은 입을 다물었다. 거침없이 다가온 임하영이 이광의 옆자리로 앉더니 리포트를 굽어다 보았다. 머리가 바짝 붙어서 임하영의 늘어진 셔츠 안으로 젖가슴 윗부분이 보였다.

"선배, 아직 다 안 썼어요?"

임하영이 상반신을 더 숙였으므로 나영찬은 침을 삼켰고 이광은 입맛을 다셨다. 둘의 시선이 젖가슴에 모여 있다.

라운지로 들어선 나은현이 숨을 들이켰다. 국제호텔은 신촌에서 가장 분위기 있는 호텔로 꼽힌다. 특급 호텔인 데다 지하층은 특급 나이트클럽이다. 그리고 호텔 최상층의 라운지는 언제나 유명 피아니스트가 나와 피아노를 연주한다. 그 연주를 듣는 것만으로도 연주회 입장권 값을 번다는 소문이 났다.

오늘도 중년의 피아니스트가 연주복 차림으로 베토벤을 연주하고 있다. 손님은 외국인이 절반 정도, 좌석의 삼분의 이 정도는 차있다. 잠깐 주춤대던 나은현은 안쪽 자리에 앉아 있던 사내가 일어서는 것을 보았다. 라운지 분위기가 조금 어두웠지만 사내의 훤칠한 키와 양복이 잘 어울렸다. 사내와 시선이 마주친 순간 나은현의 심장 박동이 빨라졌다. 사내가 손을 든 것이다. 단정하게 자른 머리, 웃음 띤 얼굴은 친근감이 느껴졌다. 다가서면서 나은현이 시선을 내려 사내의 옷차림을 훑었다. 훔쳐본다는 표현이 맞다. 맞춤 양복이다. 의상학과 졸업반이어서 척 보면 안다. 몸에 빈틈없이 맞춘 수제 양복, 구두는 반질거렸고 넥타이도 잘 맞는다. 저런 남자가 오성대학에 있다니, 다가선 나은현이 살짝 머리를 숙였다.

"안녕하세요."

"아, 영찬이 누나시죠?"

굵은 목소리, 노주현의 목소리 같다. 시선이 마주치자 나은현이 숨을 들이켰다. 낯이 익다. 어디서 본 얼굴, 아까부터 친근감이 느껴진 이유가 그것 때문인가? 서로 마주보고 앉았을 때 종업원이 다가와 주문을 받았다.

"뭘 드실까요?"

사내가 묻자 나은현이 정신을 차렸다.

"네, 커피."

"그럼 커피 둘."

주문을 한 사내가 의자에 등을 붙이면서 웃었다.

"난 이광이라고 합니다."

"네, 전 나은현입니다."

"영찬이한테 이렇게 미인 누나가 있을 줄은 몰랐습니다."

"감사합니다."

"그런데 아까부터 긴장하고 계신 것 같은데, 뭐 불편한 일 있습니까?"

"아녜요, 전."

그때 사내가 정색하고 나은현을 보았다.

"정말 미인입니다, 은현 씨."

그때 시선을 내린 나은현의 표정이 부드러워졌다. 나은현의 내려진 눈썹을 보면서 이광이 소리죽여 숨을 뱉었다. 지난번 만났을 때는 두 달 전이다. 그동안 머리를 길렀고 얼굴은 군대 부기가 싹 가셔져서 말끔해졌으며 일류 양복점에서 맞춘 옷으로 코디의 조언을 받아 차려입었다. 전혀 다른 모습일 것이지만 윤곽이야 비슷하겠지. 목소리도 좀 귀에 익을 것이지만 그때의 10원짜리 동전을 낸 짧은 머리, 검고 투박한 얼굴, 물들인 점퍼 차림의 거지새끼라고 누가 알겠는가? 그때 종업원이 다가와 커피잔을 내려놓았다.

"자, 드세요."

이광이 부드럽게 말하고는 커피잔을 들었다.

"이곳 1층 한정식당이 깨끗하고 음식 맛도 좋아요, 점심 그곳에서 하십시다. 괜찮아요? 예약해놓았는데."

"네."

숨을 들이켰다 뱉은 이광이 나은현을 보았다. 눈웃음을 띤 얼굴이 요염했다. 나은현은 한 모금 커피를 삼켰다. 이곳 한식당의 정식 1인분 값이 자장면 30그릇 값이란 소문도 알고 있는 것이다. 그런데 이 남자는 그렇게 부자인가? 영찬이는 그런 말 해주지 않았는데. 잘 사느냐고 물었더니 모른다고만 했던 것이다. 그때 이광이 웃음 띤 얼굴로 나은현을 보았다.

"난 처음 여자 소개받았습니다."

그 순간이다. 나은현의 머릿속에 섬광처럼 두 달 전의 일이 떠올랐다. 그 푼수, 분수도 모르던 사내, 10원짜리 동전을 내놓았던 거지의 영상이 이광과 겹쳐 있었던 것이다. 이광을 바라보던 나은현의 얼굴에 웃음이 떠올랐다. 눈이 비슷하긴 하다. 다만 그 거지는 싸울 것 같은 눈빛이었고 이광은 부드럽지만 묵직하다. 눈 속에 빠져들 것 같다. 그때 이광이 물었다.

"왜요? 아까부터 또 날 유심히 보네?"

웃음 띤 얼굴로 이광이 묻자 나은현이 대답했다.

"비슷한 남자가 생각이 나서요."

"나하고 비슷한 남자가 있어요?"

"네, 잠깐 만났는데 영찬이한테도 이야기를 했죠."

"아, 나도 들었어요."

이광도 따라 웃었다.

"영문과라든가? 좀 이상한 사람 같더군."

한식당에서 저녁을 먹고 지하 1층의 나이트클럽까지 갈 줄은 상상
도 하지 못했다. 이광이 술이나 한잔 마시고 가자고 하기에 근처의 소
주집이나 카페를 생각했던 것이다. 나은현이 좋다고 했더니 이광은 곧
장 엘리베이터를 타고 지하 1층으로 내려왔다. 엘리베이터 문이 열리
고 눈앞에 나이트클럽이 드러난 순간 기가 질린 나은현이 이광의 옆으
로 몸을 딱 붙였다.

"어서 오십쇼."

문 앞에 도열한 종업원들이 일제히 허리를 숙였고 이광은 자연스럽
게 나은현의 어깨를 감싸 안고 안으로 들어섰다.

"방으로."

앞장선 웨이터에게 이광이 말했다.

"술은 스카치로 가져오고."

"예, 사장님."

얼굴이 환해진 웨이터가 둘을 방으로 안내하더니 바람처럼 사라졌
다. 나은현이 상기된 얼굴로 이광을 보았다.

"여기 자주 오셨어요?"

"아니, 처음인데."

이광이 웃음 띤 얼굴로 나은현을 보았다.

"왜? 그렇게 보여요?"

"네."

"나이가 들어서 그런가봐."

혼잣소리처럼 말한 이광이 지그시 앞에 앉은 나은현을 보았다. 저녁

을 먹으면서 소주를 한 병씩 나눠 마신 터라 둘은 약간 술기운이 오른 상태다.

"은현 씨, 우리 말 놓지."

"싫어요, 내가 한 학년 윈데."

하면서도 나은현이 눈을 흘기는 시늉을 했다.

"너무 진도가 빠르잖아요?"

"날 오빠라고 불러, 내가 네 살이나 위잖아?"

"싫어."

"난 은현아, 할 테니까."

"싫어."

그러나 이미 반말을 한 상태다. 그때 웨이터 둘이 양주와 안주를 쟁반에 담아 들고 와서 테이블에 내려놓았다. 이광이 주머니에서 지갑을 꺼내더니 5천 원권 2장을 꺼내 한 장씩 나눠주었다.

"감사합니다."

감격한 표정의 웨이터들이 허리를 90도로 꺾어 절을 하고 나서 방을 나갔다. 그때 눈을 둥그렇게 뜬 나은현이 이광을 보았다.

"오빠, 팁을 5천 원씩이나 줘?"

이제 반말이 자연스럽다. 5천 원이면 자장면 10그릇 값이다. 이광이 웃음 띤 얼굴로 나은현을 보았다.

"로마에 가면 로마식으로 사는 거야."

"그런 말도 있어?"

정색한 나은현이 이광을 보았다.

"여기 술값 얼마야?"

"넌 몰라도 돼."

"오빠 부자야?"

"너하고 쓰려고 좀 가져왔어."

이광이 바지 주머니를 두드려 보았다. 15만 원을 가져온 것이다. 자장면 3백 그릇 값이다. 자취방 월세 3달분이며 등록금을 2번이나 내고도 남는다. 나은현의 시선을 받은 이광이 빙그레 웃었다.

"넌 이따위 돈이 하찮게 보이게 하는 여자야, 난 내일부터 하루에 한 끼 먹고 살지 모르지만 절대 후회 안 할 거야."

그 순간 이광은 나은현의 두 눈이 번들거리는 것을 보았다. 불빛에 물기가 반사된 것이다. 이광이 양주병 마개를 따고는 나은현의 잔에 술을 따랐다.

"자, 마시자."

제 잔에도 술을 채운 이광이 잔을 들었다.

"우리들의 인연을 위하여."

잔을 든 나은현이 상기된 얼굴로 말을 받았다.

"나, 오늘 이렇게 될지 몰랐어."

이광은 한 모금에 위스키를 삼키고는 지그시 나은현을 보았다. 아름답다. 시선을 받는 나은현의 모습이 요염했다. 갸름한 얼굴은 상기되었고 시선을 받는 눈빛에 기대감이 섞인 것 같다. 물기에 젖은 입술은 반쯤 젖혀졌는데 블라우스의 패인 가슴은 가볍게 오르내리고 있다. 그때 이광이 잔을 들고는 자리에서 일어나 나은현 옆으로 다가갔다. 나은현이 긴장한 듯 얼굴을 굳혔지만 입을 열지는 않는다. 나은현의 옆에 앉은 이광이 한 팔로 어깨를 감아 안았다.

"아이, 오빠."

어깨를 비튼 나은현의 목소리가 굳어 있다. 그때 이광이 두 손으로 나은현의 상체를 감싸 안으면서 입술을 붙였다. 기습적인 입맞춤이었지만 주춤했던 나은현이 반항하지 않는다. 이광은 나은현의 입술을 빨았다. 나은현이 입을 열어주지는 않았어도 상반신은 늘어진 채 맡기고 있다.

"아, 오빠, 그만."

숨이 막힌 나은현이 헐떡이며 말했을 때는 잠시 후다. 이광이 입술을 떼자 나은현이 빨개진 얼굴로 눈을 흘겼다.

"뭐야? 싫어."

어깨를 비트는 모습에 교태가 섞여 있다. 이광은 손끝으로 나은현의 턱을 슬쩍 들어올렸다.

"은현아."

"응?"

나은현이 이광의 팔을 두 손으로 잡았지만 치우지는 않았다. 그래서 턱을 치커든 이광이 부드럽게 말했다.

"네가 좋아질 것 같다."

"응, 나두."

나은현이 붉어진 얼굴로 말했다. 그때 다시 이광이 얼굴을 붙였고 이제는 나은현도 피하지 않는다. 입술이 부딪쳤을 때 이번에는 나은현이 서툴지만 이광의 목을 감싸 안았다. 이광이 나은현의 허리를 당겨 안았다. 상반신이 밀착되면서 나은현의 입술이 벌어졌다. 이광이 혀를 내밀어 나은현의 혀를 끄집어내었다. 굳어졌던 나은현의 혀에 힘이 풀리더니 마침내 이광의 입안으로 들어왔다. 방안에 거친 숨소리가 들리면서 이광은 감로수처럼 나은현의 혀를 빨아 마셨다. 점점 나은현의 몸이 풀리더니 감아 안은 팔에 힘이 실렸다. 이광이 손을 뻗어 나은현의 블라우스 속으로 집어넣었다. 나은현이 주춤하더니 내버려 두었으므로 이광의 손이 거침없이 브래지어 밑의 젖가슴을 주물렀다.

"아아, 오빠."

입술이 떼어졌을 때 나은현이 헐떡이며 말했다.

"싫어, 여기서는……."

"아무도 들어오지 않아."

이광이 안심시키고는 나은현의 브래지어 후크를 풀었다. 브래지어가 풀어지자 손에 젖가슴이 가득 잡혔다. 나은현의 젖꼭지는 이미 단단해져 있다. 그때 입술을 뗀 이광이 블라우스 밑으로 머리를 집어넣었다. 놀란 나은현이 이광의 어깨를 잡았다. 그때는 이미 이광의 입안에 나은현의 젖가슴이 들어간 후였다.

"아앗."

놀란 나은현이 이광의 어깨를 움켜쥐었지만 이미 젖꼭지는 혀로 굴려지고 있다.

"아아, 오빠 그만."

이광이 나은현을 소파에 비스듬히 눕히자 나은현이 몸을 비틀면서 말했다.

"오빠, 싫어, 그만 해."

그때 이광이 블라우스에서 머리를 빼고는 심호흡을 했다. 얼굴이 새빨개진 나은현이 옷매무시를 고쳤을 때 이광이 술병을 들면서 말했다.

"알았어, 참을게."

잔에 술을 따른 이광이 한 모금에 삼켰다. 독한 양주가 불덩이처럼 식도를 타고 내려갔다.

"한 잔 마셔."

술병을 든 이광이 나은현의 잔에 술을 따랐다.

"이젠 귀찮게 하지 않을게."

그때 나은현이 힐끗 이광을 보았다. 아직도 얼굴이 빨개져 있다.

"오빠, 화났어?"

"아니?"

나은현의 시선을 받은 이광이 빙그레 웃었다.

"나, 싫다는데 덤비는 놈 아냐."

시선을 내린 나은현의 콧등을 보면서 이광이 소리죽여 숨을 뱉었다. 서두르긴 했지만 밀고 나갔다면 이곳에서 나은현과 관계를 할 수도 있었을 것이다. 그런데 멈춘 이유는 생각했던 것보다 나은현이 괜찮은 여자였기 때문이다. 전에 매정하게 무시하고 일어났던 나은현이 아니다. 처음에는 그 대가로 잔인하게 짓이겨버리고 끝낼 마음까지 먹었던 이광이다. 그런데 시간이 지나면서 조금씩 변했다. 아끼고 싶은 생각이 든 것이다.

술잔을 든 나은현이 한 모금 삼키더니 내려놓았다. 독한지 입이 반쯤 벌어져 있다. 이광이 과일 접시를 앞쪽으로 밀어 놓았을 때 나은현이 말했다.

"오빠가 싫어서 그런 게 아냐, 여기서 그러는 게 싫어서 그랬어."

"그럼 호텔 갈래? 내가 방 잡을게."

다시 술잔을 든 이광이 묻자 나은현은 시선을 내린 채 대답하지 않았다. 그것을 본 이광의 심장 박동이 빨라졌다. 이것이 나은현의 진면목인가? 두 달 전의 자신을 상대했던 그 오만한 태도는 전당포에 잡히고 왔는가? 가난한 상대에게는 오만하고 있어 보이는 놈한테 이러는 것이 여자의 본성이란 말인가? 그때 이광의 입에서 저절로 말이

나왔다.

"어때? 갈 거야? 내가 싫지 않다면 가자."

나은현이 대답하지 않았으므로 이광도 더 묻지 않았다. 클럽을 나왔을 때는 밤 10시 반이다. 엘리베이터를 타고 호텔 로비로 나온 이광은 나은현이 바짝 긴장하고 있는 것을 보았다. 그러나 뒤로 한 발짝 간격을 유지한 채 따라오고 있다. 이광은 곧장 프론트를 지나 호텔 밖으로 나왔다. 호텔 밖은 바로 택시 정류장이다. 마침 정류장은 비었고 빈 택시가 두 대나 서 있었으므로 이광이 앞쪽 택시로 다가갔다. 그리고는 뒷문을 열고 나은현에게 말했다.

"타."

"오빠는?"

나은현이 굳은 얼굴로 묻자 이광이 쓴웃음을 지었다.

"나, 알바 한다는 말 안 했냐? 알바 해야 돼."

나은현의 어깨를 가볍게 밀어 차에 태운 이광이 주머니에서 5천 원권 한 장을 꺼내 무릎 위에 놓았다.

"택시비는 받는 것이 예의야."

"오빠."

나은현이 불렀지만 택시 문을 닫은 이광이 앞쪽으로 다가가 운전수에게 말했다.

"성북동으로!"

나은현은 성북동에 살고 있는 것이다. 택시가 떠나자 정류장에 선 이광의 얼굴에 쓴웃음이 떠올랐다. 문득 나은현과 다시 만날 이유가 없다는 것이 떠올랐기 때문이다. 지금 이광에게 연애는 사치다. 4학년 2학기는 거의 종강을 하는 터라 앞으로 1년간 밤낮으로 학교와 부업을 병행하면서 살아야만 한다. 그 틈을 내서 연애를 한다는 것은 없는 놈이 구색을 다 갖추고 살겠다는 미친 짓이나 같다. 여자가 필요하면 돈 조금 주고 사면 된다. 그것이 서로 상부상조하면서 개운하다. 여자 때문에 머리 썩히고 병까지 나는 병신들과는 종자가 다른 이 몸이다. 다음 날 오후, 도서관에서 졸고 있던 이광이 옆의 인기척에 눈을 떴다. 임하영이다. 시선이 마주치자 임하영이 활짝 웃었다.

"졸아요?"

"또 너냐?"

"리포트 베낄 때는 어서 오라고 하더니."

임하영이 입술을 비죽거렸다.

"또 너라니? 나, 가요?"

"아니, 거기 있어."

"선배, 오늘 저녁 시간 있어요?"

"일해야 돼."

"일 몇 시에 끝나는데?"

"새벽 5시."

"그럼 5시 반에 만나면 되겠네, 내가 자고 일어나서."

"계속 자."

"나, 딴 남자 만나도 돼요?"

"응."

"정말?"

"나, 원조 교제 안 한다고 했지?"

"선배는 외로워 보여."

"응."

잠이 달아난 이광이 책을 펼치다가 도로 닫았다. 수업 시간까지는 30분이 남았다. 심호흡을 한 이광이 임하영을 보았다.

"하영아."

"응?"

임하영의 눈빛이 반짝였다. 아이 같은 표정이지만 매력이 있다. 그래서 좋아하는 동급생들이 많다.

"선배, 이름 한 번만 더 불러줘요, 온몸이 짜릿해졌어."

"으음."

"이름 불러달라니깐?"

임하영의 동그란 눈, 작고 오뚝 선 콧날, 도톰한 입술, 그리고 갸름한 얼굴을 보고 있으면 어릴 적 소풍 가던 느낌이 든다. 밝고 맑고 따뜻하며 약간 소란스러운 분위기, 색상은 노랗고 푸르고 파란색.

"선배, 무슨 생각해요?"

임하영이 부르는 바람에 이광이 눈동자의 초점을 잡았다. 그러고는 심술궂은 표정으로 임하영을 보았다.

"네 알몸을."

그 순간 숨을 들이켰던 임하영의 얼굴이 순식간에 새빨개졌다. 입안의 침을 삼킨 임하영이 주위를 둘러보았다. 옆자리는 다 비었다. 가장 가까운 거리의 학생도 20미터쯤이나 떨어져 있다. 그때 임하영이 갈라진 목소리로 말했다.

"선배가 보고 싶다면 보여줄게."

"으음."

"난 한 번도 남자한테 보여준 적 없어, 우리 아빠한테도."

"으음."

186

"선배, 보여줘?"

"으음."

"지금 가도 돼, 학교에서 좀 떨어진 여관이면 돼."

이제는 이광이 신음 소리도 못 내었다.

"내일 개업이야."

카스파 회장 최용환이 말했다. 이광은 말끔한 양복 차림으로 앞에 서 있었는데 최용환 앞에서는 그렇게 입고 있어야만 하기 때문이다. 중간보스 이상은 모두 정장에 넥타이 차림이 되어야만 한다. 손목시계를 내려다본 최용환이 지그시 이광을 보았다.

"곤도 씨가 널 데려가고 싶다고 하기에 생각해 보겠다고 했다. 네 생각은 어떠냐?"

"저는 별로 생각 없습니다, 회장님."

이광이 바로 대답하자 최용환이 씩 웃었다. 마음에 든다는 표정이다. 옆쪽에 서 있던 조일천과 고성규도 따라 웃는다.

"그래야지, 일본 놈이 오라고 해서 얼씨구 하고 가는 놈은 배알이 없는 놈이지."

머리를 끄덕인 최용환이 말을 이었다.

"하지만 넌 인마, 곤도 목숨을 구해준 은인이란 말이다. 아주 인상이 깊었다는 거야, 네가 야마구치조원 한 놈 목을 물어뜯어서 살점을 뱉었다는 이야기를 나는 곤도한테서 백 번도 더 들었다."

옆쪽의 조일천과 고성규는 계속해서 실실 웃고 있다. 어깨를 부풀렸다가 내린 최용환이 정색했다.

"곤도가 너한테 목숨 값을 갚는다고 하니까 거기로 가라."

이광은 눈만 껌벅였고 최용환의 말이 이어졌다.

"네가 우리 회원은 아니지만 넌 이미 중간보스 대우를 받고 있어, 이제는 아무도 널 무시하지 못한단 말이다. 알고 있지?"

"예, 회장님."

해놓고 그것만으로는 부족한 느낌이 들었으므로 이광이 덧붙였다.

"모두 회장님께서 배려해주신 덕분입니다."

"시발 놈이 배웠다고 인사성은 밝군."

"감사합니다, 회장님."

"그래서 말인데."

최용환이 말보로를 꺼내 입에 물자 고성규가 번개처럼 달려들어 담배 끝에 라이터 불을 켜 올렸다. 담배 연기를 깊게 빨아들인 최용환이 이광을 향해 구름 같은 연기를 뱉었다.

"너, 곤도 비서가 되는 것이 낫겠다. 그럼 곤도 옆에 붙어있게 될 것 아니냐?"

숨만 들이켠 이광에게 최용환의 말이 이어졌다.

"그것이 양쪽에 편리할 것 같다. 곤도가 너를 통해서 나한테 이야기를 전할 수도 있고, 나도 그럴 테니까 말이야, 그리고……."

다시 연기를 뱉은 최용환이 눈을 가늘게 뜨고 웃었다.

"네가 나한테 곤도의 동향이나 그쪽 정보를 전해줄 수 있을 테니까 말이다."

간첩이 되라는 말이나 같다. 그때 최용환이 눈에 힘을 주고 이광을 보았다.

"곤도가 너한테 어디서 근무하고 싶으냐고 물을 거다. 그럼 비서로 근무하겠다고 해, 알았어?"

"예, 회장님."

"어쨌든 넌 운이 트인 놈이다."

"감사합니다, 회장님."

"그리고 말인데."

담배를 재떨이에 눌러 끈 최용환이 말을 이었다.

"야마구치 놈들이 널 노린다는 정보가 있어. 이건 부산에서 얻어온 정보인데 그럴 가능성이 많다."

"……."

"네가 야마구치 놈들 넷을 병신 만들었잖아? 그놈들은 꼭 복수를 하는 놈들이거든."

"……."

"내가 네 생각해서 말해 주는 거다."

그러고는 최용환이 회전의자를 돌려 앉았으므로 이광은 등에 대고 허리를 90도로 꺾어 절을 했다. 방을 나온 이광이 엘리베이터에 탔을 때 문이 닫히기 전에 고성규가 탔다. 문이 닫히고 엘리베이터가 15층에서 내려가기 시작하자 이광이 앞에 대고 말했다. 안에는 나란히 서 있는 둘뿐이다.

"시발, 야마구치 놈들한테는 내가 카스파 조직원이 아니라고 했겠군, 그래서 야마구치 놈들이 맘 놓고 나를 노리는 거 아뇨?"

"얀마, 그건 사실 아니냐? 하지만 우리가 가만있겠냐?"

고성규가 달래듯이 말했다.

"그러니까 회장님이 너한테 말해 주신 거다. 회장님이 널 아끼고 있어."

"어쨌든 이 일도 졸업할 때 까지요, 형. 내가 야쿠자 금융 회사 사장 비서 하려고 다 늙어서 학교 다니는 거 아니니까."

"알았다, 그러니까 회장님도 널 잡지 않는 거 아니냐?"

고성규가 손으로 이광의 어깨를 툭 쳤다. 이광은 지금 곤도를 만나러 가는 것이다.

신촌 사거리에 위치한 10층 건물의 1, 2층은 '한일금융' 사무실이다. 1층 매장 면적이 150평이나 되었고 2층은 상담실과 임원실 등으로 나누어졌는데 은행 지점보다 규모가 더 컸다. 그동안 사업 신고도 다 했고 직원도 모집해서 연수까지 마친 터라 내일 개업식에는 테이프만 끊고 바로 영업을 시작한다고 했다.

이광이 2층 비서실로 들어섰을 때는 오후 2시 50분이다. 3시 약속이어서 10분 빨리 간 셈이다. 비서실에는 남녀 둘이 앉아 있었는데 30대쯤의 남자가 이광을 보더니 일어섰다. 짧은 머리, 둥근 어깨, 배가 나온 데다 목이 없다. 틀림없이 옷을 벗기면 몸에 가득 문신이 찍혀 있을 것 같은 사내다.

"누구 찾아오셨지요?"

다행히 한국말을 한다. 재일 교포 야쿠자다. 아래층에서도 1차 검문을 받은 터라 이광의 심기는 불편한 상태다.

"아, 사장님하고 약속이 있어서요, 난 이광이라고 합니다."

"아, 네."

일어선 것은 여자다. 그때 이광이 여자를 정면으로 본 순간 숨을 들이켰다. 이유는 모른다.

"기다리고 계십니다. 제가 안내하지요."

여자가 앞장을 섰으므로 이광은 뒤를 따랐다. 짧은 머리 사내의 시선이 날카롭게 느껴졌다. 이광이 앞장선 여자의 뒷모습을 훑어보았다. 1미터 6, 7, 8 정도의 신장, 날씬한 몸매, 엉덩이와 종아리의 선이 그린 것처럼 풍만한 곡선을 이루고 있다. 대표이사실 문 앞에 선 여자가 노크를 하더니 문을 열었다. 그러고는 이광에게 말했다.

"들어가시지요."

그러고는 여자가 이광과 함께 방으로 들어섰다.

"여어, 이광 씨."

자리에 앉아 있던 곤도가 반색을 하면서 일어나더니 다가왔다. 얼굴에 환한 웃음을 띠고 있다.

"안녕하셨습니까?"

이광이 허리를 굽혀 인사를 하자 다가온 곤도가 손을 쥐었다.

"이 사람아, 반갑네, 자, 앉자고."

이광에게 자리를 권한 곤도가 여자에게 말했다.

"후미코, 자네도 거기 앉아."

그래서 이광과 후미코라는 여자는 곤도와 마주보고 나란히 앉게 되었다. 탁자 위에는 마실 것이 여러 종류가 놓여서 편리하다.

"자, 마시고 싶은 것으로 들라고."

마실 것을 권한 곤도가 저는 생수병을 들면서 말을 이었다.

"이광 씨, 우리가 내일 개업인데, 이제부터는 날 도와줘야겠어. 그래서 최 회장님한테도 허락을 받았는데……."

곤도가 똑바로 이광을 보았다.

"어떤가? 이광 씨가 일하고 싶은 부서가 있나?"

"저는 아직 생각해보지 않았습니다만."

최용환은 비서직을 말하라고 했지만 이광의 입에서는 선뜻 말이 나

191

오지 않았다. 깊게 빠져들기 싫다는 의식 때문일 것이다. 그때 곤도가 말했다.

"내 비서실에서 근무하도록 하게. 아마 최 회장도 그러기를 바랄 테니까 말이야."

"……"

"더구나 자넨 대학 재학 중이고 졸업하면 진로가 바뀔 수도 있을 테니까 말이네."

"……"

"내가 자네 강의시간에 맞춰 근무하도록 해줄 테니까, 그러려면 내 측근에 있는 비서실이 제일 낫지, 어떤가?"

그렇게까지 말해주는데 망설일 이유는 없다. 어깨를 편 이광이 상반신을 굽혀 절을 했다.

"감사합니다, 사장님. 열심히 일하겠습니다."

"자넨 내 생명의 은인이야."

정색한 곤도가 말을 이었다.

"목숨 빚은 물질로 갚을 수가 없는 것이라네."

"아닙니다. 저는……"

"후미코, 인사해라."

곤도가 여자에게 지시하더니 이광에게도 말했다.

"앞으로 같이 일하게 될 후미코야."

"잘 부탁합니다."

"많이 가르쳐 주세요."

후미코가 앉은 채로 허리를 굽혔다. 그때 곤도가 이광에게 소개했다.

"후미코도 재일 교포지, 동경대를 나왔고 금융 계통에 2년 근무했어,

앞으로 자네들 둘이 내 최측근이 될 거야.”

그러더니 생각난다는 표정을 짓고 말했다.

“참, 비서실에 또 한 명이 있군, 내 운전사 겸 경호원인 오무라까지 셋이야.

특혜다. 곤도는 하루 9시간 근무를 하되 강의시간에 맞춰 시간 조정을 하라고 했다. 그래서 화요일은 오후 2시부터 11시까지, 강의가 없는 목요일, 토요일은 오전 9시부터 오후 6시까지 정상근무, 수요일은 오전 11시부터 근무할 수 있게 되었다. 월급은 20만 원, 대기업 간부 수준이다. 이로써 이광의 가난은 한 방에 훅 가버렸다. 아니 한입 물어뜯어 뱉은 것으로 끝났다고 봐야 옳다. 곤도가 만나는 사람마다 야마구치 해결사 목을 물어뜯은 이광 이야기를 해댔기 때문이다.

“내일 뭐 해요?”

후미코가 물었을 때는 한일금융에 입사한 지 일주일째가 되던 날이다. 그때는 대충 안면을 익혔고 업무 구분도 된 상태여서 여유가 조금 생긴 때다. 7월 초순의 토요일 오후 3시쯤 되었다. 후미코의 시선을 받은 이광이 어깨를 추켜올렸다가 내렸다.

“사장이 부르시지 않으면 집에서 잠이나 자야죠.”

“사장님은 오늘 저녁에 일본 가세요.”

곤도 스케줄을 관리하는 후미코가 웃음 띤 얼굴로 말했다.

“월요일 오전에 돌아오시고요.”

“그럼 잠잘 수 있겠군.”

“서울 구경시켜주세요.”

불쑥 후미코가 말했으므로 이광이 머리를 들었다. 후미코와 시선이 마주친 순간 저절로 숨이 들이켜졌다. 처음 만났을 때도 그랬다. 그 이유는 지금도 모르겠다. 눈이 부시다는 느낌도 있다. 갸름한지 둥근지 구분이 안 되는 윤곽, 맑은 눈, 눈초리가 조금 솟아서 날카로운 분위기, 곧은 콧날, 그러나 입술은 얇고 단정하고 윤기가 흐른다. 변화무쌍하다고 할까? 꾹 다물려 있을 때는 단단히 닫힌 성문 같다가 열려서 목소리가 나올 때는 음악당에서 노랫소리를 듣는 분위기가 된다. 25세, 미혼, 한국명 김명희, 처음에는 곤도의 세컨드가 아니면 건드린 여자가 아닐까 의심했지만 아닌 것 같다. 이광이 후미코 눈동자 속의 제 얼굴을 보면서 대답했다.

"가이드비 내면 시간 낼 수 있지요."

"후후."

짧게 웃은 후미코가 머리를 끄덕였다.

"낼게요, 그럼 내일 오전 10시에 국제호텔 라운지에서 만나요."

그 순간 이광의 머릿속에 나은현의 얼굴이 떠올랐다가 지워졌다. 국제호텔에서 나은현을 만난 지 2주일이 넘었다. 그동안 연락도 안 한 것이다. 연락을 하려면 얼마든지 방법이 있다. 매일 만나는 동생 나영찬을 시키든지 집에 전화를 걸 수도 있었기 때문이다. 나영찬이 제 집 전번을 알려준 지도 오래되었다.

다음 날 오전 11시, 이광이 후미코와 함께 경복궁을 구경하고 있다. 후미코는 반소매 셔츠에 바지 차림이었는데 선글라스를 끼었다. 후미코가 나란히 걸으며 말했다.

"난 조선인 중학교를 다녔는데 조총련계였죠. 이씨 왕조는 만날 당파 싸움만 했고 남조선은 미국 식민지가 되었다고 배웠어요."

이광이 쓴웃음만 지었고 후미코가 말을 이었다.

"우리 아버지는 민단계인데 삼촌은 조총련계라 몇 년 전에 북한으로 넘어갔어요. 그런데 요즘 소식이 끊겼어요."

"……"

"아버지는 아마 삼촌이 죽은 것 같다고 해요. 사람 편에 다시 일본으로 도망쳐 오겠다고 했거든요."

"……"

"이광 씨는 애인 있어요?"

그때서야 이광이 후미코를 보았다. 그러고는 버릇처럼 숨을 들이 켰다.

"없는데요."

"이광 씨 꿈은 뭐예요? 대학 졸업하면 뭘 하실 거죠? 한일금융에 계속 다니실 건가요?"

"아직 생각 안 해봤는데."

거짓말이다. 대학 졸업하면이 아니라 졸업 학점만 따면 일반 기업체에 들어갈 작정이다. 그곳에서 정상적인 직장인 생활을 할 것이다. 일본 야쿠자 자금으로 운용되는 대부업체에 근무할 생각은 추호도 없다. 그때 후미코가 바짝 다가붙더니 앞쪽을 가리켰다.

"저건 뭐죠?"

"백관들이 조례 때 서 있는 자리 같은데."

입맛을 다신 이광이 품위가 적혀진 명판을 흘겨보았다.

"차라리 안 하고 말지 이런데 서 있다니."

"참내."

후미코가 이광의 팔짱을 끼었다. 그 순간 이광이 숨을 들이켰다. 도대체 숨 들이켜는 것이 몇 번째인가?

경복궁에 이어서 남산, 한강까지 구경하고 영등포로 왔을 때는 오후 6시 반, 점심은 12시쯤 시청 근처 음식점에서 먹었지만 둘은 지쳤고 배가 고팠다. 영등포 시장 근처의 식당에서 후미코가 돼지갈비를 맛있게 먹으면서 말했다.

"우리 일요일마다 관광 다녀요, 내가 안내비 드릴 테니까."

이광이 숨을 들여 마시려다가 참고는 매일 다녀도 좋겠다는 생각을 했다. 10시에 만나서 8시간 반이 지나는 동안 이제 후미코와 걸어 다닐 때 꼭 팔짱을 끼는 단계로까지 발전되었다. 손을 잡고 싶은 마음이 굴뚝처럼 일어섰지만 이광은 참고 또 참았다. 아낀 것이다. 귀하고 소중한 것을 보면 아끼고 싶은 마음이 드는 것이 정상인이다. 아끼면 똥 된다면서 맛있고 귀한 것부터 먹어치우는 놈이 있는데 그런 놈은 짐승보다 못한 놈이다. 개도 좋은 뼈다귀는 몰래 감추지 않는가?

"뭐 생각해요?"

소주잔을 쥔 후미코가 물었으므로 이광이 정신을 차렸다. 후미코의 입술 가에 돼지갈비의 붉은 양념이 묻어 있다. 문득 그것을 빨아먹고 싶은 충동이 일어나자 이광은 어금니부터 물었다. 또 숨을 들이켜지 않으려는 것이다. 그래서 잠자코 옆에 놓인 휴지통에서 휴지를 뽑아 후미코의 입술 끝을 닦았다. 조금 붉어진 얼굴을 내민 채 맡기고 있던 후미코가 눈웃음을 쳤다.

"고마워요."

"후미코, 실은."

어깨를 부풀린 이광이 똑바로 후미코를 보았다.

"나, 애인이 있어, 그것도 둘이나."

그 순간 이광은 심장이 위장 쪽으로 떨어지는 느낌을 받았지만 그 반대로 머릿속이 개운해졌다. 떨쳐 내버리자, 내가 무슨 연애냐? 내가 한가할 팔자냐? 월급 20만 원으로 만족하고 연애를 해? 그때 후미코가 빙그레 웃었으므로 이광의 숨이 저절로 들이켜졌다. 이런, 또 후미코의 입이 열렸다.

"당연하죠, 그럴 줄 알았어요."

"응?"

"이광 씨 같은 남자가 애인이 없다는 건 말이 안 되죠, 셋은 있어야죠."

"……."

"같은 직장에 다니는 애인이 불편하다고 생각해요?"

"그거야……."

"괜찮다면 내가 세 번째 애인이 돼드릴 수 있어요."

어금니를 문 이광의 눈앞이 흐려졌다. 아끼려던 떡이 입 주위에서 마구 오락가락하고 있다. 벌리기만 하면 들어올 것 같다. 이제는 부담 없이 숨을 들이켰던 이광의 눈동자에 초점이 잡혔다. 그 순간 이광은 식당 안으로 들어서는 두 사내를 보았다. 헐렁한 셔츠 차림의 두 사내는 건장한 체격이다. 앞장선 사내는 거침없이 입구 쪽 빈자리에 앉았는데 이쪽과 비스듬한 위치여서 사각이 없다. 또 하나는 선글라스까지 끼어서 시선을 거침없이 보낼 수 있다. 머리를 든 이광이 힐끗 입구 쪽을 보았다. 유리창 밖에서 어른거리는 사내, 둘이다.

"어때요? 부담이 돼요?"

다시 후미코가 물었을 때 이광이 건성으로 머리를 저으며 말했다.

"후미코, 잘 들어. 그대로 웃는 얼굴로 들어줘야 돼."

"네?"

"내가 조금 전 화장실 가면서 보았는데 주방 옆에 후문이 있어. 지금 화장실 가는 척하면서 후문으로 나가."

순간 후미코 표정이 굳어졌다가 곧 웃음 띤 얼굴로 돌아왔다. 그러나 볼의 근육은 굳어 있다.

"무슨 일 있어요?"

"방심했어, 야마구치조 해결사들 같아. 지난번 복수를 하려는 것이겠지. 지금 왼쪽 기둥 옆에 선글라스를 낀 놈하고 둘이야."

"정말요?"

"확실해."

살기라는 것이 있다. 아무리 감춰도 그 기운은 풍겨 난다. 더구나 기둥 옆의 둘은 감추려는 노력도 하지 않는다. 음식을 시킨 둘의 시선이 이쪽을 자주 훑고 지나간다. 후미코가 물었다.

"이광 씨는 어떻게 하려고요?"

"나가면 바로 택시를 타고 회사로 가. 거기가 안전해, 난 염려 말고."

"싫어요."

"내 말 들어."

이광이 소주잔을 들면서 웃었다.

"난 안 죽어, 내가 누군지 알아? 바로 한국군 편의공작대 출신이야."

이광은 후미코가 화장실로 가는 것을 보았다. 몸을 반듯이 세운 후미코는 당당하게 걸었는데 주위를 의식하지 않았다. 사내 둘은 힐끗 후미코를 보았지만 곧 무시했다. 목표는 이광이 분명해졌다. 소주잔을 쥔 이광이 후미코가 화장실을 지나 후문으로 다가가는 것을 곁눈으로 보았다. 후문을 연 후미코의 모습이 사라졌을 때 이광이 자리에서 일어섰다. 두 사내가 긴장하고 있는 것이 드러났다. 둘 다 노골적으로 이쪽을 보는 것이다. 이광이 카운터로 다가가자 사내들이 일어섰다. 시킨 음식이 나오지도 않았다. 오후 7시경, 영등포 시장 근처의 거리가 가장 붐비는 시간이다. 계산을 하는 동안 두 사내가 다가왔는데 바짝 붙지는 않고 세 발짝쯤 간격을 둔 채 어물거리고 있다.

"아저씨, 주문한 음식이 나오는데요."

뒤쪽에서 다가온 종업원이 둘에게 말했다.

"아, 계산할 겁니다."

사내의 목소리가 들렸다. 계산을 마친 이광이 식당 밖으로 나온 순간이다. 앞으로 사내 하나가 다가와 섰다. 짧은 머리, 건장한 체격, 시선이 똑바로 이광을 응시하고 있다.

"이광 씨."

뒤에서 부르는 목소리에 이광은 숨을 들이켰다. 해치우고 가는 수밖에 없다. 그때 뒤쪽 사내가 말했다.

"우린 이마가와조원입니다. 당신 경호차 나온 겁니다."

"뭐요?"

몸을 돌린 이광이 묻자 선글라스를 낀 사내가 안경을 벗으면서 물었다.

"왜 식사하시다 그냥 나가십니까? 혹시 우리를 야마구치 놈들로 오해하신 거 아닙니까?"

"이런 젠장."

어깨를 늘어뜨린 이광이 사내들을 흘겨보았다. 그렇다. 야마구치라면 이렇게 어수룩하게 식당 안까지 들어와 힐끗거리지 않았을 것이었다. 그때 다가선 사내들의 얼굴에 웃음이 떠올랐다.

"정말 오해하신 것 같군요. 그럼 후미코상은 뒷문으로 먼저 보내신 겁니까?"

하나가 묻고 하나가 거들었다.

"저런, 어디로 보내셨습니까? 저희들이 찾아 드릴까요?"

"그만두쇼."

퉁명스럽게 말한 이광이 서둘러 택시 정류장을 향해 걷는다. 그때 선글라스를 든 사내가 이광의 옆으로 다가와 말했다.

"바쁘시겠지만 앞으로 자주 뵐 텐데 인사나 합시다."

사내가 웃음 띤 얼굴로 손을 내밀었다.

"이마가와조의 임종무라고 합니다."

"이광이오."

이광이 사내의 손을 잡았다. 이광 또래의 사내다. 사내가 손을 흔들면서 말을 이었다.

"다음에는 이런 오해가 없어야지요. 우리 곤도 사장님의 특명을 받고 이 형을 경호하고 있습니다."

"고맙습니다."

택시 정류장에 멈춰 서자 임종무가 목소리를 낮췄다. 둘은 뒤쪽에 서 있다.

"야마구치조에서 해결사를 보냈습니다. 그놈들도 우리처럼 재일 교포지요, 조심하셔야 될 겁니다."

이광의 시선을 받은 임종무가 정색했다.

"지난번에 이 형이 그쪽 넷을 병신으로 만들었으니까요. 빚을 갚지 않으면 야마구치조의 체면은 똥이 됩니다."

이광이 머리만 끄덕였을 때 빈 택시가 다가와 앞에 섰다.

"같이 가실까요? 할 이야기가 있는데."

불쑥 임종무가 물었으므로 이광이 머리를 끄덕였다. 거절할 상황이 아닌 것이다. 이야기가 다 끝나지 않은 것 같다. 그러자 임종무와 나머지 둘도 택시에 올랐다. 모두 넷이다. 뒷좌석 끝 쪽에 앉은 이광이 신촌 사거리로 가자고 했을 때 임종무가 말했다.

"이 형, 이걸 갖고 계시지요."

옆자리의 임종무가 주머니에서 꺼낸 것은 권총이다. 놀란 이광이 눈을 둥그렇게 떴을 때 임종무가 권총을 이광의 무릎 위에 올려놓았다. 운전사가 볼 수 없도록 행동이 조심스럽다. 임종무가 목소리를 죽이고 말했다.

"그놈들이 이걸 씁니다. 그러니 할 수 없어요, 사용 방법은 아시지요?"

"압니다."

이광이 권총을 바지 혁대에 끼우고 상의로 덮으면서 긴 숨을 뱉었다. 다리가 수렁에 빠진 느낌이 드는 것이다. 그때 다시 임종무가 주머니에서 탄창 3개를 꺼내더니 잠자코 건네주었다. 탄창에는 실탄이 가득 장전되어 있다.

"어떻게 되었어요?"

이광을 본 후미코가 눈을 둥그렇게 뜨고 물었다. 신촌 사거리의 회사 건물 안, 오늘은 휴일이어서 경비만 지키고 있을 뿐 사무실은 비었다. 후미코는 시킨 대로 이 층 상담실에서 기다리고 있었는데 주위는 조용했다.

"아, 빠져나왔어."

정색한 이광이 어깨를 부풀리며 말했다. 그 사내들이 이마가와조의 경호원들이라고 말할 수는 없었기 때문이다. 후미코가 바짝 다가와 섰다.

"어떻게요?"

"그냥 앞문으로."

"무슨 일 없었어요?"

다가선 후미코한테서 옅은 향내가 맡아졌다. 올려다보는 후미코의 눈동자에 박힌 제 얼굴을 본 순간 이광은 숨을 들이켰다. 그러고는 두 손으로 후미코의 얼굴을 감싸 안았다. 그때 후미코가 눈을 감았으므로 이광이 입술을 붙였다. 후미코의 입술에서 레몬 맛이 났다. 입술로 입 안을 열었더니 이를 물고 있던 후미코가 가쁜 숨을 뱉으면서 입을 벌렸다. 이광은 서둘러 후미코의 입안에 혀를 넣었다. 후미코의 숨결이 가빠지면서 두 손이 이광의 허리를 잡았다. 곧 후미코의 혀가 이광의 입안으로 빨려 들어왔다. 말랑한 혀가 꿈틀거리면서 이광의 혀에 엉겨 붙는다.

"아, 잠깐."

이광이 후미코의 허리를 감아 안으면서 옆쪽의 소파로 밀었을 때다. 후미코가 두 손으로 이광의 가슴을 밀면서 말했다.

"여기선 싫어."

"후미코, 난 참을 수 없는데."

후미코의 바지 지퍼를 내리면서 이광이 말했다.

"여긴 우리 둘뿐이야. 경비도 올라오지 않아, 알고 있지 않아?"

"싫어, 사무실에서는."

바지 지퍼를 내린 이광이 바지를 끌어내리자 후미코가 다리를 붙였다. 가쁜 숨을 몰아쉬었고 얼굴은 빨갛게 달아올랐다. 이광이 후미코를 소파 위로 눕혔다. 이제 후미코의 바지는 벗겨졌고 팬티 차림이다.

"후미코, 내 세 번째 애인이 된다면서?"

이제 남은 팬티를 움켜쥔 이광이 묻자 후미코가 머리를 저었다.

"내 아파트로 가, 여기선 싫어."

그때 이광이 몸을 세웠다. 사무실에서는 싫다고 할 때부터 성욕이 시들고 있었던 것이다. 장소를 가리고 시간을 따지고 조건을 계산하는 섹스는 싫다. 편의공작대에서 장소 불문, 시간 불문, 조건 불문으로 엉켰던 윤진이 떠올랐다. 비록 신분을 숨기고 자신을 이용하려고 들었지만 윤진과의 섹스는 순수했다. 이광이 몸을 돌려 상담실을 나가면서 말했다.

"옷 입고 나와."

이광이 사무실 복도에 서서 창밖을 내다보고 있을 때 후미코가 나왔다. 옷을 단정하게 가다듬었고 머리도 가지런해서 빈틈없는 모습이 되었다. 시선이 마주치자 후미코가 다시 상기된 얼굴로 다가와 몸을 바짝 붙였다.

"화났어?"

"아니."

후미코가 이광의 한쪽 팔을 두 손으로 감싸 쥐었다.

"내 아파트로 가."

"오늘 밤에는 갈 데가 있어."

"어디?"

"일해야 돼."

후미코가 물끄러미 이광을 보았다. 이광이 다시 숨을 들이켰다. 숨이 막히도록 아름답다는 표현이 과연 이런 것인가? 붉게 상기된 얼굴, 열기 띤 눈이 이광을 응시하고 있다. 반쯤 열린 입에서 더운 숨결이 이광의 목덜미를 간질인다. 그때 이광이 후미코에게서 몸을 떼었다.

"늦었어, 후미코."

그때 후미코가 이광의 팔을 끌었다. 두 눈이 번들거리고 있다.

"그럼 다시 상담실로 들어가."

"왜?"

"소파에서 해."

"지금?"

"응, 해줄게."

이광의 얼굴에 쓴웃음이 떠올랐다.

"다음에, 후미코."

"화난 것 아니지?"

"아냐."

"나, 당신 좋아해."

후미코가 이광의 허리를 껴안으면서 말했다.

"다음부터는 당신이 하자는 데서 다 해줄게."

이광은 숨을 들이켰다. 이런 여자가 나 같은 놈한테 반하다니, 이건 기적이다.

뒤를 돌아본 이광이 저도 모르게 입맛을 다셨다. 오전 10시 반, 새벽 6시 반에 서울역에서 출발하는 열차를 타고 대전역에 도착한 것이다. 완행열차여서 역마다 쉬었기 때문에 대전까지 4시간이 걸렸다. 그것도 빨리 온 셈이다. 서둘러 발을 뗀 이광이 역 광장을 벗어나 택시를 탔다.

택시 뒷좌석에 앉아 다시 뒤를 돌아보았지만 미행자는 없다. 집에서 나왔을 때는 오전 5시, 그때도 미행자가 있나 뒤를 1백 번도 더 돌아보았고 편의공작대에서 공비를 탐지하던 식별력을 최대한으로 발휘하고 있다. 야마구치조 해결사들을 경계하는 것이다. 혼자 다닐 때는 이러지 않았다. 그러나 지금은 가족을 만나러 가는 것이다. 옥천에 계신 부모를 만날 시간적, 정신적 여유는 없다. 우체국장 출신의 깐깐한 아버지는 일상을 꼬치꼬치 물을 것이며 그 일상 하나하나에 조언과 훈계를 늘어놓을 테니 만 사흘은 이야기를 들어야 풀려날 것이다. 제대하고 나서 고향에 내려가 사흘만 지내고 상경한 후에 지금 처음 대전으로 내려왔다. 그것도 고향인 충북 옥천이 아니고 대전이다. 그것은 대전에서 막냇동생 이명화가 자취를 하고 있기 때문이다. 지금 전문대 1학년인 이명화는 공부는 잘했지만 4년제 대학에 갈 만한 돈과 시간 여유까지 없어서 월 1만 원짜리 월세방에서 자취를 하면서 학교에 다닌다. 이광과는 7살 차이가 나는 터라 어렸을 적에는 노상 업고 다녔다. 지금은 이광을 어려워해서 존댓말을 쓴다. 약속한 다방 앞에서 택시가 멈췄을 때는 11시 5분 전이다. 다시 뒤를 훑어본 이광이 택시에서 내려 다방 안으로 들어섰다. 그때 이광은 안쪽 자리에서 일어서는 이명화를 보았다.

"오빠."

이명화가 입술만 달싹여 그렇게 말하는 것처럼 보였지 실제로 소리는 들리지 않았다.

"어, 기다렸냐?"

다가간 이광이 묻자 이명화는 얼굴이 빨개졌다. 이광은 부계(父系)를 닮아 체격이 컸지만 이명화는 보통 체격이다. 163쯤 되는 신장에 날씬한 몸매다. 아직 20살이어서 얼굴은 어린 티가 났고 입은 옷도 시장에서 산 옷들이다. 다방 안은 아직 이른 시간인지 노인 둘이 신문을 보고 있을 뿐이다. 다가온 종업원에게 커피를 시킨 이광이 이명화를 보았다. 어제 오후에 이광이 이명화의 월세를 준 주인집으로 전화를 해서 만날 약속을 잡은 것이다.

"너, 집에는 자주 가냐?"

이광이 묻자 이명화가 머리부터 끄덕였다.

"예, 토요일마다 기차 타고 가요."

"응, 그래. 너 요즘도 아르바이트해?"

"예, 근데……."

"근데 뭐?"

"요즘 쉬어요, 일거리가 없어서요."

이명화는 시간 나면 아이 돌보는 일을 한다고 했다. 하루 3시간, 또는 4시간 일하고 5천 원씩 받는다는 것이다. 집에서 이명화에게 한 달 월세하고 식비까지 2만5천 원씩을 준다고 했지만 턱도 없는 금액이다. 자장면 한 그릇이 500원이니 자장면 30그릇 값으로 한 달을 살아야 하는 것이다. 커피가 놓였는데 커피 값도 5백 원이다. 심호흡을 한 이광이 이명화를 보았다.

"명화야."

"네."

시선을 받은 이명화가 다시 머리를 숙였다. 부끄럼을 타는 것이다.

"이제 일하지 말고 공부하고 놀고 싶으면 놀아."

"……."

"오빠가 다 해줄게."

이광이 들고 온 헝겊 가방을 이명화에게 건네주었다.

"자, 받아라."

엉겁결에 가방을 받은 이명화가 이광을 보았다. 가방에 뭐가 들었느냐고 묻지를 못 한다. 이광이 말을 이었다.

"가방에 15만 원 들었어, 네가 5만 원 쓰고 이번 토요일에 어머니한테 10만 원 갖다 드려라."

숨을 들이켠 이명화의 얼굴이 이제는 희게 굳어졌다. 이광이 말을 이었다.

"내가 요즘 일해서 번 돈이야, 아버지가 아시면 꼬치꼬치 묻고 따지실 것 같아서 그러는 거다. 정당하게 받은 돈이니까 너하고 어머니만 믿고 쓰면 된다."

"오빠."

이명화가 떨리는 목소리로 불렀지만 말을 잇지 못한다. 이광이 말을 이었다.

"그 5만 원 갖고 옷도 사고 필요한 것 사, 그리고 내가 다음 달부터 한 달에 5만 원씩 보내주마."

경제학과장 유상문 교수는 학점이 짜기로 소문이 났다. 그러나 전공 필수과목을 가르치는 터라 어쩔 수 없이 3학점짜리 강의를 들어야만 한다. 출석 체크도 빠짐없이 했고 휴강도 없다. 대리 출석을 했다가 걸리면 F는 당연지사다. 그래서 강의실에는 항상 우거지상을 쓴 학생들로 꽉 차 있는데 강의 내용이 재미없기로도 소문이 나서 1주일에 두 시간은 절에서 참선을 하는 것이나 같다. 오늘, 화요일 오전 3교시, 유상문이 이광을 지목했다.

"이 군, 경제원론, 거기 127페이지를 읽고 해석해라."

경제원론은 영어 원서다. 유상문이 참고도서로 지적해준 것으로 지난주에 과제를 냈기는 했다. 이광은 어금니를 물고 원서를 폈다. 유상문은 53세, 하버드 박사다. 하버드 박사가 5류 대학인 오성대학 경제학과장이 된 것은 하버드에서 겨우 낙제를 면한 실력이었기 때문이라는 소문도 있다. 이광이 책을 펼치는 그 짧은 순간 강의실 안은 조용해졌다. 이광 옆자리에 꼭 앉는 임하영이 침 삼키는 소리를 냈다. 그때 이광이 원서를 읽기 시작했다. 1분쯤 지났을 때 누구는 시계를 보았고 누구는 창 밖의 날씨를 살폈다. 이제 곧 학기말 시험이고 1학기가 끝난다. 오늘 유상문은 이것으로 이광의 학점을 매길 것이었다. 이광의 유창한 읽기가 끝나고 곧 해석이 이어졌다. 말 한마디 더듬지도 않고 술술 해석해 나가는 터라 옆자리의 임하영이 놀라 책을 들여다볼 정도였다. 책에다 번역을 해놓았는가 보려는 것이다. 그러나 펼쳐놓은 책은 깨끗했다. 이윽고 이광이 번역까지 마쳤을 때 모두 유상문을 보았다. 강의실 안에서는 숨소리도 들리지 않는다. 그때 어깨를 부풀렸다가 내린 유상문이 무표정한 얼굴로 말했다.

"엑설런트."

최상급 찬사다. 강의가 끝났을 때 임하영이 물었다.

"선배, 어떻게 된 거죠?"

"뭐가?"

그때 옆으로 나영찬이 다가왔다.

"형, 최고였어요."

주위로 이제는 대여섯 명이 붙더니 경탄했다. 그러나 의심쩍은 시선을 보내는 놈들도 있다. 책을 뒤적거리는 놈들이 그렇다. 이광이 이맛살을 찌푸렸다.

"너희들 왜 그래? 못마땅하냐?"

"정말 못됐어."

임하영의 쨍쨍한 목소리가 강의실을 덮었다.

"배가 아파서들 그러는 거야?"

모두 비식비식 웃으면서 흩어졌을 때 나영찬이 이광의 팔을 끌었다.

"형, 이야기할 것이 있어요."

임하영이 의심쩍은 시선을 보냈지만 강의실 구석까지는 따라오지 않았다. 구석 쪽 빈자리에 이광이 앉았을 때 나영찬이 상반신을 굽힌 채 다가와 섰다.

"형, 요즘 바쁘세요?"

"응, 바쁘다."

"근데 공부는 열심히 하셨네요."

"바쁘더라도 할 건 해야지, 근데 왜?"

"아뇨."

"이 자식이 그것 물어보려고 날 구석으로 끌고 왔어?"

그러자 주춤거리던 나영찬이 이광을 보았다.

"형, 누나 졸업 파티가 있어요."

"그래서?"

"이번 토요일에 고려호텔 라운지에서 열려요."

"거기 비싼 덴데 돈 많은 애들이네."

"모두 파트너를 부르는데 누나는 없다고 그래요."

이제는 이광이 시선만 주었고 나영찬이 말을 이었다.

"누나는 형을 좋아하는 것 같아요, 그런데 형은……."

"난 별로다."

그때 나영찬이 의외로 픽 웃었다.

"난 그래서 형이 좋다니까요?"

"왜?"

"멋져요."

"병신."

"형, 비밀 알려드려요?"

"니 누나가 처녀 아니라는 것?"

"누나가 알아요."

"뭘?"

"형이 10원짜리 동전을 내놓았던 쪼다하고 동일 인물이었다는 것을요."

숨을 들이켠 이광을 향해 나영찬이 싱글 웃었다. 그 얼굴이 제 누나하고 조금 닮았기 때문에 눈을 가늘게 뜬 이광에게 나영찬이 말을 이었다.

"나한테 그랬어요, 이젠 둘 다 좋다고."

오후 2시, 집에 가는 길에 유상문 교수 연구실에 들른 이광이 굽실절을 했다. 연구실에는 둘뿐이다.

"감사합니다, 교수님."

"야, 이 새꺄."

기다리고 있었다는 듯이 유상문이 대번에 욕을 했다. 얼굴에는 쓴웃음이 떠 있다.

"나, 얼굴 근지러워서 혼났다. 이 새꺄."

"죄송합니다, 교수님."

210

"양주 두 병 갖고는 안 되겠다."

"이번 주 토요일에 또 두 병 갖고 들르겠습니다, 교수님."

"아, 됐고."

"오후 3시쯤 들르겠습니다, 교수님."

"됐다니까, 이 새꺄."

"감사합니다, 그럼."

다시 절을 한 이광이 웃음 띤 얼굴로 방을 나갔다. 경제원론 127페이지, 그게, 유상문이 미리 읽고 번역해 오라고 알려준 것이다. 그러니까 이광이 유창하게 해냈지 128페이지를 해보라고 했다면 버벅거렸을 것이다. 고등학교 때부터 영어회화 클럽에 가입해서 말이야 제법 했지만 원서 번역은 절벽이다. 그래서 사흘 전에 양주 두 병 사 갖고 유상문의 집에 찾아갔던 것이다.

"교수님, 저 한번 시켜 주십시오."

비싼 양주를 두 병이나 갖고 와서 이러는 제자는 이광이 처음이었을 것이다.

"몇 페이지 딱 골라서 시켜주시면 제가 술술 읽고 번역을 하겠습니다."

"그게 무슨 말이냐?"

"그러니까 미리 알려주시면 좋겠습니다. 제가 애들 앞에서 체면 좀 세우도록 말씀입니다."

"이 미친놈 봐라?"

옆에 있던 사모님이 깔깔 웃었고 마침내 유상문도 웃었던 것이다. 그리고 오늘 그 결과가 나왔다. 후배들한테 체면이 선 것은 솔직히 아무것도 아니다. 유상문의 3학점짜리 경제원론은 A다. A를 안 줄 수가 없을 것이다. 이광이 사무실에 들어섰을 때는 오후 3시 반, 오늘은 오후 4시부터 11시까지 근무다.

"사장님은 회의 중."

비서실에 혼자 앉아 있던 오무라가 말했다. 오무라는 한국명이 조춘식이었는데 곤도와 후미코가 오무라라고 불러서 그대로 일본 이름을 쓴다. 자리에 앉은 이광에게 오무라가 다가와 섰다.

"이상, 오늘 밤 사장님 접대야, 이상이 수행해야 돼."

"어디서?"

"파리클럽."

파리클럽은 곤도의 단골 룸살롱으로 신촌 카스파의 영역권이다. 카스파가 지분은 갖지 않았지만 매월 보호세를 내고 앞쪽 주차장 관리권도 받은 A급 업체다. 사무실에서 가깝고 깨끗한 곳이어서 곤도가 단골 접대업소로 만들어놓은 것이다. 오무라가 말을 이었다.

"손님은 성지산업 회장하고 사장이야, 우리는 사장님하고 도다 전무."

"알았어."

이광이 머리를 끄덕였다. 곤도는 지난번 혼이 난 후에 밤 외출 시에는 10명 가까운 경호원을 대동한다. 총기까지 휴대하고 있는 터라 군대를 동원하지 않는 한 테러가 어렵다는 우스갯소리를 할 정도다. 그러나 방심은 금물이다. 이광은 곤도의 밤 행사에는 꼭 수행했는데 최측근에 붙었다. 곤도가 지시했기 때문이다.

"그렇다면."

자리에서 일어선 이광이 오무라에게 말했다.

"나, 파리클럽에 가서 먼저 둘러보고 있을 테니까 거기로 연락해."

"벌써?"

어깨를 부풀린 오무라가 눈을 가늘게 뜨고 웃었다.

"이상, 열심이군."

"밥값은 해야지."

"7시 반에 간다고 예약했어."

머리를 끄덕인 이광이 사무실을 나올 때 들어서는 후미코와 마주
쳤다.

"어디 가요?"

사무실에서는 후미코하고 서로 경어를 쓴다. 후미코가 복도로 따라
나오면서 물었다. 이광이 후미코의 눈을 보았다.

"아, 오늘 밤 접대 장소 체크하려고."

복도에는 둘뿐이었으므로 후미코가 조금 바짝 다가섰다. 후미코한
테서 이제는 익숙한 향내가 맡아졌다.

"왜 벌써 가? 지금은 4시밖에 안 되었는데?"

"가서 체크할 것이 많아."

"오늘 밤 접대 끝나고 나한테 와."

후미코가 눈을 반짝이며 말했으므로 이광이 한 뼘쯤 뒤로 물러서며
물었다.

"왜? 뭐하려고?"

2장 도약의 발판

"사사끼 씨가 조금 전에 클럽으로 갔습니다."

택시에 나란히 앉은 임종무가 말을 이었다. 둘은 지금 파리클럽으로 가는 중이다.

"경찰 출신이라 경호는 전문가죠, 마음 놓으셔도 될 겁니다."

"뭐, 할 일도 없으니까요."

이광이 웃음 띤 얼굴로 임종무를 보았다.

"비서실에서 행정 업무는 후미코 씨가 다 하거든요, 나하고 오무라 씨는 몸으로 뛰는 역할 아닙니까?"

임종무는 한일금융 총무부 소속으로 경비업무다. 이광의 경호역을 맡은 터라 곤도의 비서 겸 경호원인 이광에게도 경호원이 있는 셈이다.

"아, 이렇게 같이 오시지 않아도 되는데 말입니다."

이광이 말하자 임종무가 픽 웃었다.

"덕분에 나도 월급 받지 않습니까? 서로 상부상조하십시다."

"에이, 괜한 말씀을."

택시 안이어서 둘은 말을 삼갔지만 야쿠자 세계의 은원(恩怨) 관계가 철저하다는 것이 느껴졌다. 파리클럽에 들어섰더니 로비에서 지배인

하고 이야기를 하던 사사끼가 빙긋 웃었다. 사사끼는 30대 후반쯤으로 한국 이름이 서영철이다.

"이 형까지 올 필요는 없는데."

"할 일이 없어서요."

다가간 이광이 안면이 있는 지배인과 눈인사를 했다. 파리클럽은 카스파 회장 최용환의 단골집이기도 했다. 여러 번 와본 곳이어서 지배인과 사사끼는 서로 농담을 주고받았고 이광은 로비 안쪽 소파에 앉아서 신문을 보았다. 아직 아가씨들 출근 전이라 남자 종업원만 하나둘씩 오가고 있다.

오후 5시 15분이다. 벽시계를 본 이광이 문득 로비 탁자 위에 놓인 전화기를 든 것은 오랜만에 카스파 부두목 급이며 고등학교 선배인 고성규가 생각났기 때문이다. 이 시간이면 고성규도 클럽의 사무실에 나와 있을 것이었다. 버튼을 누르자 신호음 세 번 만에 바로 고성규와 연결이 되었다.

"형, 나요."

"어, 쪽바리."

고성규는 이광이 곤도 비서 노릇을 한다고 쪽바리로 부른다.

"야, 인마, 요즘 인사도 않고 쪽바리만 모시냐?"

"바빠요, 내가 지난 토요일에 보고하러 갔을 때 안 보이더만."

"어, 그때 가게 일 때문에 시장 갔었다. 너, 근데 지금 어디냐?"

"파리클럽."

"거긴 뭐 하러?"

"오늘 밤 여기서 접대요."

"어, 그래서 점검 나온 거야?"

"예."

"자식, 열심이군."

웃음 띤 목소리로 말했던 고성규가 문득 다른 목소리로 말했다.

"거기 지배인 양병준이 어제 그만뒀다고 하더라. 그 자식 미국으로 이민 간단다."

"예?"

숨을 들이켠 이광의 시선이 옆쪽으로 옮겨졌다. 로비 안쪽의 소파에서 양병준과 사사끼가 이야기를 하고 있었는데 둘 다 웃음 띤 얼굴이다. 목소리를 낮춘 이광이 물었다.

"그래서 그만뒀어요?"

"응, 그 새끼 안 나왔지? 뭐 인사하고 자시고 할 것도 없지, 안 보이면 그만둔 것이니까."

하긴 그렇다. 양병준은 조직원이 아니어서 인사 다닐 필요도 없는 것이다. 조직원이라면 잘못을 저질렀거나 승진을 했을 때나 자리를 옮긴다.

"알았습니다, 전화 끊을게요."

전화기를 내려놓은 이광이 심호흡을 했다. 자리에서 일어선 이광이 사사끼에게 다가가 물었다.

"사사끼 씨, 저녁 먹으러 가야지요?"

"아, 그래야지."

손목시계를 내려다본 사사끼가 일어섰다.

"양 형, 그럼 저녁에 봅시다."

"알았습니다. 특실 비워놓고 애들 준비시키지요."

양병준이 사근사근 말하더니 이광에게도 머리를 끄덕여 보였다. 사

216

사끼는 부하 둘을 데리고 왔으므로 이쪽은 임종무까지 다섯이다.

"자, 이 근처에서 먹어야지."

클럽 밖으로 나온 사사끼가 주위를 둘러보며 말했다.

"뭘 먹을까? 이 형, 이 근처 맛있는 집 아시오?"

그때 이광이 발을 떼면서 말했다.

"사사끼 씨, 이야기할 것이 있는데요."

"여자 이야기요?"

사사끼가 웃음 띤 얼굴로 다가왔다.

골목 안쪽에서 마주보고 선 사사끼의 얼굴이 일그러져 있다.

"그 새끼, 나한테는 맘에 드는 아가씨 있으면 언제라도 소개시켜 주겠다고 했단 말이오."

"이상하지 않습니까?"

정색한 이광이 묻자 사사끼가 이를 악물었다가 풀었다.

"몇 년 전에 이것과 비슷한 일이 나고야에서 있었지."

사사끼가 번들거리는 눈으로 이광을 보았다.

"나고야의 조직 간부가 예약한 카페에 갔다가 습격을 받았소. 상대가 지배인을 매수해서 종업원으로 가장시킨 해결사 셋을 심어 놓은 것이지."

어깨를 부풀린 사사끼가 웃음 띤 얼굴로 이광을 보았다.

"어쨌든 양병준이가 발을 담근 건 틀림없어요, 이번에도 이 형이 우리 보스 목숨을 구한 것 같구먼그래."

발을 뗀 사사끼가 골목을 나오면서 혼잣소리처럼 말을 이었다.

"아무래도 한국이 야쿠자들의 대리 전장이 되는 것 같군."

그날 밤, 7시 반이 되었을 때 파리클럽으로 사사끼가 들어섰다.

"어서 오십시오."

기다리고 있던 양병준이 웃음 띤 얼굴로 맞았다. 양병준의 시선이 사사끼의 뒤쪽으로 옮겨졌다. 뒤를 곤도와 손님들이 따르고 있어야 한다. 그 순간 양병준의 이맛살이 조금 찌푸려졌다. 뒤에 사사끼의 부하 여섯만 따르고 있었기 때문이다. 뒤쪽을 힐끗거리는 양병준에게 사사끼가 웃음 띤 얼굴로 말했다.

"문은 밖에서 봉쇄되었어, 비상구 셋도 다 막아놓았고."

그때 사사끼 좌우의 부하가 저고리 안에서 권총을 꺼내 겨누었다. 소음기가 끼워진 권총은 길고 묵직하다. 양병준 뒤에 서 있던 마담이 짧은 비명을 지르더니 몸을 움츠렸다. 양병준의 시선을 받은 사사끼가 눈을 치켜떴다.

"자, 방 하나씩 훑어서 야마구치 해결사 놈들을 찾아내고 나서 널 죽일까? 아니면 네가 털어놓고 살아 나갈래?"

"살려준다고 약속만 해주면."

양병준이 바로 대답했는데 얼굴이 하얗게 굳어졌다.

"모두 털어놓지요, 서 형."

"살려줄 테니까 말해라, 지금."

"넷이 와 있습니다."

"어디?"

"대기실에, 웨이터 제복으로 갈아입고 있습니다."

그 소리를 듣자마자 사사끼의 부하들이 안쪽 복도로 달려 들어갔다. 그때 현관 안으로 이광과 임종무가 들어섰다.

"웨이터로 변장하고 넷이 와 있어."

허리춤에서 권총을 꺼내 든 사사끼가 이광에게 말했다.

"역시 이 새끼가 끌어들였어, 가자."

양병준의 목덜미를 움켜쥔 사사끼가 총구를 뒤통수에 붙이고 안쪽으로 밀었다. 그때 안쪽에서 여자들의 비명이 울렸다가 금방 그쳤다.

"자, 가자."

사사끼가 양병준을 밀고 안으로 들어가면서 이광에게 말했다.

"이 형, 거기 좀 지켜줘, 그 마담년 구석에 박아놓고."

이광이 머리를 돌려 마담을 보았다. 안면이 있는 마담이다. 카스파 보스 최용환이나 곤도가 왔을 때 접대를 맡은 마담으로 30대 중반쯤의 미인이다. 그런데 지금은 완전 사색(死色)이 되어 있다. 마담의 시선을 받은 이광이 턱으로 구석을 가리켰다.

"구석에 쪼그리고 앉아 있어, 괜히 유탄 맞고 죽을 수가 있으니까."

이미 새파랗게 굳은 마담은 걸음도 제대로 걷지 못하고 구석까지 세 발짝밖에 되지 않았는데도 어기적거렸다. 이광과 임종무는 로비를 가로막고 섰다. 그때 안에서 고함 소리와 함께 여자들의 비명이 울렸다. 사사끼 일행이 사내들과 부딪친 것이다. 야마구치조 해결사들이다. 임종무가 손에 권총을 쥔 채 이 사이로 말했다.

"오늘 또 야마구치조가 얼굴에 똥칠을 하게 되는군."

그때 아가씨 두 명이 달려오다가 로비에 서 있는 둘을 보더니 몸을 돌려 달아났다. 모든 출구를 막고 있어서 안에서 도망쳐 나갈 수가 없는 것이다. 그때 갑자기 고함 소리와 비명이 뚝 그쳤으므로 임종무가 이광에게 말했다.

"처치한 모양입니다."

과연 사사끼 부하 하나가 안에서 달려 나왔다. 밖의 일행에게 연락하려는 것 같다.

"너, 또 한 건 했더구나."

웃음 띤 얼굴로 최용환이 말했다. 토요일 오후 3시, 최용환에게 불려 간 이광이 리버티호텔 15층의 사무실에 앉아 있다.

"운이 좋았습니다."

이광이 말했을 때 최용환이 머리를 저었다.

"아냐, 인마. 네가 열심히 일해서 운이 따른 거야. 내가 성규한테서 이야기 들었다."

최용환의 얼굴은 상기되어 있다. 오전에 곤도한테서 난데없는 감사 인사를 받은 후부터 최용환의 컨디션은 상승 중이다.

"잘했어, 니 덕분에 내 체면이 섰다. 니가 다른 놈 1백 명 역할을 해 준 거야."

"감사합니다."

"열심히 해."

"계속 보고 드리겠습니다."

그때 최용환이 앞쪽에 앉은 조일천에게 말했다.

"이봐, 금일봉 줘."

"예, 회장님."

기다리고 있었던 듯이 조일천이 가슴에서 흰 봉투를 꺼내 이광에게 내밀었다. 얼핏 보아도 묵직한 부피다.

"자, 받아."

조일천이 어깨를 부풀리며 말했고 이광이 봉투를 받았다. 그러나 당황한 표정으로 최용환을 보았다.

"회장님, 저한테 이러시지 않아도……."

"얀마, 그래도 내가 줘야 생색이 나지."

소파에 등을 붙인 최용환의 얼굴에 웃음이 떠올랐다.

"곤도한테 말할 거다, 너한테 금일봉 줬다고 말이야."

"아아, 예."

"그럼 그놈은 나한테 더 미안하겠지, 안 그러냐?"

"예."

"글고 넌 금일봉 받을 자격이 있어, 인마."

"감사합니다, 회장님."

"내가 너 같은 놈을 데리고 있어야 되는데."

눈을 가늘게 뜬 최용환이 이광을 노려보았다.

"이 새끼, 삼류도 아니고 오류 대학을 다니면서 잘난 척하고 있어, 개새끼."

"죄송합니다, 회장님."

허리를 꺾은 이광의 머리 위로 최용환의 말이 물벼락처럼 쏟아졌다.

"얀마, 졸업장 딸 때까정 곤도 밑에 있다가 졸업하면 내 비서로 와, 내가 중간보스 급으로 올려줄 테니까."

"영광입니다, 회장님."

다시 허리를 굽혔던 이광이 최용환의 눈치를 보고 나서 다시 절을 하고 방을 나왔다. 엘리베이터 앞으로 다가가 선 이광에게 고성규가 서둘러 다가왔다. 고성규도 방에 같이 있었던 것이다. 방에는 간부급 10여 명이 모여 있었던 터라 이광의 포상식장이나 같았다. 엘리베이터에는 둘이 탔으므로 문이 닫히자마자 고성규가 말했다.

"야, 1백만 원이야. 우리 회장님이 1백만 원 금일봉 준 건 처음이다."

봉투 부피로 봐서 그쯤 되리라 예상은 했지만 이광이 숨을 들이켰다. 이제 이 돈이면 졸업 때까지 생활비, 등록금이 된다. 한 달 20만 원씩 받는 월급은 동생 이명화한테 5만 원씩 보내주고 15만 원은 저축할 수가 있겠다. 그때 고성규가 말했다.

"너 오기 전에 회장님이 간부들한테 주의를 주었는데 곧 야마구치조가 이마가와조를 본격적으로 칠 것이라고 했다."

위쪽 전광판을 올려다보면서 고성규가 서둘러 말을 이었다.

"네 놈 중 둘이 병신이 되었어, 지난번 사건도 있고. 야마구치조가 이번에 보복을 못 하면 간판 내릴 것이라고 한다."

이광이 숨을 들이켰다. 어제 양병준의 배신을 안 것은 고성규 덕분이다. 고성규가 말해주지 않았다면 곤도는 깨끗이 당했다. 어쨌든 어젯밤 야마구치조 해결사 넷은 총에 맞고 두들겨 맞아 늘어진 후에 끌려나갔고 양병준은 살려 보냈다.

아래층 로비에 도착한 이광이 고성규에게 눈인사를 하고는 호텔을 나왔다. 문 앞에서 기다리던 임종무가 다가왔는데 굳은 표정이다.

"이 형, 경찰이 찾습니다."

"경찰이?"

발을 멈춘 이광이 임종무를 보았다.

"나를 찾아요?"

"예, 어젯밤 사건이 터졌는데 누가 이 형 이름을 댄 것 같습니다."

임종무가 바짝 다가섰다.

"회사에 연락했더니 경찰이 회사로 이 형을 찾아왔다는 겁니다."

산 정상에서 추락하는 느낌이 든다.

강력계로 들어서자 안쪽에 앉아 있던 사내가 이광을 향해 번쩍 손을 들었다. 30대 후반쯤으로 후줄근한 점퍼 차림에 머리는 덥수룩했고 평범한 용모다. 다가선 이광이 물었다.

"오창근 형사님이세요?"

"아, 이광 씨, 앉아요."

사내가 머리를 끄덕이며 책상 옆에 놓인 의자를 턱으로 가리켰다. 오후 5시, 강력계 안은 소란하다. 방금 잡혀 온 두 사내를 구석 쪽 의자에 앉히느라고 형사 대여섯 명이 몰려가 있다. 이광이 자리에 앉자 오창근이 눈을 가늘게 뜨고 보았다. 얼굴에 웃음기가 떠올라 있다. 이광은 먼저 심호흡을 했다. 임종무한테서 이야기를 듣고 바로 연락을 했던 것이다. 오창근이 연락하라고 회사에 전화번호를 남겨놓았기 때문이다.

"이광 씨가 요즘 떠오르는 별이던데."

오창근이 웃음 띤 얼굴로 말을 이었다.

"이틀 전 오후 7시 반, 파리클럽에서 한바탕 난리가 났지요?"

"예? 저는……."

"아, 이광 씨는 무슨 혐의가 있는 게 아뇨, 그저 물어보려고 부른 겁니다."

오창근이 주머니에서 담배를 꺼내 부스럭거리며 입에 물었지만 불을 붙이지는 않았다.

"거기서 네 명이 중상을 입고 끌려 나갔다는 건 아는데 아직 찾지 못했거든."

그때 오창근이 가늘게 뜬 눈으로 이광을 보았다.

"이광 씨는 현장에 있었지요?"

"예, 우리 사장님이 예약을 하셔서요."

"그놈들을 어떻게 했는지 알아요?"

"무슨 말씀인지 잘 모르겠습니다."

"그, 중상을 입은 놈들이 일본 야쿠자 야마구치조라는 소문이 있어요, 알지요?"

"모릅니다."

"물론 한일금융이 야쿠자 이마가와조가 투자한 회사라는 것도 모르시겠군?"

"금시초문입니다."

"한일금융 사장 곤도가 이마가와조 간부라는 것도 모르시고?"

"처음 듣는 말인데요."

"난 이광 씨가 곤도 목숨을 구해준 생명의 은인이라는 것도 아는데, 그것도 금시초문이오?"

"도대체 누가 그랬는지 데리고 와 보시지요."

어깨를 편 이광이 똑바로 오창근을 보았다. 시인해도 상관없는 일이었지만 오창근의 말투가 거슬렸기 때문이다. 실실 쪼개면서 비꼬듯 묻는 것이 무시하는 것 같다. 그때 오창근이 정색했다.

"오성대 상대 경영학과 3학년으로 제대파, 27세, 신촌 카스파 조직원은 아니지만 최용환 회장의 신임을 받고 있는 데다 카스파와 제휴한 이마가와조 곤도 사장의 생명의 은인."

한마디씩 또박또박 말한 오창근이 다시 눈을 가늘게 떴다.

"이게 떠오르는 별이 아니고 뭐요?"

"그래서 체포하신다는 겁니까?"

"어허, 이 형, 오버하지 마."

이맛살을 찌푸린 오창근이 들고 있던 담배를 재떨이에 눌러 부러뜨렸다.

"난 이 형을 불러서 경고를 해주는 거야. 잘못 빠지면 인생을 조질 수 있다는 경고를 말이야, 그리고……."

오창근이 똑바로 이광을 보았다.

"내가 이 형을 불렀다는 것이 지금쯤 카스파, 곤도한테도 싹 전해졌겠지, 이것으로 그놈들을 긴장시키는 효과를 얻는 거야. 너희들, 우리가 주시하고 있으니까 까불지 마라, 하고 말이야."

"……."

"이 형을 체포할 증거도 없고 그럴 생각도 없어. 오늘 이 형하고 안면이나 익히려는 거야, 기분 나빴으면 풀어."

이러는데 이광이 어깨에 힘을 줄 이유가 없다. 이광이 머리를 끄덕였다.

"알겠습니다, 오 형사님."

"난 서른일곱이야, 자네보다 딱 10년 연상이지."

"아, 예."

"우리, 형님 동생 하는 게 어때?"

문득 오창근이 물었지만 이광이 바로 대답했다.

"아, 싫어요."

"왜?"

"내가 이용만 당할 것 같으니까요."

"아니, 그게……."

입맛을 다신 오창근이 손을 내밀었다.

"쪽팔리게 만드네, 악수나 하지."

이광이 손을 잡았을 때 오창근이 다시 눈을 가늘게 떴다.

"상부상조하자는 거야, 다시 생각해봐."

"봐서요."

손을 뺀 이광이 자리에서 일어섰다.

6시 15분, 고려호텔 라운지는 그야말로 선남선녀로 가득 찼다. 제각기 힘껏 멋을 부리고 나온 터라 모두 모델 같고 배우 같다. 그러나 아무리 노력해도 바탕은 바꿀 수가 없는 법이다. 1분만 유심히 보면 촌티, 싼티가 다 드러났다. 2분 동안 보면 제대로 입고 어울리는 쌍은 눈 씻고 보아도 찾기 힘들었다. 3분 동안은 볼 것도 없다. 이광은 라운지로 들어서면서 남녀의 주목을 받았는데 그도 그럴 것이 카스파 회장의 단골 양복점에서 전용 재단사가 맞춰준 양복이 몸에 딱 맞는 데다 이제는 그 옷이 몸에 익숙해져 있었기 때문이다. 더구나 1m 85의 늘씬한 키에 85킬로의 단단한 체격이다. 보통 남자보다 머리통 하나는 컸으니 시선이 집중될 만했다. 그래서 라운지 복판에서 두리번거렸더니 수백 명 인파를 헤치고 나은현이 다가왔다. 얼굴에 함박웃음을 띠고 있다.

"오빠, 왔어?"

"어, 너 혹시 누구 와 있는 거 아니지?"

정색한 이광이 묻자 다가선 나은현이 눈을 흘겼다.

"미쳤어?"

나은현이 이광의 팔을 끼고는 안쪽으로 끌었다.

"내 친구들 소개시켜줄게."

"응, 괜찮은 친구 있어?"

안으로 들어가면서 나은현이 친구들과 알은체를 했는데 친구들은 어김없이 이광을 훑어보았다. 안쪽에서는 피아노 연주에 맞춰 노래를 불렀고 술과 안주가 준비되어 있다. 들뜬 분위기다. 모두 바쁘게 오갔으며 곳곳에서 웃음소리가 터졌다.

나은현의 친구 셋은 제각기 남자친구를 대동하고 있었는데 이광을 보더니 웃으며 한마디씩 했다. 그런데 셋 중 둘이 지난번 제대파 미팅 때 보았던 친구들이었다. 인사를 마친 이광에게 나은현이 귓속말을 했다. 입술을 바짝 이광의 귀에 붙이고 소곤대며 말한 것이다.

"쟤들도 오빠 몰라보고 있어."

이광이 웃음 띤 얼굴로 나은현을 보았다.

"넌 언제 알았는데?"

"클럽에서."

이광의 팔을 두 손으로 감싸 안은 나은현이 눈웃음을 쳤다.

"그러다가 나중에 집에 가서 확신이 들었어, 오빠."

"야, 좀 떨어져라."

앞에 있던 친구가 눈을 흘기며 말했다. 친구 파트너는 한 발짝 거리로 떨어져 서 있다. 지난번 미팅 때 나온 친구다. 쓴웃음을 지은 이광이 나은현의 팔을 떼고는 옆쪽 바로 다가갔다.

파티장은 점점 소란해졌고 안쪽에서는 가수들의 공연이 시작되려고 한다. 캔맥주를 쥔 이광이 한 모금 삼켰을 때 나은현이 다가와 옆에 붙어 섰다. 얼굴이 상기되었고 눈은 반짝였다.

"오빠, 우리 나갈까?"

"파티 시작한 지 얼마 되지 않았잖아?"

한 모금 맥주를 삼킨 이광이 주위를 둘러보았다. 시선이 마주친 나은현의 친구 하나가 손을 들어 보였다.

"저 봐, 오빠 인기가 최고야."

"지난번 커피숍에서 만났던 네 미팅 파트너에 대해선 뭐라고 했는데?"

"촌놈."

나은현이 이광의 팔을 감싸 안고는 키득 웃었다.

"거지같다고도 했어."

"나쁜 년들."

"오빠."

나은현이 이광의 팔을 더 세게 당겼다. 시선이 마주치자 나은현이 말했다.

"나, 오빠 좋아해."

"그럼 호텔 갈까?"

나은현이 머리를 끄덕였으므로 이광이 발을 떼었다. 호텔로 갈 생각은 없다. 불쑥 말이 그렇게 나왔을 뿐이다. 로비로 나온 나은현이 이광을 보았다.

"오빠, 나 오늘 집에 들어가지 마?"

순간 이광이 숨을 들이켰다. 나은현의 시선이 똑바로 부딪쳐 왔는데 눈이 부신 느낌이 든 것이다. 그때 이광이 머리를 저었다.

"아니, 집에 가."

"오늘 밤 호텔 가자면서?"

나은현의 얼굴이 조금 붉어졌고 눈동자가 흔들렸다. 로비에 사람들이 오가고 있었으므로 이광이 나은현의 팔을 잡아 기둥 옆에 붙어 섰다. 이광이 이제는 나은현의 앞으로 바짝 다가섰다.

"안 가기로 마음을 바꿨어."

"왜?"

"넌 특별한 여자니까."

심호흡을 한 이광이 똑바로 나은현을 보았다.

"아낄 만한 가치가 있는 여자야."

"이 자식이 진짜로 또 가져왔네?"

놀란 유상문 교수가 앞에 놓인 양주 두 병을 보면서 웃었다. 일요일 오후 2시 반, 이광은 양주뿐만이 아니라 향수도 세 병이나 가져와서 지금 사모님을 감동시키고 있다. 사모님이 과일을 깎아 왔으므로 유상문이 권했다.

"과일 들어라."

"예, 교수님."

"넌 별종이야."

서재에 둘이 마주보고 앉았을 때 유상문이 웃음 띤 얼굴로 말을 잇는다.

"지금까지 20년 애들 겪었지만 넌 별난 놈이다."

"제 진로가 걱정입니다."

정색한 이광이 유상문을 보았다. 이제 1년도 남지 않은 것이다. 대개 4학년 1학기 때 취업을 했고 남은 학점은 리포트로 때우고 졸업을 했다. 머리를 끄덕인 유상문이 정색하고 이광을 보았다.

"너, 3년 재수했지?"

"예, 교수님."

"네가 지금 나이가 몇이냐?"

"스물일곱입니다."

"스물여덟에 취업하겠네."

"예."

"대기업 가려면 나이 제한에 걸리겠다. 대기업들이 스물여섯까지 자르는 것 같던데."

맞다. 1년 재수까지는 허용이 된다는 말이다. 3년 재수는 갈 곳이 없다고 했다. 그리고 오성대 학벌로는 대기업 취업이 하늘의 별 따기다. 그때 이광이 입을 열었다.

"전 대기업에 나이 제한도 걸리지만 갈 생각이 없습니다."

"그래? 왜?"

"경쟁을 하다 보면 제 자신을 잃어버릴 것 같다는 생각이 듭니다."

"역시 별종 같은 생각을 하는군."

말은 그렇게 했지만 유상문이 눈썹을 모으고 이광을 보았다.

"대기업은 엘리트 집단이야. 배우는 것이 더 많고 조직이 체계화되어 있어서 나중에 사업체를 운영하는 데도 큰 도움이 된다."

이광이 심호흡을 했다. 그러나 오성대 출신이 대기업인 일성이나 대한에 입사한 경우는 아주 드물었다. 누구는 고시 패스에 비교하기도 한다. 유상문이 말을 이었다.

"대기업에서도 우리 오성대에 티오를 보내주니까 내년 초에 보자."

특전이다. 숨을 들이켠 이광이 허리를 꺾어 절을 했다.

"감사합니다, 교수님."

"내가 양주 네 병 먹었다고 하는 소리가 아냐 인마. 넌 대기업에 가서도 잘할 놈이야, 내가 사람은 볼 줄 안다."

"기운이 납니다, 교수님."

"학교 성적이 우수했다고 사회에 나가서 출세한다는 공식은 없어.

오히려 학교에서 두각을 나타내지 못했던 놈이 기업체에서 발군의 실력을 내는 놈들도 있다."

"아, 예."

"그것은 잠재되었던 능력이 표출되었을 수도 있지만 적성에 맞는 직종을 잡았기 때문이었다. 기억해둬라."

그야말로 피가 되고 살이 되는 조언이다. 숨을 죽인 이광에게 유상문이 말을 이었다.

"사회생활에서 가장 중요한 덕목은 인화력, 추진력, 그리고 임기응변력이다. 이건 모자라면 노력해서 보완해야 될 거다."

"명심하겠습니다."

"끈기도 필요해."

"예, 교수님."

"넌 어느 업종을 원하는 거냐?"

"무역입니다."

"무역이라."

유상문이 천천히 머리를 끄덕였다.

"그래, 네 성품에 맞겠다."

이광의 시선을 받은 유상문이 말을 이었다.

"한국이 앞으로 살아나갈 길이 바로 무역이지. 너처럼 적극적이고 진취적인 놈이 앞장서서 뛰어야지."

"감사합니다, 교수님. 힘이 되었습니다."

"아냐, 잘 선택했어."

이광이 심호흡을 했다. 이런 대화가 1백 시간 강의보다 나은 것이다. 유상문이 지그시 이광을 보았다.

"네가 무역을 하겠다면 대기업에서 일하는 것보다 네 개성을 더 발휘할 수 있는 중소기업이 나을 것 같다."

유상문이 천천히 머리를 끄덕였다.

"네 생각이 맞는 것 같아. 넌 보스 자질이 있어, 소꼬리보다는 닭대가리가 되는 것이 낫겠다."

그러더니 쓴웃음을 지었다.

"정정한다, 닭 머리다."

전화기를 귀에서 뗀 후미코가 이광을 보았다. 오후 5시 반이 되어가고 있다.

"고성규 씨라네요."

전화기를 받아 쥔 이광이 귀에 붙였다.

"아, 형, 무슨 일?"

그때 고성규가 다급하게 말했다.

"큰일 났다."

"뭐가 말이요?"

긴장한 이광이 몸을 굳혔다. 옆에 앉은 후미코가 바라보고 있었으므로 이광이 몸을 돌렸다. 고성규가 말을 이었다.

"회장이 당했어."

숨을 들이켠 이광의 귀에 고성규의 말이 쏟아졌다.

"동교호텔 사우나에 있다가 찔렸어! 종로파 놈들인 것 같아!"

"어떻게 되었는데요?"

차분해지려고 노력했지만 목소리가 굳어 있다. 그때 고성규의 말이 이어졌다.

"여러 군데 찔렸어! 위독해!"

"그, 그럼."

"서울병원 응급실로 실려 갔는데 그쪽에 누가 말해준 것 같지 않으니까 네가 곤도한테 말해!"

"알았습니다."

"난 양구네 사무실에 있을 테니까 그쪽으로 연락해!"

"예, 형."

전화기를 내려놓은 이광이 후미코를 보았다. 곤도를 만나려면 후미코를 통해야만 한다.

"후미코, 사고가 났어, 곤도 님 면담을."

후미코가 일어나더니 서둘러 곤도의 방문을 노크하고 나서 들어섰다. 그러더니 5초도 되지 않아서 이광을 불렀다. 이광이 들어서자 곤도가 물었다.

"무슨 일이야?"

"회장님이 습격을 받아서 위독하답니다."

"뭣이?"

곤도의 얼굴이 하얗게 굳어졌다.

"누가 그런 거야?"

"고성규 씨 전화를 받았습니다, 종로파가 그런 것 같다는데요."

"지금 어딨어?"

"서울병원 응급실에 있답니다."

"이런."

당황한 곤도가 전화기를 들었다가 아직 옆에 서 있는 후미코에게 소리쳐 지시했다.

"사사끼를 불러!"

후미코가 뛰듯이 나갔고 곤도는 버튼을 눌렀다. 그러자 곧 통화가 되었는데 곤도는 일본어를 쓴다. 곤도가 격양된 목소리로 서둘러 통화를 끝내더니 전화기를 내려놓으면서 이광을 보았다.

"그래도 네가 제일 먼저 나한테 알려주는구나."

"당연하지요."

"야마구치가 종로파를 시켜서 한 짓 같다. 결국은 나를 노리는 거야."

"그렇습니까?"

그때 사사끼가 부하 두 명을 데리고 뛰어 들어왔다. 후미코한테 이야기를 들었는지 얼굴이 굳어 있다.

"사사끼, 도다 전무한테 연락해서 비상을 걸어라."

곤도가 서둘러 지시했다.

"난 회장께 연락을 하겠다."

"예, 사장님."

이제는 둘이 일본어로 이야기를 시작했으므로 이광은 후미코와 함께 방을 나왔다.

"큰일 난 거야?"

후미코가 걱정스러운 얼굴로 물었으므로 이광이 쓴웃음을 지었다.

"한일금융은 적법한 절차를 밟고 설립된 회사인데 뭐가 걱정이야?"

"그래도 카스파가 한일금융의 배경이었잖아? 회장이 습격을 받았다면……."

"그만."

이광이 손가락을 입에 붙였다가 떼고는 후미코를 보았다. 비서실 안에는 둘뿐이다. 항상 대기하던 오무라는 차고에 가 있는지 보이지 않았다.

"전쟁이 일어나도 후미코, 넌 다치지 않을 거야, 신경 쓰지 마."

"그래도 난 조원(組員)은 아니지만 도망칠 수는 없어."

후미코가 정색하고 이광을 보았다. 갸름한 얼굴이 긴장으로 굳어져 있었고 눈빛이 강하다. 순간 숨을 들이켠 이광이 머리를 끄덕였다. 감동을 받은 것이다. 후미코는 이마가와조(組)가 운영하는 회사의 직원일 뿐이지만 의리를 지키려고 한다. 그때 비서실로 곤도의 경비 팀원 서너 명이 뛰어 들어오더니 곧장 사장실로 들어갔다. 후미코와 이광이 서로의 얼굴을 보고 나서 동시에 어깨를 늘어뜨렸다. 상황이 급박한 것을 실감한 것이다. 이광이 입맛을 다시면서 말했다.

"후미코, 난 네 옆에 있을게."

"시발놈들이 벌써부터 똘마니들을 모으고 있어, 회장이 죽지도 않았는데."

고성규가 눈을 치켜뜨고 말했다. 밤 10시 반, 직업소개소 사무실 안이다. 소장실에는 고성규와 심복 박양구, 그리고 이광까지 셋이 앉아있었는데 바깥 사무실에는 7, 8명의 부하가 모여 있다. 이곳이 고성규의 본부나 같다.

박양구는 이광보다 한 살 위인 28살이었는데 폭력전과가 3범, 4년 동안 '빵'에 갔다 왔기 때문에 군대 면제다. 주먹도 잘 쓰지만 손에 칼을 쥐면 기어코 상대를 쑤시고 마는 터라 별명이 '칼빵', 180의 키에 평범한 인상이지만 독종이다. 고등학교 2학년 중퇴 학력이나 빵에서 고졸 검정고시 합격, 한자를 좋아해서 별명이 또 하나 있다. '공빵'이다. 공자님이 '빵'에 있다는 말인 것 같다. 고성규의 심복이 된 것은 박양구가 빵에 있을 때 식구들을 끝까지 돌봐주었기 때문일 것이다. 박양구 어머니가 돌아갔을 때도 고성규가 상주가 되어서 장례까지 치렀다. 박양구가 '빵'에 있었기 때문이다. 이렇게 심복이 만들어지는 것이다. 지금 고성규는 카스파의 제2인자 조일천과 3인자 배동식이 자기 세력을 모으고 있는 것에 분개하고 있다. 회장 최용환이 기습을 당한 지 만 하루도 지나지 않은 상황이다. 5시에 당했으니 5시간 반이 지났을 뿐이다.

"개새끼들."

고성규가 이 사이로 말했는데 부릅뜬 눈에는 눈물까지 고여 있었다.

"회장한테 그렇게 아부하던 놈들이 지금은 병원에 감시만 남겨놓고 있어."

고성규가 마침내 손등으로 눈을 닦았다. 그때 이광이 말했다.

"형, 군대 안 갔죠?"

"응?"

고성규가 숨을 들이켰고 박양구는 눈을 가늘게 떴다. 고성규도 전과 때문에 군 면제다. 무학자도 입대시켰지만 전과자는 안 된다. 어깨를 부풀린 고성규가 물었다.

"무슨 말이야? 이 자식아."

"분대장이 죽으면 당연히 부분대장이 대장이 되는 겁니다."

"그래서?"

"그런데 여긴 부분대장, 부부분대장이 서로 분대장 되려고 하는 군요."

"그, 분대장인지 지랄인지 빼, 이 새꺄."

"형."

236

어깨를 부풀린 이광이 고성규를 보았다.

"저, 그 싸가지 없는 두 놈을 없애 버립시다."

그때 고성규가 숨을 들이켰고 박양구는 눈을 더 가늘게 떴다. 이광이 말을 이었다.

"싸가지를 보니까 그 두 놈이 종로파하고 손을 잡았을 가능성이 많아요. 회장이 되려면 무슨 짓이든 할 겁니다. 그렇지 않아요?"

"너, 지금……."

고성규의 얼굴이 누렇게 굳어졌다. 그때 박양구가 이광에게 말했다.

"맞아, 조 사장이 종로파 부두목 홍기천이하고 친해. 쉬쉬하지만 내가 알아."

"그것 봐요."

"그래서 어쩐다고? 너 이 새끼 미쳤어?"

정신을 가다듬은 고성규가 목소리를 높였을 때 이광이 말을 이었다.

"없애는 건 나한테 맡기세요, 형."

"뭐라고?"

"아마 지금쯤 곤도 사장도 불안할 겁니다. 종로파가 잡으면 수십억 투자한 한일금융이 날아가게 되니까요."

이제 둘은 몸을 굳힌 채 시선만 주었고 이광이 목소리를 낮췄다.

"내가 곤도 씨한테 이야기해보지요, 곤도 씨 해결사를 쓰면 됩니다."

"……."

"지금 어수선할 때 기회가 좋아요. 두 놈이 제 세력만 굳히려고 주위가 허술할 때 치는 거죠."

"야, 너……."

고성규가 갈라진 목소리로 이광을 불렀다.

"너, 이 새끼……."

"내가 다시 연락하지요."

자리에서 일어선 이광이 둘을 번갈아 보았다.

"이것은 회장에 대한 의리이기도 합니다. 회장이 세운 카스파를 지키는 것이기도 하고요."

"그렇죠."

따라 일어선 박양구가 번들거리는 눈으로 이광과 고성규를 번갈아 보았다.

"합시다, 형님."

"야, 너희들……."

"광이한테 일단 맡겨 보십시다, 형님."

"그러다가……."

"시발, 한 번 죽지 두 번 죽습니까?"

눈을 부릅뜬 박양구가 이광의 어깨를 감싸 안고 말했다.

"나는 광이를 믿습니다."

밤 11시 반, 한일금융 사장실에 곤도와 이광, 도다, 사사끼까지 넷이 둘러앉았다. 모두 굳은 표정, 방금 이광의 이야기를 들었기 때문이다. 방안에서는 숨소리도 들리지 않는다. 곤도는 눈을 치켜뜨고 이광을 응시한 채 숨을 쉬는 것 같지도 않다. 이광이 중대한 이야기를 하겠다고 해서 곤도는 넷만 불러 모았던 것이다. 이윽고 곤도가 입을 열었다.

"이상, 그 계획은 이상한테서 나온 것인가?"

"그렇습니다."

어깨를 편 이광이 똑바로 곤도를 응시했다. 곤도는 이광을 이 군, 또는 이상으로 불렀는데 이상은 이씨(氏)라는 호칭이다. 곤도의 현재 상태가 그대로 반영되었다. 이광을 어렵게 생각하는 것이다. 다시 곤도가 물었다.

"그것을 한 시간 전에 생각해냈다는 말인가?"

"그렇습니다."

어깨를 부풀린 이광이 쓴웃음을 지었다.

"사장님, 이대로 가다가는 조일천, 배동식 둘 중 하나가 장악하든, 둘이 단합을 하든지 간에 종로파의 영향력을 벗어날 수 없습니다. 카스파가 독자적으로 최 회장 시대처럼 유지되기 위해서는 고성규가 낫습니다."

"자네가 고성규 씨 후배라고 했지?"

"예, 하지만 이 계획은 제가 한 시간 전에 내놓은 것입니다."

"고성규 씨는 동의했나?"

"그렇습니다."

"고성규 성격은?"

"최 회장 뒤를 이을 겁니다. 종로파하고 전혀 관계가 없습니다."

"그, 조일천, 배동석, 제거 방법은?"

마침내 곤도가 물었는데 두 눈이 번들거리고 있다. 사사끼와 도다는 굳은 채 눈동자만 굴리고 있다. 그때 이광이 말했다.

"제가 둘을 만나지요."

"이상, 자네가 말인가?"

놀란 곤도가 입을 반쯤 벌린 채 아직 닫지 않았다. 이광이 말을 이었다.

"사장님 전갈이라고 둘만 보자고 할 겁니다. 그럼 나오겠지요."

"……."

"그때 둘을 처치하는 겁니다."

다시 방안에 정적이 덮였다. 오직 이광의 숨소리만 들렸다. 이윽고 긴 숨을 뱉은 곤도가 도다와 사사끼를 보았다.

"어떻게 생각하나?"

그때 도다가 대답했다.

"최 회장을 찌른 종로파 배후에 야마구치가 있습니다. 놈들 목표는 우리입니다."

"맞습니다."

사사끼가 어깨를 펴고 곤도를 보았다.

"이상의 작전에 찬성합니다. 제가 해결사로 나서겠습니다."

"이것 참."

곤도의 시선이 다시 이광에게 옮겨졌다.

"이상, 자네는 조직원도 아니면서 왜 이렇게 깊숙이 끼어드나?"

"최 회장은 한때 제가 비서로 모시고 있던 분 아닙니까?"

"그, 그렇지."

"지금 식물인간이 되어서 중환자실에 누워있습니다. 이렇게 허무하게 끝내면 안 된다고 생각합니다."

"그것 때문인가?"

"아니죠, 저는 지금 사장님 비서올시다. 사장님의 이 회사가 하루아침에 다른 놈 손에 넘어가면 안 된다는 생각도 듭니다."

"그렇군."

"또 있습니다."

"뭔가?"

"병신 같은 놈들이 카스파를 장악하게 둘 수는 없었습니다. 고성규는 최 회장의 기질을 이어갈 만한 사람이기도 합니다."

"결정했어."

마침내 곤도가 어깨를 펴고 소리치듯 말했다.

"내 책임하에 작전하겠어."

"따르겠습니다."

"하겠습니다."

도다와 사사끼가 거의 동시에 대답했을 때 곤도가 이광에게 물었다.

"이상, 작전의 중심은 이상일세, 어떻게 그놈들을 유인할 것인가?"

"유인할 것도 없지요, 내가 사장님이 보자고 한다고 말하면 다 올 겁니다."

이광이 소파에 등을 붙였다.

"그럼 기다렸다가 치는 겁니다."

"알겠네, 일을 치르고 바로 일본으로 보내면 되겠군."

이광의 계획을 읽을 수 있었는지 곤도가 머리를 끄덕였고 사사끼도 거들었다.

"내가 대원을 선발하겠습니다. 목표물만 앞에 놓으면 틀림없이 끝냅니다."

서열 7위의 전노성은 서울병원 중환자실 앞에 앉은 채 입을 열지 않았다. 주위에 부하 넷이 앉거나 서서 눈치만 보았는데 한 시간 전에는 일곱이었고 세 시간 전에는 10여 명, 병원에 최용환이 실려 왔을 때는 20명이 넘었다. 밤 12시 10분, 최용환은 수술은 끝냈지만 의식이 돌아오지는 않았다. 사우나에서 알몸으로 앉아 있다가 뛰쳐 들어 온 세 놈한테서 14군데 칼을 맞은 최용환이다. 그중 머리를 찔린 것이 치명상이 되어 식물인간이 된 것이다.

최용환의 경호 책이며 비서실장까지 겸해온 전노성이다. 다시 길게 숨을 뱉은 전노성이 물끄러미 중환자실 입구를 보았다. 제2인자 조일천과 3인자 배동식은 수술이 끝날 때까지 지켜 서 있더니 어느새 사라졌다. 지금 복도 끝 쪽에 둘이 보낸 부하 서너 명이 서성거리고 있었는데 혹시 최용환이 깨어날 것을 염려하는 것 같다. 머리를 든 전노성이 옆에 선 부하들을 둘러보았다. 시선이 마주치자 부하들이 제각기 외면했다.

"너희들뿐이냐?"

불쑥 전노성이 묻자 부하들이 당황했다.

"형님, 나머지는 저기, 아래층에……."

"그래."

머리를 끄덕인 전노성이 외면했다. 이제 카스파에 미련도 없다. 조일천과 배동식은 최용환도 믿지 않았던 놈들이니 저러는 건 당연했다. 그나저나 회장이 쓰러진 지 10시간도 되지 않았는데 병실을 지키지도 않다니, 전노성은 의사가 식물인간이 된 것 같다고 이야기할 때의 둘의 표정을 떠올렸다. 둘이 똑같이 숨을 들이켰고 눈빛이 강해졌던 것이다. 전노성은 소리죽여 숨을 뱉었다. 그렇다. 최용환의 책임도 있다. 최용환은 절대로 2인자를 키워주지 않았던 것이다. 조금만 힘이 붙는 것 같으면 가차 없이 꺾었다. 그러니 속으로 벼르고 있었겠지. 최용환의 자업자득인지도 모른다.

그때 뒤쪽에서 수선거리는 소리가 들리더니 곧 전노성의 옆으로 사내 하나가 다가와 섰다. 머리를 든 전노성이 자리에서 일어섰다.

"형님."

서열 4위의 고성규다. 순간 전노성의 두 눈에서 눈물이 흘러내렸다. 동병상련이다. 같은 입장이 된 고성규를 보자 갑자기 서러워진 것이다. 그때 고성규의 눈에서도 눈물이 쏟아졌다.

"야, 이야기 좀 하자."

고성규가 전노성의 어깨를 움켜쥐면서 말했다. 밤 12시 반이 되어가고 있다. 그 시간에 신촌의 로즈 룸살롱 앞에 승용차 3대가 멈춰 서더니 10여 명의 사내들이 쏟아지듯 내렸다. 그러고는 한 사내를 둘러싸고 룸살롱 안으로 들어섰다.

"어서 오십시오."

룸살롱의 로비에서 기다리던 사내가 인사를 했다. 바로 이광이다.

"어, 와 계셔?"

경호원에 에워싸인 사내가 물었는데 바로 카스파 2인자인 조일천이다.

"예, 안에 계십니다. 들어가시지요."

이광이 앞장을 섰고 조일천이 뒤를 따라 안쪽 복도로 들어섰다.

"배 사장은 왔나?"

"예, 조금 전에 와 계십니다."

이광이 대답했다. 안에서 한일금융의 곤도 사장이 기다리고 있는 것이다. 이번 사건에 가장 당혹한 사람 중의 하나가 바로 한일금융의 곤도 사장이다. 합작 파트너인 최용환이 식물인간이 되었으니 시급히 대책을 세워야만 할 것이다. 그래서 카스파의 제2, 3인자를 이곳으로 모신 것이다. 복도 안쪽의 밀실 앞으로 다가선 이광이 멈춰 서더니 조일천을 보았다. 로즈 룸살롱은 카스파 소유로 조일천도 수십 번 와본 곳이다. 문을 연 이광이 조일천이 들어서도록 비켜섰다.

"들어가시지요."

"어, 그래."

어깨를 편 조일천이 곤도와 배동식이 기다리는 방으로 들어섰고 이광은 밖에서 문을 닫았다. 이광이 다시 로비로 나오자 조일천과 배동식의 부하들이 힐끗거렸지만 말을 걸지는 않았다. 그들 사이를 지나 현관 밖으로 나오면서 이광은 문득 공비를 떠올렸다. 고구마3 앞을 지나는 공비의 심정이 이럴 것이었다. 방안에는 사사끼가 부하 둘과 함께 기다리고 있을 것이었다. 서둘러 옆쪽 골목으로 들어선 이광이 어두운 골목에서 어른거리는 그림자를 보았다. 다가간 이광에게 그림자가 다가왔다. 사사끼다. 사사끼가 뒤쪽 창문을 열고 나온 것이다. 일을 끝냈다.

"자, 이쪽으로."

사사끼의 뒤에는 방에 들어간 부하들 둘이 따른다. 이광이 다시 앞장을 서서 골목을 나왔다.

"어? 어제 서열 2위, 3위가 당했어?"

놀란 오창근이 눈을 동그랗게 떴다.

"그래, 신촌 로즈 룸살롱에서 당했다는군."

동료 형사 이상만이 담배를 꺼내 물며 말했다. 오전 8시 반, 오창근은 막 강력계에 출근을 한 참이다.

"누구 짓이야?"

"글쎄, 그것이……."

입맛을 다신 이상만이 길게 담배 연기를 뿜고 나서 말을 이었다.

"어제 사건 일어나고 나서 바로 신고가 들어왔는데, 어젯밤 당직이었던 최 형사가 조사를 했어."

"그래서?"

"신고자가 일본 놈하고 대학생인데, 참 지난번 자네가 조사를 한 놈이야."

이제는 시선만 주는 오창근을 향해 이상만이 길게 담배 연기를 뿜었다.

"나도 옆에서 들었는데 그럴듯하더라고."

"어떻게 된 일인데?"

"최용환이가 당하고 나서 뒷일을 상의하려고 로즈로 모였는데 방에서 둘이 서로 싸우다가 그렇게 된 거야."

"……."

"조일천이 먼저 쳤고 배동식이 나중에 칼부림을 했어, 둘 다 머리를 다쳐서 의식불명이야, 이제 카스파는 1, 2, 3위가 다 공석이야."

"……."

"싸움을 말리던 일본 놈의 증언이 있는 데다 맨 처음에 현장을 목격한 대학생 그놈의 증언하고 딱 맞아, 그놈 이름이 뭐더라?"

"이광."

"맞아, 나도 최 형사 옆에서 들었는데 앞뒤가 잘 맞았어."

"……."

"일본 놈은 변호사들이 왔고 일본 대사관에서 밤인데도 찾아왔더군. 증언이 확실해서 밤에 돌려보냈어, 그, 이광이란 놈도……."

머리를 끄덕인 오창근이 자리에 돌아와 앉았다. 그렇다면 신촌 카스파는 만 하루 만에 회장과 서열 2, 3위가 사라진 셈이었다. 카스파는 자중지란을 일으켜 망하게 될 것 같다.

그날 오후, 3시 반이 되었을 때 강의실에서 나오던 이광이 복도의 창가에 서 있는 오창근을 보았다. 여전히 후줄근한 점퍼 차림의 오창근은 월부 책을 파는 장사꾼 같았다. 시선이 마주치자 오창근이 빙그레 웃었다.

　"어, 별일 아냐, 이야기 좀 하려고."

　다가선 이광에게 오창근이 말했다.

　"어젯밤 쿠데타에 대해서 말이야."

　쓴웃음을 지은 이광이 발을 떼었고 오창근이 옆에 붙었다.

　"대단하구나, 어젯밤 쿠데타를 치르고 나서 바로 강의를 듣는다니."

　"3학점짜립니다. 이거 놓치면 졸업 못 해요."

　"자네 내가 지방대 나왔다고 무시하는 거야?"

　"아닙니다. 그럴 리가 있습니까?"

　둘은 건물 앞 벤치에 나란히 앉아 앞쪽 잔디밭을 보았다. 앞을 지나던 임하영이 이광에게 손을 들어 보였다. 얼굴에 웃음이 떠올라 있다. 그것을 본 오창근이 말했다.

　"내가 조서를 봤어, 방안에서 곤도가 혼자 기다렸다고 했지?"

　"예, 제가 모셔다 드리고 나왔지요."

　"거기 뒷문 자물쇠가 안에서 채워져 있더군."

　"무슨 말씀이신지……."

　"누가 안에서 자물쇠를 풀고 밖에서 기다리던 놈들을 바로 밀실로 데려올 수가 있겠더란 말이지."

　이광의 시선을 받은 오창근이 피식 웃었다.

　"그러고 나서 일 끝내고 나간 후에 누가 다시 열쇠를 잠가놓으면 현장 검증에서도 감쪽같지."

246

"저는 도통⋯⋯."

"어젯밤 현장 조사를 다 했으니까 끝난 일이야."

"⋯⋯."

"그렇게 했다면 어젯밤의 주역은 그 뒷문을 열어준 놈이 될 거야, 그 놈은 양쪽과 다 통하는 놈일 것이고."

"⋯⋯."

"다 끝난 일이니까 신경 쓰지 마."

"⋯⋯."

"그럼 지금쯤 4위 고성규가 카스파를 장악하고 있겠군."

저 혼자 머리를 끄덕인 오창근이 말을 이었다.

"조일천이나 배동식은 종로파하고 끈이 닿아있었어, 최용환이를 습격한 것도 아마 두 놈 중 한 놈의 정보를 받고 저질렀을 거야."

"⋯⋯."

"곤도가 불안했겠지. 고성규는 곤도하고 손발이 잘 맞을 거야."

오창근이 머리를 돌려 이광을 보았다. 정색한 표정이다.

"고성규한테 축하한다고 전해. 자네한테 고등학교 선배가 되지?"

쿠데타가 일어난 지 나흘째가 되는 날 오전, 그날은 이광이 강의가 없는 날이어서 오전 9시 정각에 한일금융 비서실에 출근했다. 카스파는 놀랄 만큼 빨리 안정이 되었는데 고성규가 어제 정식 회장으로 취임했고 서열 7위였던 전(前) 회장 최용환의 비서실장 전노성이 2인자로 부상했다.

최용환, 조일천, 배동식이 모두 병원 중환자실에 누워있었는데 모두 목숨은 건졌다. 그러나 최용환은 평생 하반신을 못 쓰는 신세가 되었고 조일천은 시신경과 뇌를 다쳐 정상적인 대화나 사고가 불가능했다. 배동식은 아직도 의식불명인데 깨어날 가망성이 희박했다.

"사장님이 들어오시래요."

오전 9시 반, 후미코가 말했으므로 이광이 자리에서 일어섰다. 후미코가 이광의 시선을 받더니 눈웃음을 쳤다. 사장실로 들어선 이광이 인사를 하자 곤도가 정색하고 앞쪽 자리를 가리켰다. 왼쪽에는 도다 전무가 앉아 있다가 이광의 시선을 받더니 웃는다. 자리에 앉은 이광에게 곤도가 말했다.

"자넨 이제 카스파나 우리한테도 귀빈이야, VIP란 말이지."

곤도가 VIP란 영어를 또박또박 발음했다.

"아닙니다. 전 특별대우를 바라지 않습니다."

이광이 말하자 곤도는 쓴웃음을 지었다.

"회장님께서도 만나보고 싶다고까지 하셨네, 그리고 직접 사례를 말씀하셨어."

회장님이란 일본 이마가와조 조장을 말하는 것이다. 이광은 심호흡을 했다. 그 말을 들은 이마가와 조원(組員)이라면 환장을 하겠지만 이쪽은 아니다. 그때 곤도가 말을 이었다.

"우리야 이상을 붙잡아두고 싶지만 이상이 졸업할 때까지만 근무를 하겠다니 그 의사를 존중하겠네."

"감사합니다."

"지금 비서실에 근무하는 것이 불편할 테니까 도다 전무의 기획실 과장으로 옮겨 가는 것이 어떻겠나?"

"저는 그럴 자격이 없습니다."

질색을 한 이광이 말했더니 곤도와 도다가 같이 빙그레 웃었다.

"조금 더 자유롭게 근무하도록 하는 거야. 이상, 자네 밑에 임종무를 부서원으로 둘 테니까 그렇게 알면 돼."

도다 전무는 기조실장도 겸하고 있었으므로 가능한 일이다. 이광에게 출퇴근도 자유롭게 만들어 준다는 것이다. 경호원 임종무만 배치시켜 준 것도 그런 맥락이다.

그때 곤도가 탁자 밑에서 검정색 가방을 꺼내 이광 앞에 놓았다.

"이건 사례금일세, 사양 말고 받아주었으면 하네, 이상."

"아닙니다."

이광이 정색을 했지만 이번에는 도다까지 나서서 말했다.

"받지 않는다면 우리 얼굴이 뭐가 되겠나? 우리 회사를 거절하는 것이 되네, 그것은 곧 우리한테는 모욕이네."

"받아주게, 이건 회장님의 뜻이기도 하네."

곤도가 간곡한 표정까지 지었으므로 이광은 숨을 들이켰다.

"감사합니다."

이광이 가방을 쥐고 머리를 숙였다. 그래서 개운해진다면 사양할 필요도 없는 것이다. 무거운 가방을 쥐고 비서실로 돌아왔더니 후미코가 외면했다. 그러는 걸 보니 내막을 알고 있는 눈치다.

그날 오후 7시 반, 이광은 동교동의 한양여관 3층의 옥탑방에서 고성규와 마주앉아 있다. 옥탑방은 별채 형식으로 응접실과 침실, 회의실까지 갖춰졌는데 이곳이 카스파의 새 회장 고성규의 집무실이다. 신촌 번화가의 리버티호텔 15층에서 지휘했던 전(前) 회장 최용환과 비교하면 서울과 면 단위 시골 같았지만 부하들에게는 그것이 더 신선하게 보였다. 고성규는 빠르게 카스파를 장악하는 중이다.

"형, 나 오늘 곤도한테 금일봉 받았어요."

이광이 말하자 고성규가 눈을 가늘게 떴다.

"나, 돈 없다."

"기대하지도 않았어."

"하지만 네 공(功)은 잊지 않을게, 네 덕분에 내가 이렇게 된 거다."

"알면 되었고."

"네가 내 뒤를 이어야 딱 맞는데."

"한 50년쯤 후가 되겠군."

"10년쯤 후에 물려준다고 약속하면 나한테 올 거냐?"

나한테 온다는 건 카스파 조직원이 되겠느냐는 말이다. 정색한 고성규가 이광을 보았다.

"내가 널 10인회 안에 넣어주마."

10인회란 고성규가 조직한 간부회의 조직원이다. 그렇다면 최소한 서열 10위로 만들어 준다는 말이나 같다. 이광이 머리를 저었다.

"난 한일금융도 졸업 때까지 일한다고 했어요, 카스파하고도 그때까지만요."

오늘 오전에 곤도한테서 받은 사례금도 3백만 원이다. 빳빳한 새 지폐 1만 원권으로 30뭉치다. 월급 15개월분을 받았으니 일 안 해도 된다.

이광이 제대하고 복학한 후부터 교정에는 마이크에 대고 외치는 데모대의 함성이 계속되고 있다. '물러가라', '독재타도', '민주회복' 이제는 소음에 익숙해져서 교수는 강의 시간에 목소리를 높이면서도 짜증을 내지 않는다.

경영학과에도 데모 주동자가 있다. 바로 나영찬이다. 아버지가 중소기업체를 운영해서 제법 잘 사는 집안인데 나영찬은 '정권타도'에 앞장서고 있다. 나영찬을 중심으로 10명 정도가 '데모대'인데 어떤 날은 한꺼번에 우, 빠져나가서 강의실이 텅 빌 때가 있다. 나중에 들으니 어떤 교수는 그것을 출석한 것으로 처리해주고 리포트도 낸 것으로 해준다고 했다. 그러나 유상문 교수한테는 안 된다. 그것도 임하영한테 들었지만 나영찬이 유상문을 찾아가 결석을 출석 처리해달라고 했다가 거절당하고 1학기에 F를 맞았다는 것이다. 그래서 나영찬이 이를 갈고 '유상문 물러가라'는 플래카드까지 만들었다가 의외로 학생들의 반발에 부딪혀 들지도 못 하고 없앴다고 했다. 벤치에 나란히 앉은 임하영이 쉴 새 없이 재잘거렸다.

"선배, 나영찬은 주사파예요, 알아요?"

"그래? 그 자식 술 먹고 주사 부리는 거 못 봤는데?"

"아니, 그 주사가 아니라."

"그럼 9급 공무원 주사냐?"

"아니."

임하영이 눈을 흘겼다.

"선배, 알면서 그러는 거지?"

"또 반말한다."

"둘이 있을 때만 반말할게."

"안 돼."

오후 2시 반, 나른한 시간이다. 여름방학은 보충 강의로 채워 학점을 더 보탰고 회사에 출근하느라 눈 깜박하는 사이에 지난 것 같다. 어느덧 9월 중순, 가을이다. 앞쪽 연못가의 단풍을 바라보던 임하영이 불쑥 물었다.

"선배, 나영찬이하고 사귈까?"

"응? 누가?"

"내가."

이광의 시선을 받은 임하영이 수줍게 웃었다.

"나영찬이 자꾸 사귀재."

"사귀어, 걔 괜찮은 놈이야, 주사파지만."

"공산당 세상이 되어도 괜찮겠지? 나영찬이 같은 애가 공산당 두목이 될 테니까 말이야."

"그럼."

"선배 같은 제대파는 주사파 질색이라면서?"

"나영찬이는 괜찮아, 나도."

하지만 맞다. 질색이다. 제대파가 주사파들을 북한군처럼 여기고 있다는 것을 주사파들도 안다. 그래서 나영찬도 이광 앞에서는 데모의 '데' 자도 내놓지 않는다. 요즘은 주사파가 제대파 앞에서는 '데모크라시'를 '크라시'라고만 말한다. 전설의 고향 이야기도 생겨났다.

임하영이 앞쪽만 바라보고 있었으므로 이광이 슬쩍 옆구리를 찔렀다.

"무슨 생각하니?"

임하영이 머리를 돌려 이광을 보았다.

"선배, 나 싫어?"

"아니, 좋아."

"여자로 묻는 거야."

"여자도 좋아."

"장난 말고."

"장난 아니다."

252

"내가 선배 좋아하는 거 알지?"

"알지."

그때 이광은 임하영의 눈에 고인 물기를 보았다. 숨을 들이켠 이광이 말을 이었다.

"하영아."

임하영의 눈에서 주르르 눈물이 흘러 떨어졌지만 시선을 내리지 않는다. 앞쪽을 서너 명의 남학생이 지나갔다. 그때 이광이 말했다.

"이것도 내가 널 좋아하는 방법이야."

"……."

"너한테 상처를 주기 싫어서 그래. 어떤 때는 너를 안고 싶은 욕구가 치밀어 오를 때도 있지만 참는 거야."

"……."

"왜냐하면 그것이 오래갈지 자신할 수가 없거든."

"……."

"딴 여자였다면 안 그랬지, 바로 여관 데리고 가서 잤지."

"……."

"그리고 필요할 때 불러서 자고, 내가 바쁘면 안 만나고."

"……."

"너한테는 그러고 싶지 않았어."

"선배 그런 여자 많아?"

불쑥 임하영이 물었으므로 이광이 심호흡을 했다.

"요즘은 없어."

"……."

"바빠서."

"알았어."

임하영이 천천히 머리를 끄덕였다.

"생각해줘서 고마워."

"천만에."

임하영이 다시 앞쪽 단풍나무를 보았으므로 이광도 시선을 주었다. 곧 단풍이 떨어질 것이다. 그리고 임하영과의 밀월도 끝이 난다.

데모대와 다른 한쪽에서는 수출이야말로 우리가 살길이라면서 가발과 섬유무역이 시작되었다. 중동건설 붐이 일어나 건설 노동자들이 중동으로 대거 쏟아져 나갔다. 서독에 광부와 간호원이 진출한 것이 그 기폭제 역할을 했을 것이다. 이광이 실제로 경험한 현실이다.

어느 날 소공동 조선호텔 커피숍에 갔더니 얼굴이 시커멓게 그을린 이광 또래의 청년이 흰 피부에 세련된 차림의 여자와 마주앉아 있었다. 이광이 옆자리에 앉았을 때 사내가 거침없이 말했다.

"리야드는 더워요. 달걀을 차 보닛 위에 깨뜨리면 금방 프라이가 됩니다."

이광에게도 다 들렸다.

"트럭을 몰고 가면 모래바람이 불어서 앞이 안 보이죠, 하지만 사고 날 걱정은 없어요, 사막이라 다 길이거든요."

사내가 말을 잇는다.

"만날 고기만 먹으니까 김치 먹고 싶어서 미치겠더라고요."

건설 현장에서 트럭을 운전하는 것 같다. 그러다가 휴가를 나와서 선을 보는 것이 분명했다. 여자는 경탄하는 표정으로 사내를 바라보고 있었다.

254

김포공항에서는 외국 나가는 노동자들의 환송객으로 항상 발 디딜 틈이 없을 정도였다. 외국 나가는 것이 가문의 영광이어서 비행기 타기 전에 가족사진을 찍는 것이 필수였던 것이다. 건설 노동자의 월급이 한국에서 일하는 같은 또래의 사무직보다 평균 8배가 많은 것이다. 거기에다 돈 쓸 곳이 없으니 거의 다 송금을 한다. 외국 진출 노동자가 1등 신랑감으로 인정받는 시절이다.

회사에서 나온 이광이 뒤를 따르는 임종무에게 물었다.

"우리 술 한잔할까?"

이광은 동갑인 임종무와 이제는 서로 반말을 쓴다.

"좋지."

임종무가 웃음 띤 얼굴로 다가오더니 턱으로 옆쪽 골목을 가리켰다.

"저기 곱창집으로 가지."

오후 6시 반, 둘은 곱창집에 들어가 곱창을 안주로 소주를 마셨다. 임종무는 이제 기획실 팀원이 되었고 이광이 알아보니까 한 달 월급으로 25만 원을 받는다. 이광이 과장으로 승진하면서 한 달 35만 원을 받게 되었으니 차이가 많이 난다. 그러나 일본에서 온 조직원들은 아파트를 얻어서 단체 생활을 하는 터라 주택비, 식대는 들지 않는다. 임종무도 술이 셌으므로 둘이 소주 2병을 금방 비웠을 때 이광이 말했다.

"임 형, 집으로 한 달에 얼마씩 보내주나?"

"그건 알아서 뭐하게?"

눈을 치켜뜨는 시늉을 했던 임종무가 곧 웃었다.

"이봐, 야쿠자는 집안일을 노출시키지 않는 것이 예의야."

"야쿠자 식구는 물만 먹고 사냐?"

"웃기지 마."

임종무가 눈을 부릅떠 보이더니 잔에 소주를 따랐다.

"한 달에 20만 원씩 보내주고 있어."

"일본은 한국보다 물가가 2배쯤 비싸다던데 그것 갖고 되나?"

"마누라가 가게 점원을 하고 있어."

임종무가 쓴웃음을 짓고 말했다.

"그래서 그럭저럭 살고 있으니까 신경 쓰지 마."

"그래서 말인데."

이광이 들고 온 가방을 임종무에게 내밀었다. 꽤 묵직한 가방이다.

"이거 받아."

엉겁결에 가방을 받은 임종무가 물었다.

"이게 뭐야?"

"지난번 사건 때 내가 사장한테서 사례금 받았어."

곱창을 집어 입에 넣은 이광이 씹으면서 말했다.

"3백 받았는데 너한테 1백 떼어주려고 가방에 넣었어."

"내가 왜?"

얼굴을 굳힌 임종무의 목소리도 억양이 없다. 그때 이광이 정색했다.

"네가 내 뒤를 받쳐주고 있지 않아? 내 그림자 역할인데 당연히 받아야지."

"안 돼."

임종무가 가방을 도로 내밀었지만 이광이 머리를 저었다.

"안 받을 거면 아예 내 경호원도 하지 마라. 이게 바로 한국식이다."

임종무가 내민 가방이 조금 내려졌다. 무겁기도 할 것이다.

"한국에서는 군대도 의무야, 그래서 난 3년을 꼬박 군대 밥 먹었고 공비 잡는 편의공작대장으로 제대했지."

"……."

"난 거기서부터 부하들 챙겨주는 버릇이 들어서 그래. 받아, 네가 한국에 왔으니까 한국식을 따라야지."

그때 임종무가 가방을 늘어뜨렸고 이광의 말이 이어졌다.

"공비를 네 명 쏘아 죽였지, 내가 직접 말이야."

군 생활 이야기의 절반은 뻥이다. 그러나 임종무는 모를 것이었다.

일요일 오후 2시 반, 이광이 대전역 건너편의 커피숍에서 이철, 이명화와 만나고 있다. 이철은 이광의 바로 밑 동생으로 23세, 제대한 지 닷새밖에 지나지 않았다. 이철은 공고 기계과를 졸업하고 자동차 정비소에서 1년간 근무하다가 군에 입대했던 것이다. 군에서도 수송부 정비반에 배속되어 3년 동안에 운전면허와 2급 정비사 자격증을 땄다고 했다. 본래 이철은 중학교 때도 공부를 잘했는데 집안 형편이 형과 함께 대학에 갈 수가 없을 것 같자 공고를 지원한 것이다. 이광이 어머니를 닮아 갸름한 얼굴에 가는 체격의 이철을 보았다. 이철과 이명화는 어머니를 닮았다. 이광이 둘을 만나려고 내려온 것이다.

"너, 앞으로 어떻게 할 계획이냐?"

"자격증이 있으니까 정비소에 취직해야지."

이철이 검게 탄 얼굴로 이광을 보았다.

"내 걱정은 안 해도 돼, 형."

"정비소 알아본 데 있어?"

"대전에 3군데에다 이야기해놨어."

"월급은 얼마 정도냐?"

"먹고 자고 한 달에 5만 원 정도. 거기서 1, 2년 지나면 10만 원쯤 될 거야.”

“자격증 있어도 그래?”

“아직 차가 별로 없으니까. 한 10년쯤 지나면 차가 많아질 테니까, 그때까지 고생해야지.”

그러더니 덧붙였다.

“군대 수송부 짬밥 먹었는데 뭘 못 하겠어? 수송부 군기가 얼마나 센지 알아?”

“나도 들었다.”

“형, 알바해서 돈 많이 번다면서? 명화한테 들었어.”

“근데 너, 꿈이 뭐냐?”

“그야 정비소 하나 차리는 거지.”

어깨를 편 이철이 말을 이었다.

“자격증 있으니까 돈만 모으면 돼.”

“얼마나 모으면 되는데?”

“조그맣게 하나 차리려고 해도 건물 세 얻어야지, 기본 기계 설치해야지, 등록해야지, 돈이 꽤 들어.”

“글쎄, 얼마나 드는데?”

“내가 아는 아저씨가 가게 다 내놨는데 4백만 원이야, 기계까지 합쳐서.”

“……”

“그 돈 벌려면 안 쓰고 한 5년 벌어야 돼.”

“그 가게 니가 운영할 수 있을 것 같으냐?”

“어떤 가게?”

“어떤 아저씨가 내놓았다는 가게.”

"아, 그거야 당장이라도 할 수 있지."

쓴웃음을 지은 이철이 말을 이었다.

"정비소에서 빌빌거리는 애들 둘만 데리고 와서 당장이라도 돈 벌수가 있지."

"……."

"열심히 벌어야 돼, 그러니까."

"그럼 해."

"응?"

"그 가게 니가 사서 하라고."

"응?"

말을 못 알아들은 이철이 눈만 끔벅였을 때 이광이 의자 밑에 놓았던 가방을 탁자 위에 올려놓았다.

"가방 열어봐."

이철이 가방을 열더니 숨을 들이켰다. 가방 안에 1만 원권 뭉치가 3개나 들어있었기 때문이다. 3백만 원이다. 1만 원권은 나온 지 얼마 되지 않아서 1장만 갖고 다녀도 하루 종일 쓰고도 남는다. 자장면 1그릇이 5백 원이었기 때문이다.

"형, 이게 뭐야?"

"3백만 원이니까 그 돈으로 계약을 해. 내가 곧 2백만 원을 더 보태줄게, 정비소 돌리려면 운영자금이 좀 있어야 될 것 아니냐?"

"……."

"그러니까 4백만 원으로 가게 인수하고 1백만 원은 운영자금으로 쓰란 말이다."

"형."

"돈 간수 잘 하고, 계약할 때 계약서 꼼꼼하게 살펴서 해."

"형."

"기계 같은 거 인수할 때도 주의하고."

"형, 그런데…."

마침내 얼굴이 붉게 상기된 이철이 번들거리는 눈으로 이광을 보았다.

"형, 이 돈 어디서 났어?"

"내가 번 돈이다. 강도질 한 거 아냐."

"이렇게 큰돈을 왜 나한테…."

"이 자식 미친놈 아냐?"

손가락으로 이철의 콧등을 가리킨 이광이 이명화를 보았다.

"이 미친놈이 지금 뭐라고 하는 거냐?"

그러고 보니 이명화의 얼굴은 더 빨개져 있다. 눈도 더 번들거린다. 이광이 어깨를 부풀리고 말했다.

"난 철이 너한테 항상 빚진 기분이었어. 공부도 잘했던 놈이 공고를 가서 졸업하고 바로 돈을 번다고 했을 때부터 말이다. 나만 혼자 대학 가서 미안했다."

"형, 그것이……."

"잔소리 말고 내 말대로 해, 이 자식아."

이광이 눈을 치켜떴다. 그러나 속은 행복했다.

"전쟁이다."

고성규가 말했을 때는 밤 11시 반, 이광이 대전에서 밤차로 상경해서 고성규를 만난 후다. 연락처인 마카오 나이트클럽에 전화를 했더니 고성규가 찾는다는 연락이 와 있었던 것이다. 고성규가 핏발이 선 눈으로 이광을 보았다.

"종로파가 악에 받쳐 있어. 이번 우리 쪽 일로 야마구치조로부터 무시를 당했다는 소문이 났다."

"당연하죠."

이광이 머리를 끄덕였다.

"배가 아파서 디질 지경일 겁니다."

"근데 너, 어디 갔다 왔어?"

급했던지 고성규가 이제야 질책했다.

"점심때부터 찾았잖아, 이 새끼야."

"내가 형 부하요?"

"이 새끼 봐라?"

"사실 아뇨? 엄밀히 따지면 난 한일금융 기조실 과장이오, 할 일도 없지만."

"야, 이 새끼야, 내가 믿을 놈은 너 하나뿐인데……."

"노성이 형 있잖아요?"

"그놈을 어떻게 현장에 세워?"

그때 마침 문에서 기척이 나더니 전노성이 들어섰다. 이곳은 새로 개업한 룸살롱 '궁전' 안쪽의 밀실이다. 밖에서 들었는지 전노성이 둘을 번갈아 보았다.

"내 이름이 들리던데, 광이 네가 불렀어?"

전노성은 30세, 이광보다 세 살 위다.

"아니, 형님이 나만 찾기에 노성이 형도 있지 않느냐고 했지."

이광이 말을 이었다.

"그러니까 형이 노성이 형을 어떻게 현장에 세우느냐고 하네. 그럼 난 현장 전담인가? 내가 카스파한테서 월급 받습니까?"

"전쟁이야."

전노성도 고성규와 똑같은 말을 했다. 정색한 전노성이 이광을 보았다.

"종로파가 전쟁을 걸어왔어, 이젠 한일금융은 놔두고 우리를 쳐, 아주 기술적으로."

이광이 눈만 껌벅였고 전노성이 말을 이었다.

"오후에 서라벌 영업부장 유기동이가 얼굴을 맞아서 병원에 갔고 대창 수금 사원 둘이 밥 먹다가 시비가 붙어서 지금 응급실에 있어."

"……."

"모두 도망쳤지만 종로파야. 지금 가게 세 곳이 영업을 못 하고 문 닫았다. 이놈들이 손님을 가장하고 들어와 깽판을 치고 도망친 거지."

전노성이 손등으로 이마의 땀을 닦았다.

"이건 분산시켜서 사방에서 치고 들어오는 바람에 정신을 못 차리겠다."

"……."

"이놈들이 우리보다 똘마니가 두 배 이상이 돼, 그래서 다 풀어놓으면 우리가 밀려."

이번에는 고성규가 거들었다. 심호흡을 한 고성규가 말을 이었다.

"이놈들의 의도는 뻔해. 나하고 노성이만 없애면 조일천이, 배동식이 똘마니들이 남아 있으니까 그놈들을 끌어안고 우리 카스파를 흡수하려는 거지. 그러면 덤으로 한일금융까지 먹고."

"날 왜 찾았는데?"

마침내 이광이 묻자 전노성과 고성규가 동시에 정색했다.

"네가 곤도한테 알려, 비상사태라고."

고성규가 대답했다. 심호흡을 한 고성규가 말을 이었다.

"곤도 경비를 철저히 하라고 해, 그놈들이 곤도를 노릴지도 모른단 말이다."

"……."

"내가 급하면 연락할 테니까 그땐 곤도한테 피하라고 해."

"어디로?"

"어디긴? 일본이지. 일단 일본으로 몸을 피했다가 돌아오면 돼."

"회사 문을 닫고?"

"저 새끼들이 회사를 그냥 놔둘 것 같냐? 안에 들어가 깽판을 칠 거다."

"도대체."

쓴웃음을 지은 이광이 고성규와 전노성을 번갈아 보았다.

"시발, 답답하구먼."

그러고는 이광이 허리춤에서 권총을 꺼내 탁자 위에 놓았다. 세게 놓아서 쿵 소리가 났고 둘은 숨을 죽였다. 그때 이광이 말했다.

"이건 곤도한테서 호신용으로 받은 권총이야, 형들은 총을 잘 모르는데 이건 미군용 베레타야, 탄창에 14발 들었어, 신형이지."

"……."

"내가 해결할게. 나한테 사례금을 줘."

"뭐? 해결해?"

고성규가 묻자 이광이 권총을 다시 바지 혁대에 찌르면서 말했다.

"종로파 대장을 쏴 죽일게."

둘이 동시에 숨을 들이켰고 이광이 말을 이었다.

"간단해, 복면을 쓰고 있다가 쫘 죽이는 거지, 그럼 끝나. 내가 편의 공작대장 출신이라고, 여럿 쫘 죽였어."

"……."

"이렇게 당하고만 있을 거야? 뭐? 곤도한테 몸을 피하라고? 쪽팔려 죽겠네, 정말."

이광이 머리를 돌려 고성규를 보았다.

"형, 종로파 회장이 어디 있는가만 알려줘. 형이 믿을 만한 놈을 한 놈만 골라줘, 말이 새면 안 되니까."

그때 전노성이 자리에서 일어섰다. 얼굴이 굳어 있다.

"그래, 해보자, 광아."

새벽 2시 반, 이광이 종로3가의 포장마차에 앉아 소주를 마시고 있다. 옆에 앉은 사내는 경호원 임종무, 둘이 소주 2병을 놓고 1시간 반째 앉아 있는 중이다. 대신 안주를 이것저것 많이 시켰기 때문에 주인 여자는 만족한 상태, 포장마차 안은 취객으로 시끄럽다. 둘 외에 여섯 명이 더 앉아 있었는데 둘씩 세 팀이다. 술에 취해서 혀도 꼬부라졌고 한 말을 자꾸 또 하지만 듣는 상대방도 취해서 그냥 넘어간다.

이광이 식은 곰장어를 입에 넣고 씹을 때 포장마차 안으로 사내 하나가 들어섰다. 고성규의 경호원 윤방철이다.

"형님, 들어갔습니다."

윤방철이 이광의 귀에 대고 말했다. 종로파 보스 오대수가 집에 들어갔다는 말이다. 머리를 끄덕인 이광이 자리에서 일어섰다. 계산을 하고 밖으로 나온 이광이 윤방철에게 말했다.

"넌 돌아가."

"형님, 전 끝까지 남아 있으라는 지시를 받았습니다."

윤방철이 똑바로 이광을 보았다. 25세, 키가 컸고 어깨는 조금 굽었다. 팔이 조금 긴 체격에 근육질은 아니다. 이광은 이런 체형이 탄력이 좋고 싸움을 잘한다는 것을 안다. 태권도니 복싱이니 해도 싸움은 다르다. 태권도나 복싱을 오래 하면 무의식중에 급소를 피해 치는 버릇이 나온다. 그러면 지는 것이다. 싸움 잘하는 놈들은 급소부터 노리고 마구잡이로 덤비는 것이다. 윤방철이 그런 스타일이다. 가는 눈에 들창코, 두꺼운 입술이 꾹 닫혀 있는 것이 고집스럽게 보였다. 고졸, 폭력전과 2범, 룸살롱 웨이터로 들어와 최용환의 경호원이 되었다가 지금은 고성규의 경호원이다.

"저, 데리고 가 주십쇼."

윤방철의 시선을 받은 이광이 임종무를 보았다. 임종무는 잠자코 있다. 이광더러 결정하라는 것이다.

"좋아, 그럼 셋이다."

이광이 머리를 끄덕였다. 임종무는 이광이 계획을 이야기하자 두말 않고 승낙했던 것이다. 발을 떼면서 이광이 말을 이었다.

"방철이 넌 아래쪽에서 망을 봐. 집에는 우리 둘이 들어간다."

"예, 형님."

윤방철이 굽은 어깨를 세우며 말했다. 셋은 길을 건너 앞쪽 연립주택 단지로 다가갔다. 뒤쪽으로 다가가는 것이어서 한참 돌아야만 한다. 이곳 연립주택에 종로파 회장 오대수의 애인 집이 있는 것이다. 조금 전에 오대수가 애인 집으로 들어갔다는 것이다. 집 근처에 숨어 있던 윤방철이 보고 온 것이다. 이윽고 뒤쪽 단지로 돌아 골목길 입구에 선 윤방철이 앞쪽을 가리켰다.

"저기 두 번째 건물 이 층 오른쪽 집입니다. 불이 켜져 있는 집입니다."

거리는 50미터가량, 눈을 가늘게 뜬 이광이 임종무에게 말했다.

"뒤에서 벽의 가스관을 타고 올라가야겠군."

이광이 손으로 아래쪽 주택을 가리켰다.

"주택 담을 타고 벽에 붙어야겠다."

"도망칠 때도 뒤로 뛰어야겠는데."

임종무가 혼잣소리처럼 말했고 이광이 윤방철을 보았다.

"넌 뒤쪽에서 기다려라."

"예, 형님."

"우리가 무슨 일 있으면 그냥 도망가."

"아닙니다, 형님."

"이건 명령이야, 이 새끼야."

눈을 치켜뜬 이광이 권총을 꺼내 소음기를 확인했다. 소음기가 끼워진 권총은 총신이 길어져서 위압적으로 보였다.

"너, 군대 안 갔지?"

"예, 형님."

"시발 놈, 군대를 안 갔으니까 뭐라고 하면 꼭 토를 단단 말이야."

이광이 윤방철을 노려보았다.

"군대서는 좆으로 못을 빼라고 해도 빼는 시늉을 해야 하는 거다. 알아?"

"예, 형님."

"우리가 무슨 일 있으면 도망쳐, 알았지?"

"예, 형님."

"도망쳐서 회장님한테 그대로 보고하란 말이다. 그래야 대책을 세우는 거야."

"예, 형님."

머리를 끄덕인 이광이 발을 떼었고 뒤를 임종무, 윤방철의 순으로 따른다. 오전 3시가 다 되어가고 있어서 주위는 조용하다. 이윽고 주택 옆으로 다가간 이광이 연립주택을 올려다보았다. 연립주택은 저택 담장 끝 쪽에 뒷벽이 붙여진 구조여서 이쪽에는 경비도 세워놓지 않은 것 같다. 주택이 가로막고 있었기 때문이다. 이광은 임종무와 시선을 마주치고 나서 주택 담장 위에 손을 뻗었다. 시멘트 담장은 높았다. 2미터 50 가깝게 되어서 손끝도 닿지 않았다. 그러나 이광은 껑충 뛰어올라 담장 끝에 손을 붙이고는 탄력을 이용해서 몸을 솟구쳤다. 그러자 상반신이 걸쳐졌고 곧 담장 위로 몸을 길게 엎드렸다. 그러고는 이광이 임종무에게 손을 내밀었다. 임종무가 이광의 손을 두 손으로 잡고 담장에 올라 곧 나란히 엎드렸다. 담장 위는 높았기 때문인지 평탄하게만 만들어 놓았다. 이광이 아래쪽 윤방철을 향해 손을 흔들어 보이고는 곧 담장 위를 기어가기 시작했다. 오른쪽 연립주택 뒷벽을 향해 다가가는 것이다. 20미터쯤 전진하자 곧 연립주택의 뒷벽에 닿았다. 가스배관이 손에 잡혔고 바로 위쪽이 오대수의 연립주택이다. 심호흡을 한 이광이 임종무를 보았다. 임종무가 열심히 기어오고 있다.

"아아아."

김사라의 신음이 방안을 울렸다. 미끈한 알몸이 땀에 젖어 끈적였지만 오히려 몸에 감기는 촉감이 오대수를 자극한다. 오대수는 열중했다. 김사라는 26세, 몸매도 예쁠 뿐만 아니라 섹스 기교도 뛰어났다.

오대수의 몸과 맞는 것이다. 김사라의 몸 안에 들어가면 모든 것을 잊게 된다.

"으음."

마침내 오대수의 입에서도 탄성이 울렸다. 김사라에게 살림을 차려준 지 1개월, 거의 하루도 빠지지 않고 이곳에 들르고 있다. 그때 등이 서늘해지는 느낌이 들었지만 오대수는 김사라의 허리를 돌리며 말했다.

"엎드려라."

이제 후배위로 시작할 작정인 것이다. 김사라가 순순히 몸을 일으킨 순간이다.

"악!"

엉거주춤 엎드린 김사라가 앞쪽을 보면서 비명을 질렀으므로 오대수가 머리를 돌렸다. 그 순간 오대수가 숨을 들이켰다.

머리에 스타킹을 뒤집어쓴 사내 둘이 서 있는 것이다.

"어."

천하의 오대수도 놀라 몸을 굳힌 순간이다.

"퍽!"

머리꼭지에 격렬한 충격이 오더니 야구 배트가 머리통을 부쉈다.

"악!"

비명은 김사라한테서 울렸다. 그때 이번에는 다가선 사내가 발끝으로 김사라의 턱을 차올렸다. 턱뼈가 부서진 김사라가 알몸인 사지를 벌리며 뒤로 반듯이 넘어졌다. 그때 야구 배트를 쥔 사내가 말했다.

"집안 뒤져봐, 강도가 온 것으로 해야지."

이광이 임종무에게 말한 것이다. 연립주택 안에는 오대수와 김사라,

268

둘뿐이었던 것이다. 임종무가 잠자코 몸을 돌리자 이광이 머리가 깨져 기절한 오대수를 내려다보았다. 알몸을 펼치고 두 남녀가 침대 위에 늘어져 있다. 오대수는 37세, 건장한 체격에 가슴과 배에 칼자국이 대여섯 개나 나 있다. 자해한 것도 있지만 한두 군데는 찔린 상처일 것이다. 역전의 용사다. 그동안 온갖 싸움을 다 겪은 독종, 끈질긴 성격이어서 목표가 된 상대는 한국을 떠나든지 잡혀 병신이 되거나 사라졌다. 한동안 오대수를 내려다보던 이광이 허리춤에서 권총을 빼내었다.

"퍽! 퍽!"

낮고 둔한 발사음이 방안에 울렸지만 신음은 들리지 않았다. 잠시 후에 방을 나온 이광에게 임종무가 가방 하나를 들어 보이면서 말했다. 둘은 아직도 스타킹을 뒤집어쓴 채다.

"돈 가방이야, 몇천만 원이 넘어."

"자루에다 담아."

짧게 말한 이광에게 임종무가 물었다.

"어떻게 했어?"

"내일 아침에 알게 되겠지."

잠시 후에 둘은 각각 등에 자루를 들쳐 멘 모습으로 베란다에 나왔다. 그러고는 다시 가스배관을 타고 담장으로 내려와 골목 바깥까지 기어 나간 다음 땅바닥으로 뛰어내렸다.

"자, 가자."

그때까지 기다리고 서 있던 윤방철이 반색을 하며 달려왔을 때 스타킹을 벗은 이광이 말했다. 이광이 등에 멘 보따리를 윤방철에게 건네주었다. 묵직한 보따리다. 셋이 다시 뒤쪽 길을 나와 거리를 걷는 동안 행인은 한 사람도 만나지 않았다. 오전 4시가 되어가고 있었기 때문이다.

사거리를 3개나 건넌 후에 셋은 지나는 택시를 잡았다. 연립주택과는 2킬로나 떨어진 위치다.

다음 날 오전 8시 반, 그날은 당직 근무를 하고 있던 오창근 형사에게 출근을 하던 강력계장 허갑수가 물었다.

"별일 없지?"

신문을 내려놓은 오창근이 허갑수 등에 대고 말했다.

"신고 들어온 것도 없습니다."

룸살롱 몇 군데에서 싸움이 일어났지만 경찰이 갔을 때는 다 도망간 후였다. 그런 건 보고할 필요가 없다. 허갑수가 계장실로 들어서다가 몸을 돌려 오창근을 보았다.

"종로파하고 카스파 분위기가 심상치 않다고 했잖여?"

"예, 어젯밤에는 조용하네요."

문득 영등포 성신병원에 새벽 5시쯤에 턱뼈가 부서진 여인이 실려 왔다는 보고가 머릿속에 떠올랐지만 오창근은 입을 다물었다. 화장실에서 넘어졌다는 것이다. 미친년이 술 마시고 넘어진 모양이다. 허갑수가 방으로 사라졌을 때 앞쪽 자리에 앉은 동료 형사 한영호가 말했다.

"오대수가 카스파 고성규를 아주 졸로 보거든, 아마 얼마 안 가서 고성규를 어떻게 해버릴 거야."

"오대수 그 새끼는 아직 임자를 못 만나서 그래, 그 새끼는 지가 제일 잘난 줄 알아."

대뜸 말을 받았던 오창근의 눈앞에 이광이 떠올랐다. 왜 떠올랐는지는 모른다.

3장 험난한 세상

"난리가 났습니다."

전노성이 목소리를 낮추고 말했는데 두 눈이 번들거리고 있다. 오전 9시 반, 전노성은 정보원들을 보내 종로파 동향을 알아본 것이다.

"박천수하고 김태창이 유니버스호텔에서 싸운다고 소문이 났습니다."

전노성이 얼굴을 일그러뜨리며 웃었다.

"우리 회장이 당했을 때보다 더 험한 꼴이 일어난 거요, 형님."

"오대수는 어떻게 되었냐?"

그것이 궁금한 고성규가 묻자 전노성이 길게 숨부터 내쉬었다.

"양쪽 무릎뼈가 총을 맞고 박살이 났습니다. 이젠 병신이 된 거죠, 그보다……."

전노성이 몸서리를 치는 시늉을 했다.

"방안에 있던 젓가락으로 두 눈을 쑤셔서 장님이 되었다는 겁니다. 종로파에 소문이 다 났어요."

"……."

"같이 있던 여자는 턱뼈가 부서져서 성신병원에 실려 갔는데 곧 낫겠죠."

"……."

"오대수가 뒤늦게 병원에 실려 가서 더 악화되었습니다. 오전 8시 반에야 경호원들이 발견하고는 신고 나갔으니까요."

"어느 병원이야?"

"글쎄, 그것이……."

전노성의 얼굴에 다시 쓴웃음이 번졌다.

"그 병신들이 소문 안 내려고 오대수를 수원까지 싣고 갔다지 뭡니까? 지금 수원의 안가에서 의사를 불러 치료하고 있다네요."

어깨를 세운 전노성이 고성규를 보았다.

"오대수는 사라진 것으로 만들려는 것 같습니다. 경찰도 속이려는 것이죠."

"연락 왔어?"

불쑥 고성규가 묻자 전노성이 머리를 저었다. 무엇을 물었는지 아는 것이다.

"우리가 그놈한테 또 신세를 졌다."

고성규가 낮게 말하자 전노성도 입술만 달싹여 말했다.

"형님, 그놈 아니면 형님이나 나나 이곳에 앉아 있지도 못 했어요."

"어디 있는 거야?"

"연락 오겠지요."

"경찰에 신고 안 한 것이 다행이네."

"이 기회에 저놈들을 칩시다. 인사동 쪽 가게 열댓 개를 이 기회에 우리가 먹을 수 있을 것 같은데요."

그러자 고성규가 머리를 저었다.

"얀마, 그럼 그 새끼들이 집안싸움을 그치고 힘을 합쳐 우리하고 전쟁을 하게 될 거다."

"……"

"그럼 남 좋은 일만 시키게 돼. 집안싸움을 하다가 저절로 망하게 하자고."

"과연 그러네."

머리를 끄덕인 전노성이 자리에서 일어섰다.

"형님, 애들 단속하러 나가겠습니다."

"저 새끼들 잘 살피고."

전노성이 활기찬 걸음으로 방을 나갔을 때 고성규가 길게 숨을 뱉었다. 그 시간에 임종무는 한일금융의 사장실에 들어와 있었는데 방안에는 사장 곤도와 도다 전무까지 셋뿐이다. 이윽고 임종무가 말을 마쳤을 때 곤도가 물었다.

"지금 어디 있나?"

"예, 오늘 수업이 있어서 학교에 간다고 했습니다."

"학교?"

학교가 무엇인지 모르는 표정을 짓고 곤도가 도다를 보았다. 도다도 같은 표정으로 곤도를 보았다가 둘이 동시에 어깨를 늘어뜨렸다.

"그렇군, 이 과장이 학교에 가야지."

"예, 수업 끝나고 출근하겠다고 했습니다."

"그, 그렇군."

숨을 들이켠 곤도가 도다와 임종무를 번갈아 보았다.

"그, 알리바이를 만들어 놓도록."

"예, 사장님."

도다가 상반신을 세웠을 때 곤도가 다짐하듯 말했다.

"빈틈없이 세워야 돼."

"예, 사장님."

"그리고……."

곤도의 시선이 임종무에게로 옮겨졌다.

"너도 회사를 위해 이번에 엄청난 공을 세웠다."

"아, 아닙니다. 저는……."

임종무의 얼굴이 붉어졌다. 칭찬에 익숙하지 않은 것이다. 그러나 곤도가 엄숙한 표정으로 말을 이었다.

"내 직권으로 상을 주겠다. 여기서는 이상하게 생각할 테니까 일본의 네 처에게 1백만 엔을 보내주마."

"예, 옛."

놀란 임종무가 입을 딱 벌렸다. 1백만 엔이면 한화 1천만 원이다. 3년 월급에 해당된다. 대박 났다.

"형님, 저, 가겠습니다."

허리를 90도로 꺾은 윤방철이 몸을 돌렸을 때 이광이 불렀다.

"야, 일루 와."

몸을 돌린 윤방철에게 이광이 물었다.

"너, 집이 어디라고 했지?"

"전남 신안입니다, 형님."

"사투리는 하나도 안 쓰네?"

"예, 17살 때 올라와서 웨이터를 했거든요, 그래서……."

오전 10시, 둘은 이광의 거처 근처의 식당에서 늦은 아침을 먹고 헤어지려는 참이다. 작고 허름한 한식당 안에는 둘뿐이다. 혼자서 식당일을 하는 주인아줌마는 주방에 있다.

"앉아."

이광이 말하자 윤방철이 다시 앞쪽 자리에 앉았다. 이광이 다시 물었다.

"신안에 누가 있냐?"

"엄니하고 동생 셋이 있지요."

윤방철이 손바닥으로 얼굴을 쓸었다. 가는 눈이 더 가늘어졌고 두꺼운 입술은 꾹 닫혔다. 고성규가 신임하는 부하다. 입이 무겁고 의리가 있다고 했다. 고등학교 2년 중퇴, 폭력 전과 2범, 1년간 교도소에서 공부를 했고 카스파에 들어온 지는 3년, 이광보다 한 살 아래인 스물다섯이다.

"동생들이 학교 다니겠구나?"

이광이 묻자 윤방철의 눈에 웃음기가 떠올랐다.

"여동생이 광주에서 전문대 다닙니다."

"어? 나하고 같네, 내 막내가 그러는데."

"남동생 둘은 고2, 중3이지요."

"아버지는 뭘 하시는데?"

"아버지는 지가 9살 때 돌아가시고 엄니가 조개 잡아서 자식들을 키우셨지요."

"……."

"제가 웨이터 하면서부터 집에 돈을 보냈습니다. 동생들은 지가 가르친 셈이지요."

"……."

"어머니가 허리가 좀 아파서요, 3년쯤 전부터는 일도 잘 못 합니다."

"그래서 내가 널 부른 거다."

이광이 들고 온 헝겊 가방을 윤방철 앞에 놓았다.

"이거, 내가 새벽에 오대수 집에서 털어온 돈이다. 5백만 원 넣었으니까 가져가."

"예?"

대번에 얼굴이 하얗게 굳어진 윤방철이 가는 눈을 힘껏 치켜떴다.

"형, 형님, 이것은……."

"너도 함께 일했으니까 몫을 나눠야지."

"형, 형님, 제가 무슨 일을 했다고……."

"내가 회장님한테도 말 안 할 테니까 너만 알고 있어. 너하고 나만 알고 있잔 말이다."

"형님, 저는 망만 보았을 뿐입니다."

"받아, 이 자식아."

이맛살을 찌푸린 이광이 정색했다.

"돈 어떻게 간수하는가, 잘 알지?"

"그, 그것은……."

"돈 쓰다가 다 잡혔다는 거 알지?"

"압니다."

"그럼 가방 갖고 가."

이광이 눈으로 가방을 가리켰다.

"난 돈 가지고 추태 부리는 놈을 가장 경멸한다. 자, 빨리 가."

그러자 마침내 윤방철이 가방을 집었는데 얼굴이 붉어져 있다. 윤방철이 다시 이광에게 머리를 숙여 보이더니 가방을 들고 식당을 나갔다.

오대수의 집에서 털어온 현금은 2천 5백만 원이었던 것이다. 거금이다. 30평형 아파트를 3채쯤 살 수 있는 돈이다.

학교에 갔더니 강의실 앞에 서 있던 임하영이 다가왔다. 오전 10시 50분, 강의 시작 10분 전이어서 복도에 수강생들이 서 있었지만 임하영은 거침없이 다가와 옆에 딱 붙어 섰다.

"선배, 알아요?"

"뭘?"

"나영찬이 어제 군대로 잡혀갔어."

"응?"

놀란 이광이 임하영을 보았다. 시선을 받은 임하영이 길게 숨을 뱉었다.

"나영찬하고 사귀려고 했더니 운이 안 맞는가 봐요. 갑자기 영장이 나와서 끌려간 거야."

"그렇군."

이광이 입맛을 다셨다. 데모 주동자 급은 당국에서 군에 연락해서 입대를 시키는 방법으로 데모를 방지했다. 나영찬도 그렇게 끌려간 것이다. 그것을 사전에 알면 도망을 치기도 하는데 그렇게 되면 병역 기피자가 된다. 전과자가 되는 것이다. 따라서 알면서도 끌려가는 경우가 대부분이다.

"자식, 연락이라도 하고 가지."

"나도 못 만났는걸 뭐."

임하영이 다시 한숨을 쉬더니 이광을 보았다. 가라앉은 표정이다.

"어쩔 수 없어."

"뭐가 말이냐?"

"선배하고 다시 사귀는 수밖에."

"다시?"

"나 가져가, 빨리."

그때 수업 종료 벨이 울렸으므로 이광이 서둘러 임하영 옆에서 떨어졌다. 수업이 끝나 강의실을 나온 이광의 앞으로 남학생 하나가 다가왔다. 낯이 익은 나영찬의 친구다. 법대생으로 나영찬과 함께 데모를 주동해온 민주 투사다.

"선배님, 잠깐만요."

그가 눈짓으로 앞쪽을 가리켰으므로 이광이 입맛을 다셨다.

"야, 영찬이 대신 날 끌어들이려고?"

"아이구, 참, 아녜요."

그가 이광의 팔을 끌고 복도 구석으로 가더니 말했다.

"선배님, 영찬이 누나가 학교 정문 앞 프린스 제과점에 있어요."

"응? 누구?"

이광이 엉겁결에 되물었더니 그가 말을 이었다.

"영찬이 누나 말이에요, 선배님께 할 이야기가 있다고 저한테 찾아왔어요."

이광의 시선을 받은 그가 쓴웃음을 지었다.

"저는 영찬이 누나를 잘 알거든요."

그러고는 몸을 돌렸을 때 떨어진 곳에서 이쪽을 힐끗거리던 임하영이 서둘러 다가왔다.

"선배, 쟤가 왜 왔어요?"

"응, 같이 데모하자고."

"설마."

눈을 가늘게 뜬 임하영이 다시 나영찬 친구 쪽을 보다가 다시 물었다.

"쟤 골수 운동권인데, 정말이에요?"

"내가 미쳤냐?"

"그럼 무슨 이야기 했어요?"

"영찬이가 인사 못 하고 갔다고 안부 전했어."

"그렇구나."

머리를 끄덕인 임하영이 이광의 팔을 끌었다.

"선배, 점심 먹으러 가요."

"나, 서울역으로 할머니 마중 가야 돼."

"할머니?"

"응, 길 잃으시면 안 돼. 오늘 오후 강의는 못 받는다."

할 말이 없어진 임하영이 주춤했고 손을 들어 보인 이광이 몸을 돌렸다. 학교 앞 프린스 제과는 면회 온 사람들의 단골집 노릇을 했다. 빵집답지 않게 탁자가 많아서 퍼질러 앉아 책을 읽는 학생도 많았는데 나은현은 구석 쪽에 우유 잔을 놓고 앉아 있다가 이광을 맞았다.

"웬일이야?"

다가간 이광이 묻자 나은현은 웃기만 했다. 11월 중순이어서 나은현은 회색 바바리코트 차림이었는데 날씬한 몸매에 잘 어울렸다. 주위의 시선이 모였으므로 불편해진 이광이 나은현에게 말했다.

"나가자."

앞장선 이광이 먼저 계산을 하고는 밖으로 나왔다. 오후 12시 반쯤 되었다. 그때 옆으로 다가온 나은현이 물었다.

"어제 영찬이 군대 잡혀간 것 알지?"

“응.”

“영찬이가 가기 전에 오빠 얼마나 찾았다고.”

“그래? 왜?”

“왜는 왜야?”

눈을 흘긴 나은현이 말을 이었다.

“걔가 오빠를 얼마나 좋아하는데?”

“그 자식, 군대 갔다 오면 데모 안 할 거다.”

다가온 빈 택시를 세운 둘은 차에 올랐다. 뒤를 돌아본 이광이 운전사에게 말했다.

“서울역으로 갑시다.”

차가 출발하자 나은현이 이광을 보았다.

“서울역은 왜?”

“너, 서울역에서 집에다 전화해.”

“왜?”

“오늘 시골에 있는 친구 집에 갔다가 내일 집에 가겠다고.”

“……”

“그래, 친구 집에 전화가 없다고 하는 것이 낫겠다. 됐지?”

나은현의 시선을 받은 이광이 다시 물었다.

“할 거야?”

그때 나은현이 머리를 끄덕였으므로 이광은 의자에 몸을 붙였다. 그 순간 어젯밤부터 당겨지기만 했던 고무줄이 늦춰진 느낌이 들면서 온몸이 나른해졌다. 눈을 감은 이광이 깊게 심호흡을 했을 때 나은현이 물었다.

“오빠, 무슨 일 있어?”

"없어."

"피곤해 보여."

"널 만나서 좋아서 그래."

그때 나은현이 손을 뻗어 이광의 손을 쥐었다. 손바닥 촉감이 따뜻하고 부드러웠으므로 이광의 가슴도 편안해졌다. 나은현이 어깨를 붙이더니 입을 이광의 귀 근처에 대고 불렀다.

"오빠."

이광이 잠자코 나은현의 손에 깍지를 꼈을 때 나은현이 속삭이듯 말했다.

"사랑해."

"응."

그때 나은현이 잡힌 손을 비트는 바람에 이광이 눈을 떴다. 나은현이 눈을 치켜뜨고 있다. 화난 표정이다.

"왜?"

"그게 대답이야?"

나은현이 성난 얼굴로 물었다. 그날, 졸업파티 때 헤어지고 오늘 처음 만나는 것이다. 호텔 가자는 걸 그냥 왔었다.

열차를 타고 대전역에 내려서 다시 택시로 유성 온천에 도착했을 때는 오후 4시 반, 이광은 호텔 중 가장 고급스럽게 보이는 타운호텔에 방을 잡았다. 특급호텔이다. 하룻밤 방값이 자취방 한 달 월세와 비슷했지만 그것은 다섯 달 전 이야기다. 세상은 어제 다르고 오늘 다르다. 이광의 세상도 그랬지만 바깥세상도 정신없이 돌아가고 있다.

나은현은 호텔 로비로 들어온 후부터는 이광의 뒤에 붙어 서서 '찍' 소리도 안 내고 따라왔는데 한 발짝쯤 떨어지면 누가 잡아라도 갈 줄 알았는지 50센티 간격으로 붙어 따라왔다. 머리도 조금 숙인 채 시선도 깔고 있어서 멀리서 보면 형사가 피의자 잡아가는 것 같을 것이다. 방으로 들어서서 둘이 되었을 때 이광이 곧장 나은현의 어깨를 두 손으로 쥐고 바라보았다.

"은현아, 은현아, 정신 좀 차려라."

나은현이 시선을 들었다. 그런데 웃지도 않고 멀뚱히 바라보기만 한다.

"너, 왜 그래?"

"아유, 그럼 어떻게 해?"

되물은 나은현이 눈을 흘겼다.

"여러 번 와본 것처럼 하란 말이야? 나, 남자하고 들어온 건 첨이야."

"아무리 그래도 그렇게 딱 붙어서 내 뒤꿈치를 세 번이나 찼잖아?"

"그게 창피해?"

눈을 치켜뜬 나은현의 허리를 감아 안은 이광이 입을 맞췄다. 나은현이 저항 없이 품에 안기더니 두 손으로 이광의 허리를 감아 안는다. 이광이 나은현의 입술을 빨았더니 곧 입이 열렸다. 더운 숨과 함께 나은현의 말랑한 혀가 빠져나왔다. 이광이 갈증 난 사람처럼 나은현의 혀를 빨았다. 방안에 가쁜 숨소리가 덮였고 열기가 차오르기 시작했다. 이윽고 이광이 나은현의 코트를 벗기고 스커트 지퍼를 내렸다. 스커트가 흘러 떨어지자 나은현이 말했다.

"오빠, 지금?"

"그럼 어때?"

이광이 나은현을 번쩍 안아 들고는 침대 위에 놓았다. 나은현은 이미 붉게 상기되었고 머리칼은 흐트러졌다.

"오빠, 보지 마."

눈을 흘긴 나은현이 시트로 하반신을 가리면서 말했다. 오후 5시 반이어서 창밖은 밝다. 이광이 침대 가에서 순식간에 옷을 벗어 던지고는 나은현을 끌어안았다. 웅크리고만 있는 나은현의 셔츠와 브래지어를 한꺼번에 벗기고 팬티까지 끌어 내리자 곧 알몸이 되었다. 이광이 나은현의 알몸을 내려다보려고 했지만 몸부림을 치는 바람에 몸이 엉켰다. 나은현이 시트로 몸을 가리려고 했기 때문이다. 이광이 다시 나은현을 안고 입을 맞췄더니 금방 두 팔이 목을 감아 안았다. 방안에 열풍이 불기 시작했다. 이윽고 이광이 나은현의 몸 위로 올랐다. 나은현의 두 손이 이광의 어깨를 움켜쥐고는 받아들일 준비를 한다. 이광이 몸을 굽혀 나은현의 입술에 가볍게 입을 맞추고는 몸을 합쳤다.

"아아."

나은현의 신음이 방안에 울렸다. 방안에서 거친 숨소리와 함께 신음이 이어지기 시작했다. 두 쌍의 사지가 어지럽게 엉켰다가 풀어졌고 신음은 점점 더 높아졌다. 이광은 땀에 젖어 신음하는 나은현을 보았다. 처음 만났을 때의 차갑고 도도한 분위기가 떠올랐다. 모욕을 당했지만 분한 마음이 들지 않은 것은 그만큼 매력이 가슴에 박혔기 때문일 것이다.

"오빠, 아파."

나은현이 이광의 팔을 움켜쥐고 비명처럼 말했으므로 이광은 생각에서 깨어났다. 말초신경을 자극하는 쾌감을 지울 만큼 나은현의 외침이 생생했다.

"아파?"

이광이 묻자 나은현이 머리를 끄덕였다. 상기된 얼굴에 땀이 배어 있었고 머리는 헝클어졌다. 이광이 나은현의 입술에 키스를 했다. 그러고는 천천히 몸을 움직이자 나은현이 눈을 감았다. 이제 나은현의 몸도 이광의 몸을 받아들이기 시작했다. 나은현의 숨소리가 다시 거칠어졌고 마침내 온몸을 경직시키면서 신음했을 때 이광도 함께 폭발했다. 나은현은 첫 경험이었던 것이다. 나은현이 몸을 떼었을 때 황급히 시트를 끌어 모으더니 욕실로 들어갔다. 이광에게도 처녀를 만난 첫 경험이 된다. 한참이 지나서야 욕실에서 나온 나은현이 가운 차림으로 창가로 다가가 의자에 앉았다.

"오빠, 실망했지?"

나은현이 물었으므로 이광이 풀썩 웃었다.

"너, 뭘 물은 거야?"

그 순간 나은현의 얼굴이 다시 빨개졌으므로 침대에서 몸을 일으킨 이광이 알몸으로 다가갔다. 당황한 나은현이 외면하자 다가선 이광이 나은현을 일으켜 안았다.

"고맙다."

나은현이 시선만 주었으므로 이광이 이마에 입술을 붙였다.

"나 같은 놈한테 네 첫 몸을 줘서."

그러고는 이광이 한 걸음 물러서서 두 팔을 활짝 벌렸다. 알몸이 활짝 펴진 셈이다.

"넌 나를 다 가진 거야, 은현아."

나은현이 눈을 크게 뜨고 이광의 몸을 보았다.

"야, 이 자식아."

이광이 들어서자 벌떡 자리에서 일어선 고성규가 두 팔을 벌리고 다가왔다. 옆쪽에 앉아 있던 전노성도 일어서더니 웃음 띤 얼굴로 맞는다.

"어이구, 내가 할 말이 없구먼."

정말 할 말이 없었던지 얼버무린 고성규가 이광의 상반신을 부둥켜 안았다가 놓더니 전노성에게 양보했다. 전노성은 이광의 목을 레슬링하는 것처럼 팔로 졸랐다가 놓았다. 이곳은 여전히 고성규의 본부인 한양여관 3층의 옥탑 방이다. 그러나 이제 한양여관의 3층 건물이 모두 카스파 소유가 되어서 안에만 50여 명의 부하들이 숙식하고 있다. 셋이 응접실에 자리 잡고 앉았을 때 먼저 고성규가 물었다.

"어제 유성에는 뭐 하러 간 거냐?"

"동생 만나러요."

"아, 참, 네 고향이 그쪽이지."

머리를 끄덕인 고성규가 길게 숨을 뱉었다.

"이제 정리가 되었다."

시선만 주는 이광에게 이번에는 전노성이 말을 이었다.

"오대수는 수원에서 치료받는다는 소문이 돌더니 사라졌어, 끝난 거지."

전노성이 얼굴을 찌푸리며 웃었다.

"대개 보스들은 그렇게 사라져. 도망친 것인지 죽어서 묻혔는지 알 수 없게 된단 말이야."

그때 고성규가 말을 받았다.

"종로파는 어제 양분(兩分)되었다. 박천수하고 김태창이 지분을 나눠 가진 거지."

고성규의 얼굴에 웃음이 떠올랐다.

"그때 우리가 박천수 구역이 되어 있던 인사동을 접수했다."

"인사동을 말입니까?"

놀란 이광이 숨을 들이켰다. 머리를 끄덕인 고성규가 말을 이었다.

"기회를 노리고 있다가 덮친 거지."

"어떻게 말입니까?"

"두 놈이 종로파 구역을 나누기를 기다렸다가 인사동이 박천수 구역으로 결정이 된 후에 선전포고를 한 거다."

"……."

"인사동 내놓지 않으면 종로 네 구역까지 밀고 가겠다고 했지, 그랬더니 내놓더군."

이광이 천천히 머리를 끄덕였다. 약육강식의 세상인 것이다. 오늘의 적이 내일의 친구가 되는 것도 조직 세계의 세상이다. 구역을 나누기 전에 고성규가 그랬다면 종로파는 박천수와 김태창이 힘을 합쳐 공격했을 것이다. 그러면 고성규의 신촌 카스파는 밀린다. 그런데 양분이 된 종로파의 박천수에게 밀어붙이게 되면 이쪽이 승산이 있는 것이다. 더구나 박천수와 경쟁 상대가 된 김태창도 은근히 고성규를 지원했을 것이다. 그때 전노성이 말을 이었다.

"물론 김태창과 비밀 계약을 했지, 박천수를 견제하기로 말이야. 다 그런 거 아니냐?"

"다 네 덕분이다."

정색한 고성규가 말했고 이제는 전노성도 얼굴을 굳혔다. 고성규가 말을 이었다.

"네가 다 만들어 준 거야, 계속해서."

"우리가 너한테 어떻게 빚을 갚아야 할지 모르겠다."

이번에는 전노성이 말했으므로 이광이 입맛을 다셨다.

"난 형님들 덕분에 먹고살았으니까 서로 주고받은 셈이지요, 그리고 이번에 돈 좀 벌었으니까 상 안 줘도 돼요."

"네가 윤방철이한테 5백 준 것도 들었다."

고성규가 말했으므로 이광이 숨을 들이켜고 나서 말했다.

"그 시발놈, 말하지 말라고 했더니."

"그놈은 조직원이야. 너한테 의리를 지켜야겠지만 우리들한테 숨기는 건 배신하는 것이나 같거든."

"에이."

"그래서 내가 윤방철이한테 그 돈은 그냥 가지라고 했다."

"잘하셨어요."

"네가 돈을 챙겼다고 우리가 모른 척할 수는 없지."

고성규가 말하더니 전노성을 보았다. 그러자 전노성이 옆에 놓인 가죽가방을 이광 앞에 놓았다.

"1천만 원이다. 약소하지만 써라."

"형님."

"받아 이 자식아, 우리 돈은 돈 아니냐?"

"저, 돈 많아요."

"돈 많다고 상을 안 받아?"

"글쎄, 상은 필요 없다니까요."

"이 자식이."

고성규가 눈을 부릅떴고 전노성도 화를 내며 말했다.

"얀마, 우리 체면이 뭐가 돼? 우리 셋만 아는 비밀이지만 말이다. 고맙다면서 받는 시늉이라도 못 하나?"

그때 어깨를 부풀렸던 이광이 둘을 향해 머리를 숙였다.

"받겠습니다."

고성규와 전노성이 눈만 껌벅였고 이광이 다시 한 번 사례했다.

"감사합니다, 잘 쓸게요."

"시발놈."

고성규가 투덜거렸고 전노성이 말했다.

"야, 니 덕분에 한일금융도 살아난 것이나 같다. 그 친구들한테도 사례금 받아야 돼."

"야, 놔둬, 뭘 그런 것까지 상관하냐?"

고성규가 전노성을 말렸고 방안 분위기가 부드러워졌다. 이제 카스파는 고성규의 체제가 굳어지게 된 것이다. 종로파의 분파로 인사동까지 얻게 되었으니 카스파는 강북에서 기반을 굳히게 되었다. 그러나 이광에게는 남의 일이나 같다. 졸업하면 이쪽 세상과 인연을 끊을 것이기 때문이다.

"이거 뭐야?"

임종무가 앞에 놓인 가방을 눈으로 가리켰다. 검정색 헝겊으로 만든 신발주머니 같지만 묵직했다. 오후 12시 반, 점심시간이어서 한일금융 2층 대기실은 둘뿐이다. 이광이 말했다.

"그거 너한테 주려고 가져왔어."

"뭔데?"

"일본에 있는 네 와이프한테 보내."

"글쎄, 뭔데?"

"이번에 우리가 가져온 돈."

그 순간 임종무가 숨을 들이켰다. 오대수의 집을 털어 현금 2천5백만 원을 가져온 것이다. 강도로 위장하려고 했기 때문인데 임종무는 잊고 있었다. 이광이 눈으로 주방을 가리키며 말을 이었다.

"5백은 윤방철이 줬어, 2천 중에서 1천 가져왔으니까 가져 가."

"내가 왜?"

어깨를 부풀렸던 임종무가 머리를 저었다. 얼굴이 굳어 있다.

"난 사장한테서 상금도 받았어, 너한테 이 돈 받을 이유가 없다."

"야, 그럼 내가 강도냐?"

불쑥 이광이 묻자 임종무가 눈썹을 찌푸렸다.

"그게 무슨 말이냐?"

"날 뭘로 보는 거냐?"

"뭘로 보기는?"

"내가 강도냐고?"

"아, 그거야……."

"내가 강도질하러 간 것도 아니니까 이걸 나누자는 거다. 받아."

"이런 젠장."

"화나게 하지 말고 얼른 집어, 이 자식아."

"나, 참."

입맛을 다신 임종무가 가방을 집어 의자 밑에 내려놓더니 혼잣말을 했다.

"내가 부자 되었는데."

"집에 보내."

"고맙다, 넌 보스 기질이야, 이광."

"네 몫을 받는 거야, 이 강도 놈아."

그 순간 눈을 치켜떴던 임종무가 마침내 풀썩 웃었다. 그러고는 손목시계를 내려다보면서 말했다.

"사장이 1시 반에 너 보자고 했으니까 나가지 말고 기다려."

"왜 보자는 거야?"

"나도 금일봉 주었으니까 너한테도 주겠지."

임종무가 가방을 들어 보이면서 말을 이었다.

"돈 많아지니까 좋군, 나 사장한테서도 1천만 원 받았어."

"음, 우리가 큰일을 하긴 했지, 사장이 주는 상금도 사양하지 않으란다."

"당연히 받아야지, 한일금융이 살아난 셈인데 말이야."

"사장한테서 받은 상금을 한일금융에 다시 저금해놓고 이자 받을까?"

"에이."

쓴웃음을 지은 임종무가 그 말이 진심인지 궁금한 듯 머리를 기울이며 정색했을 때 대기실로 후미코가 들어섰다.

"여기 계셨네요."

후미코를 본 임종무가 가방을 들고 일어서더니 목례를 하고 방을 나갔다. 다가선 후미코가 웃음 띤 얼굴로 이광을 보았다.

"사장님이 기다리고 계셨어."

둘이 있는 터라 후미코는 바로 반말로 바꾼다.

"아까 전화가 와서 와 있다고 했더니 바로 오신다고 했어."

옆으로 바짝 붙어선 후미코가 이광의 머리칼을 손끝으로 쓸었다. 머리칼에 전류가 스치는 느낌이 왔고 후미코의 옆구리에서 연한 향내가 맡아졌다. 이광이 저도 모르게 후미코의 스커트 밑으로 손을 넣어 허벅지를 쓸었다. 놀란 후미코가 다리를 좁혔지만 이광의 손바닥을 꽉 조이는 셈이 되었다.

"아이, 왜 이래?"

후미코가 상기된 얼굴로 이광을 내려다보았다.

"나중에, 퇴근하고, 응?"

달래듯이 말한 후미코가 몸을 비틀어 이광의 손을 빼더니 한 발짝쯤 떨어졌다. 이광의 얼굴에 웃음이 떠올랐다. 후미코가 바짝 붙었기 때문이지 욕정이 솟은 것이 아니다.

"이번에 종로파가 쪼개졌다면서? 경영진은 물론이고 본부에서도 축제 분위기야."

후미코가 반짝이는 눈으로 이광을 보았다.

"이젠 한일금융이 서울에서 기반을 굳혔다는 거야, 종로파와 제휴했던 야마구치조는 크게 체면을 깎이고 사업계획을 보류시켰다는 거야."

이광이 머리를 끄덕였다. 비서실에 있으니 후미코는 고위층의 정보를 들을 수가 있다. 후미코는 이번 종로파의 분열에 자신이 역할을 했다는 것도 짐작하고 있을 것이었다. 후미코가 아직도 상기된 얼굴로 이광을 보았다.

"오늘 밤 내 집에 올 거지?"

"다른 약속 없으면."

이광이 말하자 후미코의 눈빛이 더 강해졌다.

"늦더라도 와, 기다릴게."

그러더니 재킷 주머니에서 쪽지를 꺼내 내밀었다.

"내 집 전화번호야."

예상했던 대로 곤도와 도다는 여행 가방을 건네주었는데 현금 2천만 원이 넣어져 있었다.

"이 과장, 약소하지만 우리들의 성의일세."

곤도가 가방을 두 손으로 이광에게 건네주면서 정중하게 말했다. 옆에 선 도다 전무는 긴장한 표정이다.

"이건 우리 본부의 성의이기도 하네."

"감사합니다."

두 손으로 가방을 받은 이광이 머리를 숙여 보이고 말했다.

"분에 넘치는 선물을 받았습니다."

"고맙네, 이제 한일금융의 기반이 굳어졌어."

곤도가 이광의 손을 잡고 흔들었다.

"모두 이 과장 덕분이야."

"아닙니다."

"우리하고 계속 같이 있으면 좋을 텐데 졸업하고 떠난다니 아쉽군."

"자주 뵙게 될 것입니다."

"그래야지."

그때 도다가 덧붙였다.

"이 과장, 졸업할 때까지 넉 달쯤 남았나? 그동안은 중역 급 월급을 주기로 결정했네."

이광의 시선을 받은 도다가 웃었다.

"월 1백만 원씩 받게, 약소하네."

대기업 과장 월급이 30만 원 정도일 것이다. 숨을 들이켠 이광이 머리만 숙여 보였다. 가방을 들고 사장실을 나왔더니 후미코가 힐끗 시선을 주고 나서 다시 서류를 본다. 비서실에 직원들이 있기 때문이다. 비서실을 나온 이광이 1층으로 내려갔더니 기다리고 서 있던 임종무가 힐끗 가방을 보았다. 그러나 입을 열지는 않았다. 1층 지점장실로 다가간 이광이 노크를 하자 안에서 응답 소리가 들렸다. 지점장 사나다가 방으로 들어서는 이광을 향해 웃었다.

"이 과장, 방금 사장님 연락을 받았어."

사나다는 40대 초반쯤으로 은행원 출신이다. 이광이 탁자 위에 내려놓은 가방에 무엇이 들어 있는지 알고 있는 것이다.

"잠깐만 기다리게, 금방 끝날 거네."

인터폰으로 담당자를 부르면서 사나다가 말했다. 이광은 곤도한테서 받은 금일봉도 한일금융에 맡기려는 것이다. 이미 오대수한테서 강탈한 돈과 고성규한테서 받은 돈까지 2천만 원을 예치했으니 이제 4천만 원이 되는 셈이다. 거금을 집에 숨겨 놓을 수도 없고 그렇다고 은행에 저축했다가 출처를 추궁 받으면 꼼짝하지 못하고 증물이 된다. 한일금융이 적당한 곳이다. 입금 확인 통장을 받아든 이광이 지점장실을 나왔을 때 복도에서 기다리고 있던 임종무가 다가왔다.

"나, 휴가 받았는데 괜찮지?"

"잘됐구나."

이광의 얼굴에 웃음이 떠올랐다.

"네 얼굴에 질려 있었는데 좀 살겠다."

그러나 임종무는 따라 웃지 않았다.

"야마구치조 행동대가 다 철수했지만 좀 찜찜해. 사장님도 별일 없을 것이라고 하지만 말이야."

"내 앞가림은 하니까 걱정 마, 너도 나를 알잖아?"

이광이 임종무의 어깨를 손바닥으로 쳤다.

"오랜만에 와이프하고 좋은 시간 보내라."

"고맙다, 보스."

"뭐? 보스?"

쓴웃음을 지은 이광이 지그시 임종무를 보았다.

"다음에 내가 사업할 때 같이 일하자."

"정말이야?"

눈을 크게 뜬 임종무가 한 걸음 다가섰다.

"그때가 언제든 날 불러, 같이 일하게."

"좋아, 부르지. 잊으면 안 돼."

"알았어, 보스."

어깨를 부풀렸다가 내린 임종무가 주위를 둘러보더니 목소리를 낮췄다.

"후미코는 오사카 지부장 마쓰다의 애인이야."

숨을 죽인 이광을 향해 임종무가 쓴웃음을 지었다.

"내가 3년쯤 전에 오사카 지부에 있었지, 그때 후미코를 보았어."

"……."

"후미코는 날 모르겠지만 말이야."

"……."

"후미코는 마쓰다 씨가 한일금융을 감시하려고 내보낸 감사역이야, 그것을 곤도 씨와 도다 씨만 알고 있지, 지점장도 모른다고."

"……."

"후미코가 유혹하고 있지?"

쓴웃음을 지은 임종무가 길게 숨을 뱉었다.

"네가 넘어가지 않는 것이 낫겠어. 마쓰다 씨가 후미코를 혼자 놔뒀을 리는 없으니까 말이야, 후미코 감시역이 있을 거야."

그러고는 임종무가 손을 뻗쳐 이광의 손을 잡았다.

"보스, 나 오늘 밤에 떠난다. 다녀올게."

"갔다 와서 한잔하자."

임종무와 헤어진 이광이 회사를 나왔을 때는 오후 2시 반밖에 되지 않았다. 후미코의 배후가 이마가와조(組)의 3인자이며 오사카 지부장 마쓰다라는 말을 듣자 그러면 그렇지 하는 생각이 들었을 뿐이다. 임종무는 이제 심복이 되었다. 진심이 통하는 심복이다.

커피숍 안으로 들어선 이광이 자리에 앉아 있는 나은현을 보았다. 나은현이 활짝 웃는 얼굴로 손을 들었는데 마치 꽃이 활짝 피어나는 것 같다. 오후 6시 5분, 이곳은 성북동 주택가다. 공기가 맑고 산기슭을 따라 아담한 양옥집이 늘어선 분위기가 유럽의 그림엽서에 나온 곳 같다. 나은현이 사는 동네다.

종업원에게 커피를 시킨 이광이 커피숍을 둘러보았다. 10평쯤 되는 작은 커피숍에는 손님이 그들 둘뿐이다. 깨끗하고 포근한 분위기여서 산만했던 이광의 머릿속도 금방 가라앉았다.

"오빠, 갑자기 웬일이야?"

나은현이 밝은 얼굴로 물었다. 집에 있다가 이광의 전화를 받은 것이다. 이광이 집으로 전화한 것은 처음이다. 외박한 지 이틀 만에 만나는 셈이어서 나은현은 조금 들뜬 분위기다.

"그냥, 네 얼굴 보고 싶어서."

이광이 정색하고 말했더니 나은현이 눈을 흘겼다.

"거짓말."

"오늘 또 외박은 안 되겠지?"

"안 돼."

대번에 말한 나은현의 표정이 굳어졌다.

"나, 거짓말 더 못 해."

"너하고 강릉이나 갈까 했는데."

"오빠, 다음에."

정색하고 나은현이 말했으므로 이광이 소리죽여 숨을 뱉었다. 종업원이 커피잔을 내려놓고 돌아갔다. 이곳에 온 것은 후미코를 잊으려는 무의식적인 행동이다. 후미코의 배후를 알지 못했다면 지금쯤 후미코의 집으로 가고 있을지도 모르는 것이다. 그렇게 생각하자 나은현에 대한 죄의식이 일어났다. 지금까지 생활에 쫓겨 살다 보니까 남녀 간의 관계도 '가진 자의 논리'로 생각하게 되었던 것이다. 있어야 만난다. 있어야 가능한 것이지 감정만의 교류는 꿈같은 이야기다. 그렇게만 생각해 왔던 이광이다. 그래서 죄의식도, 화도 나지 않았던 것이다. 있을 때 연애가 되고 없으면 불가능한 것이 현실이 아니었던가? 이렇게 나은현을 만나러 온 것도 그렇고 나은현을 외박시킨 것도 따지고 보면 같은 논리다. 없었다면 불가능했다. 거지같은 차림으로 처음 나은현을 만났을 때 단칼에 거부당하지 않았던가? 이광이 길게 숨을 뱉었다. 착각하면 안 된다. 그러다가 큰코다친다. 네가 있을 때 실컷 즐겨라. 없을 때는 착각하지 말고 소리 없이 사라지면 된다.

"어디 가서 저녁 먹고 술이나 한잔하자."

이광이 말하자 나은현이 머리를 끄덕였다.

"내가 살게."

지난 가을학기에 졸업한 나은현은 아버지 회사의 기조실에 취직했다. 의상학과 전공과 전혀 상관이 없는 부서였지만 아버지의 요청을 따른 것이다. 나은현의 아버지는 OEM 방식으로 유명 회사의 시계를 제작 수출하고 있었는데 규모가 꽤 컸다. 공장 근로자가 2백여 명, 사무직이 30여 명으로 중소기업 수준이다. 커피숍을 나온 둘은 근처 한식당에서 한정식을 시켜놓고 소주를 마셨다. 이곳은 깨끗하고 맛이 있는 집이다.

"오빠는 졸업하고 뭘 할 거야?"

소주잔을 든 나은현이 물었으므로 이광이 쓴웃음을 지었다.

"내가 사장 딸하고 사귀는 이유가 뭔데? 네 아빠 회사에 취직하려는 거야."

"이력서만 갖고 와."

한 모금 술을 삼킨 나은현이 말을 이었다.

"신학기에 신입사원 5명쯤 채용할 작정이야. 오더가 늘어나서 공장도 확장할 계획이거든."

"……."

"올해 수출액이 3백만 불 정도인데 내년에는 5백만 불은 될 거야."

"굉장한데."

이광이 감탄했다. 올해 한국의 수출 예상액이 50억 불 정도인 것이다.

"네 아빠는 애국자시다. 그런데 영찬이가 반정부 데모나 하니 실망하셨겠지."

그래서 나은현을 회사로 끌어들인 것이다. 장남이자 외아들인 나영찬에게는 회사를 맡기지 못하겠다고 결심한 것 같다.

"오빠, 정말 올 거야?"

나은현이 물었으므로 이광이 머리를 저었다.

"농담이야."

"그럼 뭘 할 거야?"

"무역."

"대기업에 취업할 거야?"

"학과장이 추천은 해준다지만 오성대 나와서 대기업에 들어간다고 해도 일성대나 이성대에 밀리게 돼."

"나도 들었어."

"넌 왜 오성대 출신을 만나 그런 마음고생까지 하게 된 거냐?"

"기가 막혀서."

이광의 잔에 소주를 채운 나은현이 조금 붉어진 얼굴로 말을 이었다.

"날 다 줬으니까 나 책임져."

"내, 이럴 줄 알았어."

한 모금에 소주를 삼킨 이광이 길게 숨을 뱉었다.

"꽉 물렸군."

"뭐가 물려?"

되물었던 나은현이 시선을 마주치자 얼른 외면한 것은 무엇을 연상했기 때문이다. 그것을 본 이광이 웃었다.

"뭘 물었는지 아는군, 이제 너도 여자 다 됐다."

대전 내동 길가에 '광철 자동차 정비소'란 간판이 붙은 정비소가 있다. 30평쯤 되는 내부에 차 2대가 수리 중이었고 옆쪽 마당에는 자동차 부품이 가득 쌓였다. 공장 안쪽의 2평쯤 되는 사무실에 앉아 차에 달라붙어 수리하는 기술자들을 보던, 이광이 이철에게 물었다.

"기사가 몇이라고?"

"자격을 가진 기사가 나까지 셋이고 보조원이 셋이야."

이철의 얼굴은 밝다. 사무실 안에는 셋이 둘러앉았는데 이명화까지 형제가 다 모였다. 오후 1시 반, 이광이 조금 전에 서울에서 내려온 것이다.

"잘 되어서 다행이다."

이광이 말하자 이철이 어깨를 부풀렸다.

"다 형 덕분이야, 꼭 성공해서 형한테 은혜 갚을게."

"은혜 같은 소리 하고 있네, 자식이."

쓴웃음을 지은 이광이 이철을 흘겨보았다.

"내가 삼류도 아니고, 오류 대학인 오성대에 가는 바람에 넌 대학도 못 갔어, 공부도 나보다 잘 했던 놈이."

"형, 그게 아냐."

정색한 이철이 손까지 저었다.

"공부 때문이 아냐, 그건 아버지 결정이었어."

"아, 글쎄, 인마. 장남이라고 그런 거 내가 다 안다."

"내 말 들어봐, 형."

이철이 서두르듯 말을 이었다.

"아버지가 내가 고2 때 그랬어, 네 형이 공부는 조금 떨어지지만 뭐가 될 놈 같다. 그러니 요즘 세상에 필요한 대학 졸업장이 있어야겠다……."

이광이 숨을 죽였고 이철의 말이 이어졌다.

"그러면서 아버지가 그랬어, 네 형이 동생들 챙기는 편이니까 잘 되면 너하고 명화를 도와줄 거다."

이철이 번들거리는 눈으로 옆에 앉은 이명화와 이광을 차례로 보았다.

"명화도 그렇고 나도 이렇게 형한테 받았어, 아버지 말이 딱 맞았어."

"아버지가 점쟁이냐? 그냥 하신 말씀이지, 미안해서."

"난 내년부터 야간 대학 갈 거야, 낮에는 정비소 사장이고 밤에는 대학 다니는 거지, 이건 형이 만들어준 거야."

"그건 잘 생각했다."

이광도 이철에게 600만 원을 투자했고 이제 '광철 자동차 정비소'는 개업 두 달 만에 흑자를 올리고 있는 것이다. '광철'이란 회사명(名)은 이광과 이철 이름을 딴 것이다. 이광의 시선이 이명화에게로 옮겨졌다.

"넌 내년에 졸업하면 취업은 될 것 같아?"

"네."

이명화가 기다렸다는 듯이 머리를 끄덕였다.

"유치원에 지금 견습 교사로 다니고 있어요, 졸업하면 바로 정식 교사가 돼요."

"잘됐다."

이광의 얼굴에 웃음이 떠올랐다.

"아버지, 어머니가 자식 다 가르쳤다고 한숨 돌리시겠다."

벽시계를 본 이광이 자리에서 일어섰다.

"나, 대전 온 김에 부모님 보고 갈 테니까 너희들은 따라올 필요 없다."

이철과 이명화는 대전에서 사는 터라 일주일에 한 번은 시골로 내려가기 때문이다. 이광이 옥천 읍내에서 30여 리 떨어진 마곡리에 도착했을 때는 오후 3시 반 무렵이다.

"아이구, 광이 왔구나."

기다리던 어머니가 반색을 하고 맞았는데 마당에서 벌통을 손질하던 아버지도 얼굴을 펴고 웃었다.

"왔냐?"

집에 전화가 없었기 때문에 연락을 못 했던 것이다. 집 안으로 들어간 이광이 부모를 향해 절을 하고는 갖고 온 선물을 앞에 놓았다. 아버지한테는 양주를 두 병 가져왔고 어머니에게는 토끼털 반코트를 사온 것이다.

"아이구, 네가 무슨 돈이 있어서……."

이명화 학비 내는 것부터 이철에게 정비소 차려준 것까지 이미 다 부모한테 사연이 전해진 상황이다. 지금은 취업한 일본계 금융회사에서 융자를 받았다고 적당히 둘러댔기 때문에 이제 설명은 안 해도 된다. 그리고 실제로 확인을 해봐도 이광은 한일금융의 기조실 과장이다. 아버지 이동만이 머리를 들고 이광을 보았다.

"내가 너한테 면목이 없다, 네가 네 동생 둘에게 모두 기반을 잡게 해주었구나."

"아니죠, 아버지, 이제 시작인데요 뭐."

"니가 가장 노릇 했다, 네가 아비보다 낫다."

이광은 숨을 들이켰다. 대통령 훈장이 이보다 더 나을 것인가? 아니다.

겨울방학이 끝날 무렵인 1월 말, 이광이 눈에 덮인 교정을 걸어 학과장 유상문 교수의 연구실로 들어섰다. 오후 2시 반, 연구실에는 유상문 혼자서 영어 원서를 번역하는 중이었다.

"응, 왔냐?"

펜을 내던진 유상문이 삐거덕대는 소파로 옮겨와 앉더니 석탄 난로의 뚜껑을 열고 쇠꼬챙이로 쑤셔 불길을 만들었다. 연구실에 히터는커 녕 전기스토브도 없는 것이다. 연구실 구석에 놓인 드럼통에는 석탄이 담겨 있다. 바깥 날씨는 영하 10도다. 두 손을 비벼 난로에 갖다 붙인 이 광이 유상문에게 물었다.

"교수님, 제가 졸업 기념으로 전기스토브 하나 갖다 드릴까요?"

"얀마, 그거 내 한 달 월급인데 너 같은 미취업자가 감히……."

눈을 치켜떴던 유상문이 곧 픽 웃었다.

"하긴 네놈은 요령이 좋지. 하지만 놔둬라, 남들이 오해한다."

"그럼 댁에다 갖다 드리지요."

"이 자식이 전기스토브 장사를 하나?"

"제가 하나 얻었는데 필요가 없어서 그럽니다."

"어디 건데?"

"일제인데요."

일제라는 말에 유상문의 눈이 둥그레졌다. 전기스토브는 한일금융 기조실의 이광 책상 밑에 갖다놓은 것을 말한다. 총무과장이 갖다 주면 서 회사 비품은 아니니까 집이 추우면 갖다 쓰라고 했던 것이다. 유상 문이 마음을 굳힌 것처럼 어깨를 펴고 말했다.

"그렇다면 받기로 하지, 집에 외풍이 심해서 말이야."

"오늘 저녁에 갖다 드리지요."

"그건 그렇고."

유상문이 이광을 부른 본론을 꺼내었다.

"태우에서 추천 티오를 두 명 보냈다, 그래서 너하고 홍봉문이 둘을 추천했다."

이광이 숨을 들이켰다. 태우는 일류기업이다, 경쟁률이 1백 대 1이

넘고 일류대인 일성대 출신들도 절반 이상이 낙방한다는 대기업, 그곳에서 오류 대학인 오성대에도 기회를 주려고 경영학과에 2명 티오를 보내온 것이다. 이 2명은 학과장 추천을 받고 시험을 치되 합격자 커트라인의 70% 이상은 되어야 한다. 그리고 면접을 통과해야 정식 사원으로 채용되는 것이다. 쉽게 말하면 합격자의 70% 성적만 되면 입사할 수가 있는 것이다. 엄청난 특혜다.

"감사합니다."

자리에서 일어선 이광이 허리를 꺾어 절을 했다.

"은혜 잊지 않겠습니다."

"저녁때 전기스토브나 가져와, 자식아."

유상문이 정색하고 말했다.

"은혜 같은 소릴랑 말고."

"알겠습니다."

"면접이 중요해, 면접을 잘 봐야 돼."

"명심하겠습니다."

연구실을 나온 이광이 다시 눈이 덮인 교정을 횡단할 때 뒤에서 눈을 밟는 발자국 소리가 났다. 머리를 돌린 이광이 웃음 띤 얼굴의 임하영을 보았다. 추위에 두 볼이 붉게 달아오른 임하영은 어린애 같았다.

"너, 웬일이야?"

"선배는 내 손바닥 안에 있어, 부처님 손바닥 위의 손오공이야."

"그렇다고 치고."

다가온 임하영의 볼을 본 이광이 저도 모르게 코트 주머니에 넣었던 두 손을 빼 볼을 감쌌다. 차가운 볼을 따뜻한 손바닥으로 감싼 것이다. 놀란 임하영이 눈을 크게 떴지만 가만있었다. 교정은 텅 비었다. 오후

의 햇살을 받은 건너편 연구동의 유리창이 반짝이고 있다. 그때 임하영
이 눈을 감으면서 말했다.

"선배, 키스해줘."

"왜?"

"나, 선배 기다렸어."

"왜?"

"빨리 키스해줘."

이광이 얼굴을 기울여 임하영의 찬 입술에 입술을 부딪쳤다가 떼었
다. 그러고는 손바닥까지 떼자 임하영이 눈을 떴다. 볼이 더 빨개지고
두 눈이 반짝이고 있다. 임하영이 그 얼굴로 말했다.

"됐어, 이젠 선배하고 기념사진 찍었다."

"춥다, 빨리 가자."

이광이 임하영의 팔을 끌었다. 둘이 발자국이 없는 교정의 눈밭을
골라 밟으면서 걷는다. 그때 임하영이 말했다.

"유 교수님이 선배 오늘 2시 반에 부른다는 거 알고 온 거야, 홍 선배
를 오전 11시 반에 불렀거든."

유종문이 다 말해놓은 것이다. 따라서 그만큼 실력이 있으니 선발되
었다는 뜻이다.

유상문에게 전기스토브를 갖다 준 이광이 인사동 선술집에 들어섰을
때는 오후 6시다. 겨울이라 이미 어두운 저녁이다. 선술집 구석 자리에
혼자 앉아 있는 임하영은 고등학생 같았다. 얼굴이 앳돼 보이기도 했지
만 아담한 체격에 단발머리가 더욱 그렇다. 임하영은 아마 술을 시키기
전에 주인에게 신분증을 보였을 것이었다. 주인도 임하영이 22살짜리

대학 졸업반이 되는 여자라는 사실을 확인하고 입이 벌어졌을 터이고.

"어디 갔다 와?"

이맛살을 찌푸린 임하영이 물었으므로 이광이 들썩 웃었다. 학교 앞에서 헤어졌다가 6시에 다시 이곳에서 만나기로 했기 때문이다.

"왜? 그동안 심심했냐?"

"여기서 한 시간 반이나 있었어."

"저런."

"막걸리를 한 주전자 반이나 먹고."

"어이쿠."

"화장실을 세 번이나 갔어."

"이런, 빤스 젖었어?"

"변태."

유상문은 이광이 전기스토브를 들고 들어서자 활짝 웃었는데 옆에 선 사모님이 더 좋아했다. 저녁밥을 먹고 가라면서 사모님이 팔까지 잡아당기는 바람에 떼어놓고 도망치듯이 나오느라고 혼이 났던 것이다. 막걸리를 갈증이 난 사람처럼 마신 이광이 트림을 했다.

"하영이 넌 유학 간다면서?"

"유학은 개뿔."

쓴웃음을 지은 임하영이 바가지로 이광의 잔에 술을 채웠다.

"우리 집이 이민 가는 거야, 선배."

"미국으로?"

"응."

"미국 어디?"

"달라스. 거기에 삼촌이 살거든. 삼촌하고 같이 세탁소 하는 거야."

"좋겠다. 넌 취직 걱정 없겠구나."

"세탁소 경리가 되는 거지."

술잔을 든 임하영이 흐려진 눈으로 이광을 보았다.

"5년쯤 후에 한국에 들러서는 잘 산다는 자랑을 실컷 하고 나서 다시 돌아가 세탁소 경리 일을 하는 거야, 세상은 다 그래."

"아이구."

이광이 지그시 임하영을 보았다. 임하영 아버지는 광산을 운영하다가 그만두었지만 재산이 많다고 소문이 났다. 임하영 위로 오빠 둘이 있는데 둘은 고등학교 때부터 미국으로 유학을 보냈다는 것이다. 그것은 학과 내에서 들은 소문이다. 이광의 시선을 받은 임하영이 눈웃음을 쳤다.

"선배, 아까 내 볼을 두 손으로 감싸 안았을 때, 나 참 행복했어."

"행복?"

"응, 가슴이 메었고 울음이 나오려고 했어. 아마 그런 경험은 또 없을 거야."

"앞으로 많아질 거다."

"아냐."

머리를 저은 임하영이 이제는 이광의 입술을 보았다.

"선배 입술도 따뜻했어."

"네가 너무 찼으니까 그렇지."

"나, 그때 쾌감을 느꼈어, 오르가즘."

"언제?"

"선배 입술이 닿았을 때."

"네가 오르가즘을 알아?"

"그럼."

"처녀라면서 어떻게 아냐? 이런 순."

"난 마스터베이션도 안 하냐?"

"……."

"난 손가락이 없냐고?"

"그렇구나."

이광이 눈을 치켜뜬 임하영의 얼굴을 지그시 보았다.

"하영아."

"응?"

"넌 참, 보석 같은 애다."

"그래놓고 도망가려고 그러지?"

"내 말 들어."

"오늘은 도망 못 가."

술잔을 움켜쥔 임하영이 눈을 치켜떴다. 이광이 지그시 임하영을 보았다. 야무진 얼굴에 그늘이 졌다. 술기운 때문이겠지만 눈은 흐려졌고 단정한 입술 끝도 조금 벌어져 있다. 그러나 아담하고 귀여운 모습이다. 그때 임하영이 이광의 시선을 받은 채 말했다.

"선배, 여자 있는 줄 알아."

"……."

"나영찬이 누나, 나은현. 맞지?"

"……."

"나영찬이 말해주었어. 선배는 자기 누나 애인이라면서, 그 망할 자식."

임하영의 흐린 눈에 눈물이 고여 있다.

임하영의 알몸은 겉모습과는 전혀 달랐다. 작은 비너스 같았다. 알몸을 시트로 가린 채 숨을 죽이고 있는 임하영을 보면서 이광의 가슴은 열정으로 달아오르기 시작했다. 밤 11시 반, 이곳은 신촌의 에메럴드호텔, 방의 불은 켜놓아서 시트로 가리지 못한 임하영의 속눈썹까지 다 보인다. 이제 둘은 알몸이 되었다. 방에 들어오자마자 이광이 임하영의 옷을 벗긴 것이다. 그러고는 이광도 옷을 벗어 던졌다. 이광이 침대에 오르고는 시트를 당겨 임하영의 알몸을 껴안았다. 곧 임하영이 안겼지만 두 팔을 옆구리에 굽힌 채로 붙이고는 굳어 있다.

　"아까는 오르가즘이 어떻고 하더니."

　이광이 임하영의 엉덩이를 움켜쥐면서 당겨 안았다. 볼을 이광의 가슴에 붙인 임하영이 더운 숨을 뱉는다.

　"이제는 돌덩이처럼 굳었네."

　이광이 임하영의 턱을 올리고는 입을 맞췄다. 임하영이 입을 벌리더니 가쁘게 호흡했고, 이광이 임하영의 젖가슴을 손으로 감싸 안으면서 물었다.

　"하영아, 너 후회하지 않아?"

　지금 물어서 어쩔 것인가? 부질없는 소리였지만 미안했기 때문이다. 임하영이 머리만 끄덕였으므로 이광이 다시 입을 맞췄다. 입술을 빨았지만 임하영은 가쁜 숨만 뱉었지 혀가 빠져나오지 않는다. 이윽고 이광은 임하영을 눕히고는 위로 올랐다. 처음인 상대에게 기교를 부리는 것이 무안했기 때문이다. 고구마3 벙커에서 만난 윤진처럼 성욕의 대상으로 취급할 수도 없다. 임하영이 선선히 누워 다리를 벌리더니 눈을 감았다. 이광은 임하영의 입에 다시 입을 맞췄다. 오늘 교정에서 맞췄던 것처럼 가볍고 부드럽게, 그리고 아낌을 담아서. 그 순간 이광이 몸

308

을 합쳤다.

"아아!"

임하영이 신음했다. 고통을 참을 수 없는지 두 손으로 이광의 팔을 움켜쥐었다. 이광은 임하영의 동굴이 젖어 있는 것을 느끼고는 숨을 들이켰다. 고통을 받으면서도 임하영은 받아들일 준비가 되어 있는 것이다. 남성에 강한 압박감이 전해져 왔다. 임하영은 계속해서 신음했다. 신음이 커서 비명처럼 울렸으므로 이광은 움직임을 멈췄다. 그러자 임하영이 두 손을 뻗어 이광의 어깨를 움켜쥐더니 끌어당긴다. 계속하라는 표시다. 방안에 열풍이 몰아치기 시작했고 신음이 다시 이어졌다. 얼마나 시간이 지났는지 모른다. 이제 이광은 임하영을 안은 채 누워 있다. 폭풍이 방금 지나간 방안에 비린 물 냄새가 맡아졌다. 이광의 가슴에 얼굴을 묻은 임하영의 숨결은 아직 가라앉지 않았다. 이제는 임하영도 두 팔로 이광의 허리를 감싸 안고 있다. 시트가 걷힌 두 알몸이 불빛에 반사되어 드러났지만 아무도 가리려고 하지 않는다. 두 쌍의 사지가 엉켜 있는 것이 더 자연스럽다. 이광이 땀에 배인 이마에 달라붙은 임하영의 머리칼을 젖혔다.

"아팠냐?"

"아니, 좋았어."

임하영이 허리를 감은 손에 힘을 주면서 하반신을 비볐다.

"다 좋으면서도 아프다고 하는 거야."

"어라?"

"책에도 나왔고 영화에서도 다 그래."

"아니, 그럼 너도 그런 거야?"

"아니?"

키드득 웃은 임하영이 이광의 가슴에 얼굴을 비볐다.

"선배, 앞으로 나 안 만날 거지?"

"무슨 말이야?"

"나 머리 좋은 거 알지?"

"알지."

"나를 위한다는 구실을 내걸겠지만 나은현에 대한 죄책감, 그리고 나에 대한 부담감이 작용하게 될 거야."

"그래서?"

"우리 서로의 행복을 위해서, 어쩌고 청승을 떨지는 않겠지만 멀어지겠지."

"……."

"곧 학교도 떠날 것이고, 하지만"

임하영이 손을 뻗어 이광의 남성을 움켜쥐었다. 어느새 남성은 단단해져 있다.

"얘가 금방 나한테 정자를 쏘았거든?"

임하영이 남성을 쥐고 흔들었다.

"얘가 쏜 정자가 내 몸에서 아이를 만들지도 몰라. 그럼 선배는 나한테 개 줄로 묶이는 거지."

"……."

"어때?"

그때 이광이 머리를 숙여 임하영의 입술에 키스했다. 그러자 이번에는 임하영이 두 손으로 목을 감더니 말랑한 혀를 내밀어 준다. 뜨거운 뱀 같은 혀다.

310

"회사와 국가에 도움 되는 사람이 되는 것입니다."

옆에 앉은 26574번이 기운차게 말했다. 말쑥한 양복 가슴에는 이성대 경제학과 안근필이라고 적혀 있다. 이광은 심호흡을 했다. 지금 수원의 태우실업 연수원에서 면접시험을 보고 있는 중이다. 면접은 나흘간이나 걸렸는데 오늘이 나흘째, 250명 신입사원을 뽑는데 3만여 명이 지원을 했다. 무려 120대 1이 넘는 경쟁률이다. 이광은 30퍼센트 가산점을 받는 추천 케이스에 포함되어 합격점수의 70퍼센트 이상인 필기시험에 합격한 터라 지금 면접 시험관 앞에 앉아 있다. 오후 3시 반, 면접자는 3명, 면접시험관은 4명이다. 이광은 맨 왼쪽의 세 번째 순서였으므로 잠자코 기다렸다. 시험관은 40대쯤의 사내 둘이 가운데에 앉았고 좌우는 30대다. 과장이나 차장쯤 될까? 가운데 둘은 부장 아니면 중역이다. 그때 면접관 하나가 맨 오른쪽 면접자에게 물었다. 25611번이다.

"전쟁 지역으로 발령이 난다면 갈래요?"

"네, 갑니다."

기운차게 대답한 면접자가 상체를 펴고 면접관을 바로 응시했다. 일성대 영문과다. 그때 중앙의 40대가 이어서 물었다.

"정말 그쪽으로 인사발령을 내도 돼요?"

그 순간 25611번이 망설였다. 2초쯤 가만있던 25611번이 결심한 듯 말했다.

"예, 회사 명령이라면 따르겠습니다!"

머리를 끄덕인 40대의 시선이 이광에게로 옮겨졌다. 사내와의 거리는 2미터, 이광의 가슴에 붙은 28442번, 오성대 경영학과 이광의 이름표를 힐끗 바라본 사내가 물었다.

"태우실업에 지원한 동기는?"

"일류기업에 보수도 최고 수준이기 때문입니다."

"그렇군."

쓴웃음을 지은 사내가 다시 물었다.

"학교 성적도 상위권이 아닌데 학과장이 추천한 이유는 뭐라고 생각해요?"

"잘할 것이라고 믿으신 것 같습니다."

"자신 있어요?"

"면접 보면서 느꼈는데 자신 없습니다."

그때 면접관들이 긴장했다. 인상을 쓰는 면접관이 있는가 하면 오른쪽은 쓴웃음을 짓는다. 사내가 다시 물었다.

"자신도 없이 어떻게 회사 다닙니까?"

"자신감만 내세웠다간 실수하기 쉽지요. 전 함부로 자신 안 합니다."

"그러면?"

"도망갈 때는 가야죠."

"지금 장난해요?"

"제가 장난하러 여기까지 와서 이런 개고생을 하겠습니까?"

"뭐? 개고생?"

"예, 좀 센 고생을 말합니다."

"이 사람이."

눈을 치켜뜬 40대가 손으로 파리를 쫓는 시늉을 했다.

"나가."

"시발놈아, 팔목 부러뜨리기 전에 손 내려."

그 순간 면접장에 3초쯤 정적이 덮였고 다른 40대가 헛기침을 했다. 욕을 얻어먹은 40대는 얼굴이 누렇게 굳은 채 쳐다만 본다. 입도 반쯤

312

벌어졌고 눈동자가 마구 흔들렸다. 여기서 더 나섰다가 진짜 팔목이라도 부러지면 그런 개망신이 없다는 생각이 머리를 두 번쯤 돌고 있는 얼굴이다. 다른 40대가 말했다.

"이광 씨, 그렇게 욕하면 되나?"

"죄송합니다. 장난하냐고 하시기에 제가 일부러 그렇게 받았습니다."

"일부러?"

"예, 면접을 받다 보니까 이런 회사에서 일하느니 중소기업에서 역량껏 뛰고 싶다는 생각이 들었거든요."

"그렇군."

"죄송합니다. 먼저 일어나도 되겠습니까?"

"아, 그러든지."

머리를 끄덕인 사내가 갑자기 손을 들어 보였다.

"잠깐, 내 명함을 받아가지."

사내가 양복 주머니에서 명함을 꺼내 이광에게 내밀었다. 이광이 명함을 받자 사내가 정색하고 말했다.

"합격자 발표는 일주일 후야. 그런데 마음이 변하면 나한테 연락해."

"호의는 감사히 받겠습니다."

이광이 허리를 90도로 꺾어 절을 하고는 명함을 안쪽 주머니에 넣고 웃었다.

"이 명함을 평생 간직하고 살겠습니다만 태우는 안 갑니다."

"글쎄 잘 생각해봐."

사내가 말했지만 다시 머리를 숙여 보인 이광이 먼저 면접실을 나왔다. 다음 순서를 기다리던 면접생들이 일제히 시선을 주었으므로 이광은 어깨를 폈다.

유성상사는 중소기업으로 국내 의류시장에서는 꽤 알려진 회사다. 대전에 자체 공장이 있고 본사는 서울에 위치했는데 수출액은 5백만 불 정도. 태우실업 같은 대기업에 비하면 1백분의 1도 못 되는 규모다. 그러나 이곳도 경쟁률이 5대1이나 되었는데 일성대는 드물었지만 이성대나 삼성대 출신의 지원자가 거의 절반을 차지했다. 이광처럼 5류 대학인 오성대는 이곳에서도 밀리는 현실이다. 신입사원 모집 인원은 35명. 작년보다 2배 늘어난 이유는 수출에 집중하기 위해서라고 했다. 태우실업 면접을 그렇게 보고 난 이틀 후에 이광은 유성상사 필기시험을 치렀고 사흘 후에 합격통보를 받았다. 그리고 이틀 후로 면접 일정이 잡혔을 때 한일금융으로 연락이 왔다. 학과장 유상문이 전화를 한 것이다.

"야, 너, 거기 과장이야? 한일금융 기조실 과장이냐고?"

놀란 목소리로 유상문이 물었으므로 이광이 쓴웃음을 지었다.

"그냥 여기선 임시직이라도 과장이라고 불러줍니다, 교수님."

"교환이 이광 과장님이라고 해서 깜짝 놀랐잖아, 인마."

"고객들은 높은 사람하고 상담하는 것을 좋아하니까요, 그런데 웬일이세요?"

"너, 태우실업 부사장 김경문 씨 알아?"

그 순간 이광이 숨을 들이켰다. 태우실업 면접 때 명함을 준 사내다. 김경문이 태우실업 창업자 김동수의 3남이었던 것이다. 유종문이 말을 이었다.

"김경문 부사장실에서 연락이 왔어. 너한테 전화를 하라는데, 무슨 일 있나?"

"없는데요."

면접 볼 때 그 사건을 말했다가는 유상문이 길길이 뛸 것이다.

314

"그런데 널 왜 찾지?"

"글쎄요."

"글쎄요라니? 너, 태우실업 떨어진 줄 알았는데 부사장실에서 찾는 다잖아. 지금 당장 전화해봐."

"예, 선생님."

"전화하고 나서 바로 나한테 연락하고. 나, 지금 연구실이다."

"예, 선생님."

"글고 그 회사에서 너한테 과장이라고 하지 말라고 해라. 사람 놀리는 것 같다."

"예, 선생님."

통화를 끝낸 이광이 이맛살을 모으고 있었더니 옆자리의 임종무가 물었다.

"선생님이야?"

머리를 끄덕인 이광이 임종무를 보았다. 한일금융에는 이달 말까지만 근무하고 그만두기로 한 것이다. 전부터 말해놓았지만 곤도는 서운한 기색을 감추지 않았다. 임종무는 말할 것도 없다. 일본에 다녀온 임종무는 눈에 띄게 밝아져 있었지만 이광이 떠날 날짜가 다가오자 자꾸 옆에 붙어 있으려고 했다. 마침 사무실에는 둘뿐이었으므로 임종무가 거침없이 말했다.

"후미코가 서운해하겠는데? 그 여우가 널 좋아하는 것을 다 알고 있는데 말이야."

"야, 시끄러. 언제는 건드리지 말라고 해놓고."

"잘한 거야."

후미코는 지금 일본 본사로 출장 중이었다. 2주 예정이었으므로 이광이 퇴사한 후에야 돌아올 것이다. 임종무가 말을 이었다.

"잘한 거야. 네가 건드렸으면 곤도 씨 입장도 난처해졌을 거다, 곤도 씨가 후미코 보호자 입장이었거든."

이광의 시선을 받은 임종무가 이를 드러내고 웃었다.

"오야붕들은 서로 상대방의 애인들을 보호해주지. 그것이 소문도 안 나고 안전하거든."

"지랄들 하는군."

이광은 머릿속에서 오락가락했던 김경문에게의 전화를 하지 않기로 그 순간에 결심했다. 김경문은 자신에 대해서 신선한 느낌을 받았을지 몰라도 이쪽은 생사를 걸고 발을 딛는 입장이다. 신중해야 되는 것이다. 태우실업은 안 간다. 김경문 옆자리에 앉아 있던 그놈 같은 부류가 수백 명이나 도사리고 있는 것이다. 그놈들하고 싸우느라고 다른 일을 못 할 것 같다. 그로부터 이틀 후에 이광은 유성상사 면접시험을 보았고 다시 이틀 후에 합격 통보를 받았다. 통보를 받은 다음 날 오전, 이광이 사직 인사를 하려고 한일금융의 사장실에 들렀더니 도다 전무하고 기다리던 곤도가 이광의 손을 두 손으로 감싸 쥐고 말했다.

"이상, 떠나더라도 우리들의 우정은 간직하기로 하세."

곤도는 퇴직금으로 2천만 원을 주었다.

제대파 해단식(除隊派解団式). 누군가 그렇게 학교 앞 막걸리집 간판 옆에 써서 붙여 놓았다. 막걸리집 방안에는 37명의 남녀가 모여 있었는데 방에 가득 차고 남아서 홀에도 앉았다. 그래서 주인아줌마는 문에다 꼬부랑 글씨로 '제대파 외에는 손님 사절'이라고 써 붙여야 했다. 오늘의 주빈은 이광, 이광의 제대파 해단식 겸 취업 축하 그리고 대학생활

의 종료식인 것이다. 모여든 학생은 4학년 동기뿐만이 아니라 3학년, 2
학년도 끼어 들어와서 몇 명은 술 한 잔 먹이고 쫓아내야 했다. 물론 오
늘 경비는 일절 이광이 부담한다고 하는 바람에 손님이 이렇게 많이 모
인 것이다. 오후 7시 반, 5월 초순이다. 건배를 다섯 번쯤 하고 폭탄주를
10잔쯤 마셨을 때 현역 하충기가 이광에게 소리쳐 물었다.

"선배, 애인 등장시키지 않아요?"

"짜샤, 시꺼."

이광이 어깨를 부풀리며 하충기를 노려보았다. 주위에서 웃고 소리
치며 하충기를 응원했다. 그때 하충기가 목소리를 더 높였다.

"우린 선배 애인이 누군지 다 안단 말이오! 임하영이가 알려줬거든."

다시 주위에서 웃음이 터졌다. 눈만 치켜뜬 이광에게 여학생 조동미
가 물었다.

"나영찬이 누나라면서요?"

"이런, 젠장."

술잔을 든 이광이 벌컥거리며 폭탄주를 삼켰다. 학점을 다 딴 임하
영은 2주일 전에 소리 없이 미국으로 떠났다. 며칠 보이지 않더니 이민
을 갔다는 것이 밝혀진 것이다. 이광한테도 쪽지 한 장 남기지 않았다.
모두 서운해했지만 이광은 임하영다운 마무리라는 생각이 들었다. 졸
업식은 형식이다.

"자, 이번에는 임하영이를 위해서 건배다!"

이광이 소리쳤더니 여학생 하나가 물었다.

"무슨 제목으로요?"

"임하영이의 새 세상을 위해서!"

이광이 소리쳤으나 반응이 안 좋았다.

"다른 걸로 해요, 좀 구체적으로."

조동미가 까칠하게 나섰고 여학생들이 동조했다. 신경질이 난 이광이 눈을 흘겼다.

"그럼 너희들이 알아서 해."

"임하영이의 새 남자를 위하여!"

조동미가 술잔을 들고 소리쳤으므로 모두 따라 외쳤다.

"위하여!"

"이광보다 나은 남자를!"

남학생 누군가 뒤쪽에서 소리치는 바람에 술을 먹다가 웃는 난리가 일어났다. 모두 임하영이 이광을 좋아했다는 것을 아는 것이다. 눈을 치켜뜬 이광이 뒤쪽을 둘러보았을 때 막걸리집 입구로 들어서는 나은현이 보였다. 분홍색 투피스 차림의 나은현이 들어서자 쓰레기통에 꽃이 피어난 느낌이 들었다. 이광의 시선을 보던 주위가 조용해지더니 금방 전염이 되어서 막걸리집에서 말소리가 뚝 끊겼다. 그때 누군가 소리쳤다.

"야! 영찬이 누나다!"

이어서 다른 놈이 말했다.

"선배 애인!"

"오늘의 히로인!"

또 난리가 났다. 자리에서 일어나 맞는 놈, 자리를 만드는 놈, 소리치는 놈, 구경하려고 나가다가 술상을 엎는 놈, 화내는 놈, 짜증 난 여학생의 목소리, 웃음소리. 이광이 자리에서 일어나 다가오는 나은현을 보았다. 그 소동 속에서도 나은현은 웃음 띤 얼굴이다. 나은현은 손에 장미와 라일락이 섞인 꽃다발을 들고 있었는데 이광에게 내밀었다.

318

"우와!"

함성, 박수 소리까지 들렸고 이광이 꽃을 받아들고 말했다.

"고마워."

나은현은 아름다웠다. 적당하게 상기된 얼굴, 반짝이는 눈, 붉은 입술은 미소를 머금고 있다.

"자, 형수님께 한 잔 올립니다."

하충기가 다가와 나은현에게 술을 따르며 말했다.

"저, 아시죠?"

"그럼."

나은현의 태도는 자연스럽다. 그때 조동미가 이광에게 소리쳤다.

"선배! 노래!"

"노래!"

이곳저곳에서 재촉하듯이 소리치자 이광이 일어섰다. 그 순간 방안이 조용해졌고 이광의 노랫소리가 막걸리집을 울렸다.

"날이 밝으면 멀리 떠날!"

"사랑하는 님과 함께!"

이광의 눈앞에 고구마3 벙커의 분대원 모습이 떠올랐다. 이제 여기서 또 떠난다.

"마지막 정을 나누노라니, 기쁨보다 슬픔이 앞서!"

<2권 계속>

319